KB106749

한강 교향시

-詩로 한강을 거닐다

박 정 진 · 서사서정시집

▲ 도성도(都城圖) : 19세기초 경강을 그린 지도.
살곶이다리부터 양화진까지 표시가 되어 있다.(서울대학교 규장각 소장)

도서출판 신세림

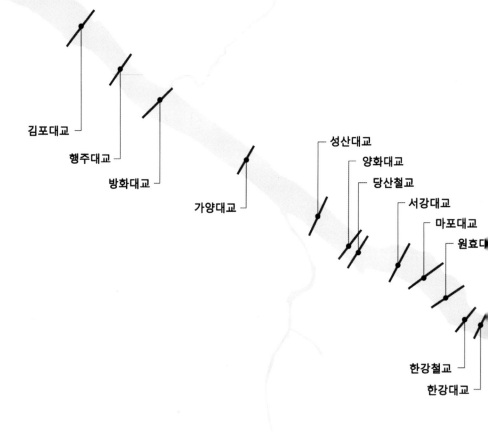

김포대교

행주대교

방화대교

가양대교

성산대교

양화대교

당산철교

서강대교

마포대교

원효대

한강철교

한강대교

박준석 제공

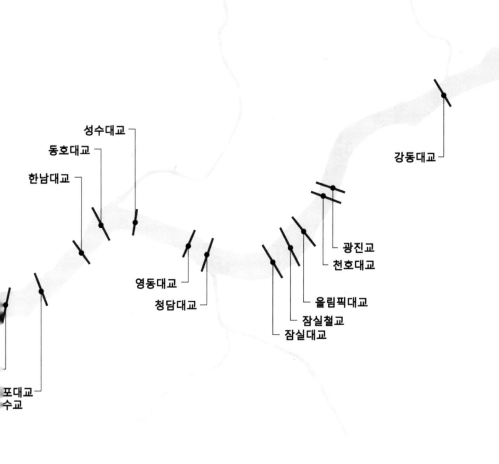

성수대교 ⌐
동호대교 ⌐
한남대교 ⌐
영동대교
청담대교 ⌐
포대교
수교
광진교
천호대교
울림픽대교
잠실철교
잠실대교
강동대교 ⌐

漢江連億年流 正鎭農兄 筆跡接

千里淸閑污染換 一場瀑布瀉無休

首都役割擔何城 四海侵看漢優

百卷刊行如出稿 招家文客願其儔

松云鎮 詞伯百卷次詩集刊行紀念 歲小暑後五日 農山誌

한강은 잇달아 억년을 흐르는데
박정진 외형은 붓끝으로 노니네
천리가 맑다가 오염으로 바뀌니
한곳에 폭포가 쉬지 않고 솟구나
수도의 역할은 몇 년이나 맡았나
세계가 높은 모습 부러워하는데
백 권을 펴내려 이처럼 모았으니
나라 안 문객들 그 짝되길 바라네

시 · 글씨　農山 鄭充洛

연 밭(두물머리 세미원)

어둠이 밀려가 희뿌연 자리에 강이 누워 있다. 그 곳에 세미원(洗美苑)이라는 연꽃단지가 있다. '물을 보면서 마음을 닦고, 꽃을 보면서 마음을 아름답게 하라(觀水洗心, 觀花美心)' 는 장자의 말에서 따온 이름표 밑으로 붉디붉은 꽃송이들이 황홀경을 이룬다. 금번 100권 째 책을 내신 박정진 선배의 기념행사를 축하하면서 세상을 물처럼 흐르면서 잔잔하게 살아오신 선배의 삶과 닮은 남한 강을 배경으로 그림을 그려 보았다. 금강산에서 발원해 소양 홍천을 거쳐 내려오는 북한강, 그리고 대덕산에서 나와 평창 단양을 돌아드는 남한강은 양평 양수리에와 마주쳐 섞이지만 그 하류에 팔 당댐이 생긴 탓에 거의 흐름을 잃었다. 강심은 한없이 잔잔하다. 유장한 한강인들 속마음이 타지 않을까. 가만히 바라보면 8월 초순으로 세미원의 연꽃은 연인들의 속삭임 같다. 화려한 색상, 은은 한 향기, 강심과 어울린 연밭은 남녀 간의 정희를 닮아 오른 수채화 같은 풍경이다.

서양화가 **박 수 룡**

축하의 글

　박정진 시인은 오랫동안 언론인으로 활동하면서 여러 분야의 책을 펴냈고 특히 그의 전공분야인 인류학에 대한 저서들은 우리 문화에 깊이와 넓이를 더한 것으로 학계뿐만 아니라 일반 독자들에게도 널리 알려진 사실이다. 이 번에 펴내는 서사서정시집 '한강교향시-詩로 한강을 거닐다' 는 그의 회갑을 기념할 뿐만 아니라 백 권 째 저서라는 의미가 있다.

　그러나 이런 개인적인 의미보다 나는 이 시집이 보여주는 시적 특성을 강조하고 싶다. 그의 시를 지배하는 것은 개인적 상상력과 비판 의식과 인류학적 상상력이다. 그러니까 그의 내면에는 시인, 언론인, 인류학자가 공존하고 이런 공존이 그의 시적 특수성과 통한다. 이번 시집이 표방한 서사서정시라는 특이한 장르역시 이런 사정을 동기로 한다. 서사가 인류학적 신화나 원형을 지향한다면 서정은 개인적 상상력을 지향하고 전자가 보편성을 지향한다면 후자가 특수성을 지향하고 전자가 집단무의식을 지향한다면 후자가 개인무의식을 지향한다.

　그리고 이런 양면성은 그의 경우 하나로 접합된다. 한강은 모든 강이 그렇듯이 삶의 창조와 시간의 흐름을 상징하고 한편 바다는 강의 죽음, 삶의 끝, 삶의 근원

을 상징한다. 그러나 그의 경우 한강은 바다다. 따라서 강이 상징하는 삶과 바다가 상징하는 죽음은 하나가 되고 한강은 삶의 근원으로서 어머니가 된다. 한강은 어머니의 젖줄이고 한강은 죽음이면서 새로운 탄생이고 그가 '한강 르네상스'를 노래하는 것은 이런 상상력을 토대로 한다. 요컨대 그는 한강을 소재로 우리 민족의 집단무의식을 노래하면서 새로운 삶의 방향을 암시한다.

　박정진 시인을 처음 만난 건 그가 한양대 의과대학을 다니다가 국문과로 전과한 1970년대 초로 기억한다. 나 역시 한양대 공과대학을 다니다가 국문과로 전과한 처지라 그를 만날 때마다 느끼는 것은 단순한 후배 정서보다는 이상한 혈연감, 친근감, 친밀감이다. 그가 벌써 회갑을 앞두고 있다니! 그러나 시인은, 학자는 나이를 모르는 법. 이제부터 시작이다. 그의 시집출간을 축하한다.

2008년 10월
이 승 훈 시인 (한양대 명예교수)

새로운 글쓰기를 지향하는 시인, 박정진

지난 해 겨울 어느 날 박 선생님을 뵈러 간 일이 있었다. 신문사의 논설위원으로 계실 때보다 세상일에 답답해하시는 모습을 보고 나이가 들수록 삶의 무게에 힘들어 하시기보다 홀가분해 함을 즐기시는 느낌을 받은 적이 있다.

그런 선생님께서 100권 째 책을 출간하게 되었다. 그동안 참으로 열심히 글을 쓰셨다. 30여년의 쌓인 연륜 속에 사람도 변하고 세상도 변하건만 글 쓰시는 데 정진, 정진을 거듭하고 계신다. 문인으로서 생활문화 전반에 대해 글을 쓰는데 그 투지와 집념이 남달리 강하다는 점을 익히 잘 아는 바이다. 사회 문화 현상에 대해 틀에 박힌 경계를 넘나들면서 글을 통해 마음의 소리를 담는 창조적인 창작활동을 하시는 바는 알려진 사실이다. 시, 종교, 예술 분야에서 세상과 인간과 문화를 읊조리고 기술하였다. 선생님께서는 철학을 통해 내성하고 예술을 벗 삼아 유유자적하며, 종교를 기반으로 인간완성을 지향하고, 학자를 만나면 토론하는 다채로운 문인이다.

박 선생님께서는 세상 사물에 대한 고정관념을 불식시키고 기존의 틀에 얽매이는 것을 거부하였다. 출간한 대표적인 저서를 보자면 "무당시대의 문화무당", "한국문화와 예술인류학", "밀레니엄 문화읽기" 등 서구의 구조주의와 동양의 음양사상을 관련짓고 해석하며, 문화현상에 대한 문학적 글쓰기와 읽기를 시도하고 있다. 특히 1990년대의 작품은 주로 민속문화, 예술인류학, 종교해석 등에 독특한 필치로 묘사하였다. 무엇보다 전자책으로 출간된 바 있는 '세습당골-명인, 명창, 명무(2000년, barobook.co.kr)'는 노작이다. 한국의 문화적 원류를 규명하는 데 현지조사를 통해 수집한 자료를 바탕으로 당골의 가계를 밝히고 그들의 종교적 심성을 논하였다.

선생님의 시, '한국의 신, 어머니'에서 "할머니는 절에 다니고/할아버지는 향교에 출입하고/ 아들내외는 교회에 다니고/ 손자들은 종교가 없다. / 그래도 가족은 화목하다."라는 글귀가 있다. 원융무애한 한국인의 심성이요, 문화적 융합이 이루진 한국인의 문화의 특징을 시어로 표시한 것이다.

선생님은 죽음과 삶의 경계를 경험한 분이다. 세계일보 문화부장으로 있을 때 92년 바르셀로나 올림픽을 취재하러 갔다가 교통사고로 거의 저승의 문턱에 갔다가 이승으로 돌아 온 것이다. 시간과 공간, 여성, 산, 강 등의 주제를 다룬 것도 삶의 역사 속에서 영혼이 경험한 자연의 어머니에 대한 노래이자 설명이다.

그런가하면 독도에 대한 이미지를 시어로 표현하여 한국의 해양공간이 갖는 역사성을 읊조리기도 하였다. 시집 '독도'가 그것이다. 이 시집은 독도박물관의 초대관장이신 이종학 선생님께서 사운연구소(史云硏究所)를 운영할 때부터 비롯되었다. 민족문제에 대한 공감이 독도에 대한 연작, 바다에 관한 시를 낳게 되었다.

2000년대로 접어들면서 선생님께서는 명상 에세이전집 '생각하는 나무', 그리고 인류학적 에세이집인 '불교인류학', '무교인류학' 등을 저술 한 바 있다. 이승과 저승, 삶과 죽음, 서양과 동양 등의 이분법적 사고를 뛰어 넘어 우리 문화의 관점에서 세계문화를 인식하는 지평을 넓히고 있다. 많은 노작들이 나오기를 기대해본다.

올 해 회갑을 앞두고 계신 선생님께서 한강의 역사와 문화를 노래하는 '한강 교향시'를 출간하게 된 것을 거듭 축하를 드리며 천지신명께 더욱 문운이 왕성하고 강건하기를 빌어본다.

박 성 용(영남대 문화인류학과, 교수)

우선 박정진 시인의 백 권 째 책 '한강교향시' 출간을 축하한다. 얼른 계산해보아도, 그가 조숙하여 20살부터 책을 펴냈다고 해도, 회갑을 앞두고 있으니 40년간이고 보면 결국 한 해에 2권 내지 3권을 썼다는 셈이 된다. 놀라운 일이고 업적이다. 더구나 그가 낸 책들이 여러 권을 낼 수 있는 대하소설이나 만화도 아니고 시집과 에세이, 시사평론, 인문학술서 등으로 채워져 있으니 참으로 박 씨 종친으로서 자랑스러운 일이라고 생각한다. 내가 알기로 그 같이 수많은 책을 쓰게 되는 일은 역사적으로도 흔한 일이 아니다. 이건 책을 쓴다기보다, 말하자면 신들려서, 하늘에서 말을 쏟아주어서, 성령의 힘으로 쓴 것에 비하여도 무리가 아닐 것이다.

지난 9월 9일에는 박 시인의 '독도 시비' 제막식을 울릉도 독도박물관에서 가졌다. 내가 시비건립추진 위원장이라는 직책을 맡았다. '독도가 한국 땅'이라는 사실은 하늘도 알고 땅도 알고 있는데 일본은 자신들의 땅이라고 우겨대고 있다. 아마도 일본의 간계가 숨어있을 것으로 사료된다. 박시인의 '독도' 시가 웅장하고 역사성과 아름다움을 함께 담고 있어서 시비를 세우는데 앞장섰다. 박 시인이 지금껏 쓴 시가 거의 1천 편에 이른다고 하니 문기(文氣)가 광활하다. 최근의 세태가 물질만능으로 흘러서 책과 정신에 대해서 등한시 하는 경향이 있지만 그래도 남이 모르는 가운데 좋은 작품을 쓰고 민족문화의 창달을 위해 애쓰고 있는 예술가들이 있다고 생각하니 마음 든든하다. '독도 시인'이 '한강 시인'으로 거듭나는 것을 바라보면서 그와의 인연을 감사하게 생각하게 된다.

우리 박 씨는 대표적인 한국 토성으로 천년 사직의 신라를 세운 박혁거세를 시조로 한다. 지구상에서 천년의 역사를 가진 나라는 신라와 로마뿐이다. 로마라고 해도 실은 동로마와 서로마의 역사를 합친 것이 천년이다. 신라는 보다 큰 국가의 형성을 요구하는 시대상황에 맞추어 삼국을 통일함으로써 오늘날 '한민족'이라는 카테고리를 만든 국가이다. 아마도 신라의 통일이 없었으면 '한민족'이 없었을지도 모르겠다. 십중팔구 중국에 동화되었을 확률이 높고 그러면 중국의 고려성 정도로 역사적 존재를 유지하고 있을지도 모른다. 신라의 존재는 참으로 소중하다.

박 씨 종친 중에는 여러 훌륭한 인물이 많다. 고대로 올라가면 한국 선비정신의 종조라고 할 수 있는 신라의 박제상朴提上이 있고, 그 사이에 수많은 인물이 있겠지만 생략하고, 조선조에는 사육신의 한 사림인 박팽년(朴彭年, 1417~1456), 중후기에는 '열하일기熱河日記'로 유명한 박지원(朴趾源, 1737~1805), '북학의北學議'로 실학을 이끈 박제가(朴齊家, 1750~1805) 등의 인물이 있다. 그런데 최근 조선 중기 사림이 형상되던 시기에 사림의 한 중추를 맡았던 박지계(朴知誡, 1573~1635)라는 인물이 있음을 알게 되었다. 과문한 탓이었지만 박지계는 학자들 사이에는 널리 알려진 인물이었던 것 같다.

박지계는 자가 인지仁之, 호가 잠야潛冶로 공자의 인仁을 실천하겠다는 의지가 자에서도 엿보인다. 아니나 다를까, 그는 당시 세 갈래의 사림 가운데 하나를 이끌었던 인물이다. 하나는 여헌旅軒 장현광(張顯光, 1554~1637)이 이끄는 영남嶺南사림이고, 다른 하나는 사계沙溪 김장생(金長生, 1548~1631)이 이끄는 기호畿湖사림이고, 나머지가 그가 이끄는 영호嶺湖의 사림(소론)이었다. 그는 영남과 호남의 사림들이 감히 이름을 부르지 못하고 '박자朴子'라고 불렀다고 한다. 그는 조선조의 서당교재(국정교과서)라고 할 수 있는 '동몽선습童蒙先習'의 저자 박세무朴世茂의 손자로 청람靑藍한 셈이다.

박 시인의 많은 책을 대하면서 새롭게 여러 선비들의 면면을 떠올리는 까닭은 무엇인가. 박 시인은 언론인으로, 학자로, 시인으로, 문화비평가로 오래 동안 활동한 것으로 익히 들어왔다. 아마도 그의 폭넓은 활동과 관심이 많은 책을 쓰게 한 원동력이 되었을 것이다. 그가 아직 젊음이 남았으니 앞으로 더 훌륭한 책을 쓰고 우리 박 씨 대종친의 자랑이 되었으면 한다. 나는 오래 동안 경제인으로 활동하다가 뜻한 바가 있어 요즘 불우이웃 돕기 운동을 펼치면서 나라를 바로 잡는 데에 미력이나마 보태려고 동분서주하고 있다. 남을 도우는 게 참으로 보람 찬 일이며 스스로 아름다움의 열매를 따는 일임을 새삼 느낀다. 박 시인의 문운이 울울창창하기를 빈다.

2008년 10월
박 씨 대종친회 부이사장 朴 基 勳
박 기 훈

11

序文

한강 교향시

-詩로 한강을 거닐다

《한강교향시--詩로 한강을 거닐다》라는 제목의 연작시는 내가 조국에 선물할 수 있는 시들의 모음이다. 아뽈리네르의 '미라보 다리 아래 센 강은 흐르고 우리들의 사랑도 흘러내린다.'라는 시 구절을 학창 때부터 즐겨 암송한 나는 언젠가 한강을 소재로 민족서사시에 도전해 볼 것을 염원하고 있었다.

그러던 차에 우연히 지인들과 인사동에서 차를 마시면서 그간 발간한 시집과 각종 저술을 합쳐보니 백여 권에 이른 것을 알 수 있었다. 물방울은 처음부터 강물이 되고 바다가 될 것을 생각하지 않고 떨어진다. 내가 그동안 쓴 시문 詩文들은 마치 물방울처럼 내 인생에 떨어져 이제 강을 이루고 있음을 알았다.

한강은 우리 역사에 무의식처럼 흘러가고 있다. 내 인생도 이제 무의식처럼 흐르는 한강이 되어버렸다. 강처럼 흘러간 내 나이도 언 회갑을 앞두고 있다. 회갑기념으로 시집을 내는 것이 어떠냐 하는 주위의 권고를 받아들여 그간 한강관련 시들을 모우고 여기에 몇 편을 보태 백 권 째 책으로 이 시집을 펴내게 되었다.

돌이켜보니까 실은 내가 처음 세상에 떠나보낸 책도 《해원상생, 해원상생》(89년, 지식산업사)이라는 시집이었다. 그러니 아무리 책을 많이 내었어도 시집에서 시작하여 시집으로 끝나는 셈이다.

이 서사서정시집 《한강교향시--詩로 한강을 거닐다》는 실은 지난 94년부터

14

간간히 '한강은 바다다' 라는 제목으로 연작시를 발표한 것이었는데 이번에 집대성하게 된 것이다. 아침저녁으로 올림픽 대로를 타고 출퇴근을 할 때나, 주말이나 휴일에 한강주변을 소풍하거나 산보하고, 때로는 한강의 발원지와 물길을 찾아서 강원도, 충청도 등 여행을 하고, 그리고 틈나는 대로 한강에 달려가고 생각하면서 틈틈이 써 온 시들이다.

내가 한양대 의과대학을 다니다가 국문과로 전과하였을 때, 처음 만난 박목월 선생은 "박 군 자네는 서사시를 쓸 걸세. 김동환의 '국경의 밤' 같은 것 말이야."라고 예단한 적이 있다. 그러고 보니 내 시에는 언제나 서사적인 힘이 숨어있는 것을 한참 뒤에 느낄 수 있었다.

한강을 시적 심상에 연결시키는 일은 그리 쉽지 않았다. 아마 강이 내포한 의미를 나의 인생이나 상상력이 따라 잡기에는 부족했기 때문인지도 모른다. 강은 생각하면 인생의 총체성에 견주어도 모자라지 않은 상징일 것이다. 이번에 연작시를 완성하면서 한강이야말로 한국사의 축소판이며 삶의 젖줄이라는 엄연한 사실을 새삼 인식하게 됐다.

여기엔 한강의 신화학, 한강의 지형학, 한강의 생태학, 한강의 계절학, 한강의 역사학, 한강의 사랑학 등이 총망라되어있다. 한강은 한강을 둘러싸고 있는 수많은 산들이 만든다. 산에서 흘러내려오는 물이 샘을 만들고 내를 만들고 강을 만들고 바다가 된다. 한강은 한반도이다. 한강은 한국이다.

아무쪼록 이 한강 서사서정시가 후손들이 한강을 더욱더 사랑하고 미적으로 바라보게 하는 데에 일조를 하였으면 하는 바람이다. 또 시집의 제목으로 붙인 '한강교향시' 가 머지않은 장래에 음악적으로 한강교향곡이나 한강교향시, 한강칸타타, 한강모음곡, 가곡 등으로 탄생하는 데에 좋은 계기가 되었으면 하는 바람이다.

조선 중기 문인 상촌象村 신흠(申欽, 1566~1628)은 "오동나무는 천년을 늙어도 가락을 머금고 있고, 매화는 평생 춥고 배고파도 향기를 팔지 않는다"(桐千年老 恒藏曲 梅一生寒不賣香)고 말했다. 신흠의 묘역(경기도기념물 제 145호)은 팔당 부근의 광주시 퇴촌면 영동리 산 12-1에 있다. 팔당에 합류하기 직전의 경안천을 가로지르는 광동교를 지나면 바로 묘역 표지판이 보인다. 나는 이 시집을 엮으면서 늘 그를 떠올리고 이 시대의 '풍류를 아는 선비'로 남기를 기도하곤 했다. 오늘날 오동나무나 매화 같은 선비와 시인묵객은 드물 것이다. 그러나 지레 포기할 필요는 없다. 예악禮樂은 선비의 생활에 없어서는 안 될 덕목이고 우리문화의 격조가 높아지려면 언젠가 예악으로 완성되지 않을 수 없을 것이다.

이 시집은 특히 한강 명소 관련된 선조들의 시를 함께 묶어 소개하는 한편 사진을 곁들여 한강을 문화적으로, 시각적으로 이해하게 하고, 전통의 연속성과 시공을 초월한 정서의 유대를 확인하도록 배려하였다. 그래서 충실하게 주를 달려고 애를 썼다. 한강의 아름다운 풍경을 보고 시를 쓴다는 것은 너무나 당연하다. 이 번 시집의 미적 완성을 위해 한강관련 사진을 사용하게 허락해 준 한강사업본부 김찬곤 본부장과 김태범 님에게 감사를 드린다.

서울시 한강사업본부가 주최한 「한강사진전」에 입상 작가 여러분들을 비롯하여 옛 한강 관련 사진을 제공해 주신 사진작가 정범태, 김한용, 남기섭, 윤철환, 남기열, 최석환, 정지현, 강정훈 님에게 감사를 드린다.

중국에 명산이 많다고 하지만 한국의 산수만큼 실하고 기운이 넘치는 곳이 없다. 아마도 이것을 뼈저리게 느낀 겸재 정선은 관념산수에 빠져있는 사대주의 허수아비들에게 한강을 답사유람하면서 수많은 진경산수를 남겼을 것이다. 겸재의 진경산수의 정신을 계승하여 앞으로도 화가들은 그림을 그리고 시인들은 시를 쓰는 전통이 이어질 것으로 믿어 의심치 않는다.

지난 해《독도》(신세림) 시집을 냈다. 그리고 올해 독도에 시비를 세웠다 (2008년 9월 9일, 독도박물관 구내). 그것이 나의 개인사의 결집에 해당하는 상징이라면《한강교향시--詩로 한강을 거닐다》는 민족사의 결집이다. 참으로 뜻 깊은 해의 연속이다. 이런 성과를 내게 해준 천지신명에게 감사한다.

이 시집이 나오게 되기까지 음으로 양으로 도와준 분들이 많다. 여기서 일일이 거론하지는 않겠지만 특히 이인하李仁夏 화백은 나로 하여금 팔당과 남양주, 북한강, 남한강에 관심을 갖게 한 인물이다.

또 시집의 마무리 여정이었던 태백과 정선을 함께 여행하고 그리고 여가가 날 때마다 남종 분원리 붕어찜을 먹으로 가자고 청해 팔당에 대한 나의 애정을 깊게 한 사촌매제 조동열 -박인숙 부부에게도 감사한다. 만날 때마다 건강을 걱정해준 이경구 선배, 후배인 이장섭 인류학 박사, 현대시 동인인 유희봉 시인, 고명수 시인, 평론을 기꺼이 맡아 준 이시환 시인, 그리고 전통문화에 남다른 이해와 한강시 집대성 작업에 격려를 아끼지 않으신 이계황 전통문화연구회 이사장, 문헌 자료를 찾아준 동 연구회 배원룡 박사, 이호일 상임이사에게도 감사드린다. 그리고 나를 시인이 되게 언제나 격려해주시고 이 번 시집의 서문까지 써 주신 이승훈 시인님께 감사를 드린다. 끝으로 편집과 디자인을 맡아준 엄은미 양, 그리고 언제나 기꺼이 도와주시는 이혜숙 신세림 사장에게도 감사를 드린다.

이 시집을 인생의 동반자인 아내 우경옥에게 바친다.

2008년 10월 석촌호수 삼전나루 앞 망호정望湖亭에서

문유文遊 대박단군大朴檀君 박 정 진

차례 contents

01 한강은 바다다(프롤로그)

02 한강

한강교향시

차례 contents

03 남한강

차례 contents

04 북한강

05 마음속의 한강(에필로그)

한강교향시

01

한강은 바다다(프롤로그)

▶ 김경희 「시원」

한강은 바다다
-한강 르네상스를 위하여 · 1

아침의 나라, 처음 하늘이 열릴 때
그 찬란함으로 땅은 기뻐 날뛰었다.
강줄기를 따라 옹기종기 모여 살며
우린 산맥을 따라 바다를 꿈꾸었지.
강굽이를 따라 이골저골 서로 껴안으며
오래오래 숨 쉬었지, 한민족 개벽開闢의 강

한강은 바다, 우린 바다로 떠나기 전
진작부터 바다와 깃발을 꿈꾸었지.
바다가 되기 선 이미 날씬한 몸내를 뽐내고
바다가 되기 전 이미 후덕한 마음씨를 갖추었지.
불을 피우고 가족을 그리워한 먼 먼 그날에
물의 운명을 깨달았지, 한민족 원융圓融의 강

산이 있어 아름다운 강
강이 있어 더욱 아름다운 도시
스스로의 아름다움에 취해 살아온
오천년의 길고 긴 세월의 자락
언젠간 북한강과 남한강처럼 한 데 어우러질
자나 깨나 꿈꾸는 한민족 통일統一의 강

한 때는 피의 강, 혁명의 강, 기적의 강
이제 용트림하는 강, 한강의 르네상스여!
자전거, 수상콜택시로 출퇴근하는 서울내기들
새소리, 꽃향기, 녹색의 길, 밤의 나룻배
다시 웅비와 기적을 위하여 나팔을 분다.
푸른 강물에 비치는 조선朝鮮의 기상이여!

---

*북위 36。30'~38。55', 동경 126。24'~129。02'에 걸쳐 한반도의 중앙을 동서로 관
통하는 한강 물줄기는 태백-임계-정선-영월-단양-충주-여주-양평-팔당-서울-김포 노선
을 기본으로 한다. 한강의 면적은 26,219㎢로 압록강 다음 두 번째이고, 길이는 514km
(497km 혹은 481km라고 기관별로 다른 측정을 하고 있다)로 압록강, 두만강, 낙동강에 이
어 네 번째이다. 한강 유역면적은 남한면적의 27%에 이른다. 남한강이 394km, 북한강이
325km로 남한강이 69km 더 길다.

서울(Seoul), 소울(soul)

-한강 르네상스를 위하여 · 2

우리는 오대양육대주에 깃발을 꽂았다.
해인海印을 위해, 열락悅樂을 위해
불국토, 시온성이 바로 여기로다.
서울Seoul은 세계의 소울soul, 세계의 수풀
바다는 한강만을 기다리진 않겠지만
한강은 이미 바다다. 바다의 설렘이다.

　바다로 갈 것을 포기할 수 없는
　의지와 소명의 사람들
　아침의 기상과 낮의 노동
　저녁의 꿈으로 살아가는 사람들
　이름민 들이도 베기 부른 어머니의 젖줄
　굽이굽이 살아 숨 쉬는 어머니의 후덕함이여!

'발해만渤海灣'의 부활은 이제
서해에서 용트림 친다.
단군조선의 여명의 역사가
여기저기서 물소리를 내며 꿈틀댄다.
신석기와 청동기의 조상들이
철기시대를 뛰어넘어 문자메시지를 보낸다.

　동이東夷여, 발해渤海여, 한국이여!
　웅녀熊女가 옥동자를 낳을 때 일어서리다.
　호돌이는 88올림픽 때 마스코트로 품에 안겼고
　치우천황은 92월드컵 때 붉은 악마로 돌아왔다.
　이제 남은 건 단군님의 부활, 주파수를 맞추어라.
　황금웅녀가 검은 동굴에서 삼지창을 들 때 지배하리다.

▶ 김부용 作

신화의 강

곰과 범이 건넜던 아리수
단군이 목을 적셨던 아리수
밤하늘엔 북두칠성尸
북두칠성 너머 하늘의 중심, 북극성
동북쪽 23.5로 기울어진
진북眞北 간艮 방에서 문명은 시작했나니.

물의 수정水精이 모인 곳
하늘에는 북극성, 땅에는 백두산
인간에겐 단군 할아버지
땅에는 샘솟는 우물井
백두산白頭山, 천지天池여!
흰머리 산, 태양이 눈부신 산

탱그리, 대가리, 단군, 당골, 태극太極
칸Khan, 한Han, 한韓, 칸 탱그리Khan-Tengri
모두가 머리, 하늘이로다.
백두산 천지는 압록강, 두만강, 송화강의 원천
물의 신이여! 생명의 신이여!
물의 나그네, 천부경天符經의 순례자여!

아리수 한강, 아리랑 한강

아리수! 열려도, 열려도 끝이 없는 까닭으로
사방에서 지류가 흘러들어
사랑하지 않고는 못 배기는 그런 강
물새들이 둥지를 틀고
새까맣게 물위를 비상할 때면
한강은 하늘과 맞닿는다.

하늘의 푸르름, 마음의 푸르름
강기슭엔 언제나 따뜻한 사람냄새
시원의 강, 연결의 강, 우리의 인드라
수많은 다리가 이쪽, 저쪽을 연결하고
이승, 저승의 물건을 실어 나른다.
은하수銀河水처럼 흐르는 한강이여!

아리랑! 죽어도, 죽어도 죽지 않는 까닭으로
정情의 강, 한恨의 강, 신神의 강
밤새 닫혔던 눈꺼풀을 여는 바람
파도치는 강은 만월처럼 차오른다.
크고 큰 강, 길고 긴 강, 바람 찬 강
너와 함께 달리면 우리들의 맥박은 뛴다.

전설의 강

삼면이 바다인 우리는 언제나
바다를 꿈꾸며 파도를 기다렸지.
마음 한 구석엔 태양을 간직하고
삼족오三足烏의 걸음과 날개 짓으로
숱한 전화戰禍 속에서도
천손이라는 자아를 잃지 않았지.

처음부터 흘렀기에
지금도 흐르고 앞으로도 면면히 흐를 강
나무꾼과 선녀처럼 하늘과 땅을 오가는 강
남한강에서 내려온 전설과
북한강에서 내려온 전설이 합쳐
개벽의 신화는 다시 시작하리.

남한강은 여인네의 펑퍼짐한 둔부
북한강은 남정네의 시퍼런 팔뚝
힘찬 허리의 곡선에서 생명은 춤추고
신화보다 멀고 역사보다 유장한
물줄기의 굽이침, 산들의 도도한 열병閱兵
죽어도 이곳에 뼈 뿌려 잠들고 말겠지.

한강! 아! 거대한 족적의 빛남이여!
흘러 흘러도 서는 법이 없는 까닭으로
수평으로, 수평으로 누워 바다로 향한다.
태백, 금강산에서 시작하여 서울을 관통한 후
황금들판, 금포金浦평야를 이루고
임진강과 만나 1천 3백 리 여정을 마무리한다.

---

* '나무꾼과 선녀' 전설은 호주를 제외한 세계 전 지역에 분포하고 있다. 중국에서는 '곡녀
(鵠女)전설' 일본에서는 '우의(羽衣)전설' 서구에서는 '백조(白鳥)처녀'로 알려져 있다. 《나
무꾼과 선녀설화 연구》를 펴낸 배원룡 박사에 따르면 우리나라에서 조사된 자료만도 90여
편에 달한다.

역사의 강 1

1

백두산은 민족의 영산靈山
한강은 민족의 젖줄
백두산이 동이족의 위세를 떨쳤다면
한강은 오늘의 한민족, 한국을 정초했다.
백두대간을 타고 한강을 각축하며 나라를 정비했다.

백제의 온조溫祖[*]는 한강변에 위례성^{**}을 세우고
처음 한강 수도를 열었다. 적석총은 당시를 말한다.
고구려의 광개토대왕 장수왕도
아차산을 점령하기 위해 남진을 했다.
온달장군^{***}은 아차산 전투에서 전사했다.

한강이 길을 내주면 삼국을 제패하고
한강을 잃으면 국세가 쇠퇴했다.
신라 진흥왕은 한강을 얻음으로써
삼국통일의 물길을 열었으며
당나라와 쉽게 교통할 수 있었다.

고려의 수도가 송악에서 개성으로 옮기면서
한강은 더욱 빛을 발해 드디어 고려 문종 때
양주楊州^{****}는 평양, 경주와 함께 남경이 되어

수도로의 가능성을 십분 입증했다.
조선이 한양을 수도로 정도해 그 후 6백년--.

불행히도 6.25 동족상잔으로
한강은 남북으로 갈리는
혈육이 찢기는 한恨의 강이 되고 말았다.
한강은 우리 몸의 유전인자, 문화의 샘
남북한이 한강처럼 합쳐지는 날 우리는 하나가 되리.

---

*백제 시조의 이름이다. 동명왕의 둘째 아들로서 처음엔 나라 이름을 십제(十濟)라 하였다. 삼국사기에 따르면 온조왕이 그의 형인 비류가 다스리던 백성을 합쳐 더 큰 나라를 만들 때 비류의 백성들이 모두 즐거워하여 나라 이름을 백제로 고쳤다는 설명이 있다. 한편, 중국 수서(隋書) 백제 전에는 백여 호가 바다를 건너 남하하여 나라를 세웠기 때문에 백제라고 하였다고 한다. 재위기간은 BC 18~AD 28년이었다. 온조(溫祖)라는 이름은 '조상을 살아있는 것처럼 모신다'는 뜻이 있다. 이 정신이야말로 인간정신의 가장 큰 도덕이자 보편성이다. 필자는 몇 해 전 정읍의 백학마을(백학의농원) 동이(東夷)학교(원장 박문기, 063-535-9032, 9755)에 들른 적이 있었는데 그곳에 온조우(溫祖宇)가 있었다. 여기엔 역대왕조의 창업자 신위가 모셔져 있었다. 내장산과 이웃한 삼신산 아래에 조성된 백학마을에는 삼신다원(三神茶園)도 있다. 지금 온조(溫祖)의 정신이 우리민족에게 필요한 시기이다.
**몽촌토성 혹은 풍납토성을 말한다. 한강변에 있었다고 하여 한성(漢城)이라고도 한다. 흔히 백제의 한성시대가 그것이다. 따라서 '지금의 서울' = '백제의 한성' = '조선의 한양'은 고대에서부터 진작 남북의 중심도시가 되었음을 알 수 있다.
***온달장군은 충북 단양의 온달산성에서 전사했다는 설도 있다.
****서울은 고려 때는 양주(楊州)에 속했다. 한반도의 중심도시는 고대에서부터 북쪽에서는 평양=서경(고조선의 수도), 남쪽에는 동경=경주(신라의 수도)였으며, 서울은 남북의 중심으로 고려 때 양주=남경에 속했다. 결국 평양, 서울, 경주는 이미 고대에서부터 중심도시=수도로서의 기능을 하였음을 알 수 있다. 재미있는 것은 한강변에는 버드나무가 많았던 것 같다. 양주(楊州), 양평(楊平)이라는 지명은 그것을 말한다. 양주는 한강 연안에 위치하여 고대부터 요충지였으며, BC 1세기 초에 낙랑군, AD 3세기 초에 대방군의 영토였을 것으로 짐작된다. 그 뒤 고구려 · 백제 · 신라의 각축장이 되어 백제는 북한성(北漢城)의 일부로, 고구려는 남평양성(南平壤城)의 일부로 각각 보았으나, 551년(진흥왕 12) 신라의 지배하에 들어갔다. 757년(신라 경덕왕 16) 매성군(買省郡)을 내소군(來蘇郡)으로 개칭, 고려 초에는 견주(見州), 995년(성종 14)에는 광릉(廣陵)이라고 하였다. 1308년(충렬왕 34) 양주라 했던 곳을 한양부(漢陽府)라 하여 한때 지주사로 강등되었고, 1395년(조선 태조 4) 양주부로 승격하였다. 1413년(태종 13) 도호부, 1466년(세조 12) 목(牧)이 되었다. 1896년(고종 33) 경기도 양주군이 되었고 1963년 의정부읍이 의정부시로 승격되었다. 1980년 남양주군(南楊州郡)이 분리되었으며 1981년 동두천읍이 동두천시가 되었고 2003년 양주군이 양주시로 승격되었다.

역사의 강 2

한강의 역사는 깊어
한서漢書지리지에 대수帶水로 나오고 *
저 만주를 호령하며 중국과 패권을 다투던
광개토대왕비에는 아리수阿利水라 하였다.
아리수란 고대 도읍지의 긴 강의 이름
아리수에서 아리랑은 흘러나왔네.

삼국사기三國史記 백제건국설화엔 한수寒水
고려 때는 큰 물줄기가 맑고 밝게 뻗어 열수列水
한강漢江이 된 것은 백세 내
그러나 '한'(칸)의 뜻은 동이문화의 원형질
한은 한울님, 하늘님, 하느님, 하나님
세계는 한 가족, 한 울타리

홍익인간弘益人間이여! 영원하라!
한민족의 위대한 종교, 철학
아, '한'은 위대하다, '한'강은 위대하다.
민족의 젖과 꿀이 되었네.
민족의 한과 신이 되었네.
민족의 신과 멋이 되었네.

한강은 아리수
한강은 아리랑
한강은 아라리
한강은 아우라지
한강은 아랑
한강은 아리랑, **쓰리랑

---

*한사군과 삼국시대 초기에는 한반도의 중간 허리부분을 띠처럼 둘렀다고 '대수(帶水)'라고 했다. 고구려는 '아리수', 백제는 '욱리하'라고 했고, 신라는 상류를 '이하', 하류를 '왕봉하'라고 했다. 《삼국사기》'신라편' 지리지에는 '한산하' '북독'이라고 했다. 백제가 중국 동진(東晉)과 교류하면서 중국문화를 받아들이기 시작하여 '한수(漢水)' '한강(漢江)'이 되었다. 고려 때는 물줄기가 맑고 밝게 뻗은 긴 강이라고 해서 '열수(列水)' 혹은 모래가 많다고 해서 '사평도' '사리진', 조선시대에는 '경강'이라고 했다. 한강의 우리말은 한가람인데 한은 '크고, 넓고, 길다'는 뜻이며 가람은 강의 고어이다.
**아리랑은 신맞이, 쓰리랑은 신들림을 의미한다고 한다. 아리수는 강이고, 아사달은 땅이름인데 둘 다 고대 도읍지와 관련이 있다. 국어학자 이기문 교수는 '아리라(下)=사타구니'라고 하였는데 아리수(아리랑)은 배산임수에서 임수를, 아사달은 배산을 나타낸다. 고대 도읍은 배산임수의 사타구니 같은 골짜기에서 시작하였다. '아'(알타이어의 al 혹은 as)는 오늘의 '금'(金) 혹은 '태양'에 해당된다. 고대 우리민족의 정체성과 관련이 있는 말이다. 아리와 아사는 크다는 의미와 함께 작다는 의미도 가지고 있다. '새로운', '날(태양)', '아침' '아씨'도 관련이 있다고 한다. 한편 차(茶)의 범어(梵語)는 알가(argha)인데 이것도 '시원' '원초'의 의미가 있다. 알가의 '아르'(ar)는 우리말의 알(卵)과 같다. 알타이어의 '아'(al, as)이든, 범어의 '아르'이든 모두 우리 민족문화의 상징어임에 틀림없다. '하느님'이라는 용어도 '한알님(하나+알+님)'(하늘님, 하느님)에서 나왔다고 하는 학자도 있다.

시인 묵객의 강

구석기에서 신석기, 청동기에서 철기시대에 이르는 유물들은 우리가 오랜 역사문화민족임을 보여준다. 특히 전곡리 유적은 세계적인 구석기 유적지이다. 우리민족이 오래전부터 한반도에 자리 잡아 살아왔음을 보여준다.

시인 묵객들은 한강을 빗대어
충절과 한과 사랑과 인생을 노래했나니.
"앞은 한강수 뒤는 삼각산"*
"가노라 삼각산아 다시 보자 한강수야"**
"이 물이 우러 내어 한강 여흘 되다하면"***

한강수타령은 민요의 백미
"한강수 푸른 물아……
사람만이 늙는 구나."
우린 깅을 타고 돌고 돌아 헤어지지 않으리.
우린 강을 타고 이어 이어 끊어지지 않으리.

한강시선漢江柴船 뱃노래는
선상배치기에서부터 한바탕 일렁이고
강화에서 마포로 거슬러 오르는 어부들의 기상
한강의 교역, 옛 영화의 부활이었구나.
한강의 기적, 꿈이 아닌 현실이었구나.

진경산수, 실학운동 한강 따라 꽃 피웠구나.
압구정, 구담봉, 선유봉, 무악봉, 남산 해돋이
공원으로 탈바꿈한 선유도는 야경의 백미
살았을 제 못 보면 죽어서도 눈 못 감지.

▲ 겸재 금강전도

선유정仙遊亭에 앉으면 영락없는 신선되네.

****
겸재謙齋는 한강을 오르내리며
진경산수眞景山水 남겼고
*****
이병연李秉淵은 진경시眞景詩로 화답했네.
우리도 두 사람 우정 닮아 그리고 노래해.
오늘의 진경산수와 진경시 전하세.

〈한강의 유적지〉

강남의 유적지를 상류에서 섬기면 암사동선사주거지, 광진나루터, 풍납리토성, 몽촌토성, 삼전도비, 석촌동백제고분군, 송파진, 봉은사, 삼릉공원, 압구정터, 잠실뽕나무밭터, 용양봉저정, 노량진, 사육신묘, 염창터, 광주암, 공암진, 약사사가 있다.
강북의 유적지를 상류에서 살피면 아차산성, 낙천정터, 뚝섬나루, 뚝섬경마장터, 살곶이다리, 입석포, 독서당터, 천일정터, 제천정터, 이태원터, 한강진, 동빙고터, 서빙고터, 서빙고부군당, 새남터순교성지, 토정터, 광흥창터, 공민왕신당, 밤섬, 절두사천주교성지, 외인묘지, 망원정, 양화진, 행주산성이 있다.

*정도전(鄭道傳, 1342~1398)의 신도가(新都歌). 조선 개국의 일등공신인 그가 조선의 창업을 찬양한 시이다.

**김상헌(金尙憲, 1570~1652)의 시조. 병자호란 때 화의를 반대하고 끝내 주전론(主戰論)을 펴다가 인조가 항복하자 낙향했다. 이 때문에 심양(瀋陽)에 잡혀가 3년간이나 있었는데 심문에도 끝내 굽히지 않아 청나라 사람들이 그 충절에 감동하여 돌려보냈다. 그가 청나라에 끌려가면서 쓴 시조이다.

***정철(鄭澈, 1536~1593)의 시조. 가사문학의 태두로 알려진 그가 선조 임금은 그리워하며 쓴 시조.

****겸재(謙齋) 정선(鄭敾, 1676~1759)은 관아재(觀我齋) 조영석(趙榮石, 1686~1761), 현재(玄齋) 심사정(沈師正, 1707~1769), 공재(恭齋) 윤두서(尹斗緒, 1668~1715)와 함께 조선조 삼재(三齋)의 한 사람으로 진경산수를 확립한 조선 제 1의 화가이다. 겸재의 한강 진경산수로는 압구정도(서울 강남구 압구정동), 구담도(단양팔경 중 하나로 구담봉 아래 강물), 선유봉도(영등포구 양화대교 남단에 있던 봉우리), 양화진도(영등포구 양화나루), 이수정도(강서구 염창동 강변), 개화사도(강서구 개화동 약사사 전경), 송파진도(송파구 송파나루), 광진도(광장동 광나루), 낙건정도(고양군 지도읍 외성동 용정), 귀래정도(고양군 지도읍 외성동), 안현석봉도(한강 남쪽에서 무악봉의 봉화를 그림), 목면조돈도(한강 남쪽에서 남산의 해돋이를 그림), 행호관어도(고양군 지도읍 행주산성), 공암층탑도(강서구 가양동 옛 양천현의 공암나루)가 유명하다.

*****사천(槎川) 이병연(李秉淵, 1671~1751)은 조선 중기 시인. 자는 일원(一源), 호는 백악하(白嶽下), 김창흡(金昌翕)의 문인이다. 영조 때의 뛰어난 시인으로 일생동안 1만 300여수에 달하는 시를 썼다. 그의 시는 서정과 은일을 표현하는데 뛰어났다. 특히 매화를 소재로 55수나 되는 시를 지었다. 80살이 넘도록 시작생활을 하였지만 현재 전하는 시는 500여 수이다. 저서로는 《사천시초》(2책)가 전한다. "해질녘 고려도읍에 말을 세우니/흐르는 물소리 중에 오백년이 잠겼구나(黃昏立馬高麗國 流水聲中五百年)" 기이하고 웅장했다는 그의 시구이다. 정선이 조선 후기의 진경산수화를 이끌었다면, 그는 《조선왕조실록》에 그 죽음이 기록되었을 만큼 진경시의 거장이었다. 겸재의 진경산수의 확립은 이병연과 인연이 깊다. 금강산이 있는 금화 현감으로 가게 된 이병연을 따라 겸재는 금강산에 첫발을 디뎠는데 일만 이천 봉우리가 그를 사로잡기에 충분했다. 금강산에 다녀온 후 그림 세계는 크게 변모했는데, 그는 금강산을 그린 스물 두 장의 그림을 이병연에게 보냈다. 그림을 받아든 이병연은 그림에 탄복하여 정선의 그림 하나하나에 시를 지어 최고의 작품을 탄생시켰다. 이병연은 겸재가 75세 되던 해 세상을 떠나고 말았다. 친구를 잃은 슬픔에 젖어있던 겸재는 어느 날 자신에게 남은 것은 그림뿐이라는 생각으로 인왕산을 화폭에 옮기기 시작했다. 이 그림이 바로 국보 제 216호인 '인왕제색도' 이다. 겸재와 이병연의 우정은 지극하였는데 이에 앞서 1740년 초가을 겸재가 양천(陽川, 지금 가양동 근처) 현령으로 부임해갈 때 이별이 아쉬워 서로 시와 그림을 주고받기로 약속했다. 이 때문에 탄생한 것이 바로 경교명승첩(京郊名勝帖)이다. 이 화첩에는 한강 일대의 33폭의 진경이 실려 있다. 그야말로 "시속에 그림이 있고, 그림 속에 시가 있다"(詩中有畵 畵中有詩) 한양의 사천이 시를 써 보내면 양천의 겸재가 그림으로 화답하고 겸재가 그림을 그려 보내면 사천이 시로서 답했다. 진경문화운동은 두 사람의 아름다운 우정의 결실에 힘입었다.

청춘의 강, 사랑의 강

남쪽엔 올림픽대로
북쪽엔 강변북로
한강을 타고 서울은 순환하고
맑은 피, 맑은 공기를 잠결에 공급받아
아침마다 찬란한 일출로 되살아난다.
불사조여! 불새여! 불굴의 강이여!

밤낮으로 흘러도 못 다 흐르는 강
사계절로 흘러도 싫증내지 않는 강
손 내밀면 바로 옆에 있어도 늘 고귀한 강
슬플 때나 기쁠 때나 문득문득 떠오르는 강
낮에는 달려가고 밤에는 꿈속에서 소리 내는 강
밥 같은 강, 공기 같은 강

우리는 만나자마자 한강으로 달렸다.
여름날 멱 감으로 가는 아이들처럼
서로의 몸에 풍덩 빠질 각오로 달렸다.
우린 쇳물처럼 달구어져
우린 강물처럼 흘러내려
하나의 형체가 되기를 원한다.

때로는 돌 같은 명상에 잠기고
때로는 새틀같이 비상한다.
서로의 입속으로, 서로의 가슴속으로
나는 너를 통해 면면히 살아있으리.
중용의 강이여, 무량의 강이여
하늘 닮은 강이여!

경강 京江의 한강

1
*경강 京江은 한강의 하이라이트
조선조엔 **나루만 30여개에 이르렀다.
그 나루엔 인정과 물건이 오고가고
물건 따라 사랑과 노래가 움직였다.

풍부한 수량은 수상교통을 열었고
용산, 서강, 마포 항이 유명했고
동빙고, 서빙고엔 매빙업이
***
두모포, 뚝심엔 목재와 시탄이 모여들었다.

강남의 송파는 쌀, 목재, 토산품이 즐비했다.
노들강변 백사장엔 발자욱도 즐비했다.
국난 때는 영욕榮辱이 점철했다.
행주산성대첩과 삼전도三田渡치욕은 그 징표

1866년의 병인양요, 1871년의 신미양요
그 뒤 1876년의 운양호사건에 이어 개화는 시작됐다.
1888년 한강엔 증기선이 취항하고
1900년에 한강철교가 완성됐다.

2

상인들은 돈에 울고 웃었고
선비들은 벼슬과 낙향과 귀양을 거듭했다.
지금은 시민들의 멋진 드라이브 코스
휴식처, 운동장, 축제장

정도 6백년을 맞은 한강은
각 구청 대항 운동시합으로 부산하고
시민들의 신명은 둔치를 달아오르게 한다.
우린 강에서 태어나 강을 먹고 강처럼 살았다.

세계가 하나가 된 올림픽공원을 시작으로
자전거 도로와 자연학습장이 펼쳐진 둔치공원
광나루지구에서 강서지구까지 41.4km****
광진교북단에서 난지지구까지 39.3km*****

'농자 천하지 대본農者天下之大本'이 아니라
'지자 천하지 대본知者天下之大本'이 된 오늘날
한강을 타고 옛 풍류 되살아나네.
멋쟁이 대한민국, 대한국민 만세

*광나루에서 양화진까지의 한강을 말한다. 대체로 서울(京)을 지나는 한강이라고 보면 된다. 팔당에서 광나루까지를 미호(渼湖)라고 하기도 한다. 진정한 한강은 남한강과 북한강이 만나는 팔당에서 조강까지이다.

**조선시대 때 주요 간선도로가 통과하는 한강에는 일찍부터 광나루(廣津), 삼밭나루(三田渡), 서빙고나루(西氷庫津), 동작나루(銅雀津), 노들나루(露梁津), 삼개나루(麻浦津), 서강나루(西江津), 양화나루(楊花津) 등이 있었다. 특히 광나루·삼밭나루·동작나루·노들나루·양화나루는 한강의 5대 나루로 손꼽혀 일찍부터 각종 물품과 사람들의 집합장소로서 유명하였다.

***두모포도 한강의 두 물이 만나는 곳의 명칭인 두물, 이수(二水), 양수(兩水)와 함께 이에 속한다. 성동구 옥수동의 옛 이름으로 '두뭇개'라고 불렸다. 두뭇개란 한강과 중랑천의 '두 물이 서로 어우러지는 개(물)'라는 뜻으로, '두물개 → 두뭇개 → 두무포 → 두모포(豆毛浦)'로 차음(音借)된 것이다. 일제 때는 이곳에 옥정수(玉井水)라는 유명한 우물이 있어 '옥정수골'이라 하다가 지금은 옥수동(玉水洞)으로 되었다.

****강남지역: 강동구 암사동 광나루지구에서 강서구 개화동

*****강북지역: 광진구 광장동 광진교북단에서 마포구 망원동 난지지구. 환상의 한강 자전거 코스는 올림픽공원, 반포지구, 선유도로, 월드컵공원, 잠수교, 서울 숲, 뚝섬유원지 광진교, 구리까지 이어진다.

〈한강의 각종 시설들〉

풍납-광나루지구엔 올림픽대교가 시원스레 지나고 수상스키, 보트장, 윈드서핑, 요트장, 족구장, 배구장, 축구장, 농구장, 테니스장, 강변 그늘 막엔 연인들이 스스럼없이 애정표현을 한다.

잠실지구엔 잠실대교가 지나고 헬기가 창공을 떠서 강에 패기를 불어 넣으면 유람선 선착장은 인파로 붐빈다. 수영장은 대낮부터 팔등신미녀들이 몸매를 뽐낸다.

뚝섬지구엔 영동대교가 지나고 수영장, 에어로빅장, 배트민턴장, 핸드볼장, 뚝섬 체육공원은 골프장, 게이트볼장이 시민들을 유혹한다.

잠원-반포지구엔 한남대교, 반포대교, 동작대교가 지나고 낚시터와 원두막에선 강심(江心)을 바라보는 사람들이 즐비하다.

이촌지구엔 동작대교, 한강대교, 한강철교가 지나고 한강거북선이 운영되고 야외결혼식장이 운영되어 젊음과 낭만은 더욱 푸르다.

여의도지구엔 원효대교, 마포대교, 서강대교가 지나고 63빌딩이 내려다보는, 가장 넓은 한강시민공원 잔디엔 수영장, 롤러스케이트장, 올림픽 기념무대가 이채롭다.

선유도지구 선유도는 공원의 백미이다.

성산대교, 양화대교가 지나는 **양화지구**, **망원지구**, 그리고 **난지**, **가양지구**로 시민공원은 끝난다.

1945년대 호황을 누리던 마포나루터 (사진작가 정범태)

밤섬으로 가는 나룻배를 기다리는 아낙네들 (사진작가 정범태)

바람의 강

사나운 바람이 몰아칠 때는
한강은 제법 바다가 되려는 몸부림을 통해
꽉 막힌 가슴의 해변을 열고
어디론가 떠나고자 하는 사람을 달랜다.

떠나지 못한 자들은 강에서 혼을 건지고
떠날 것을 꿈꾸는 자들은 강의 노래를 부른다.
강둑을 따라 아베크족들의 차들이
슬픈 짐승의 모습으로 줄지어 서 있다.

48
▲ 변종광 作

물결소리에 놀란 개들은 물결 칠 때마다
하늘을 향하여 짖고 새들도 아우성이다.
황포 돛은 반달마냥
푸른 강 위에 떠 있다.

사나운 바람이 몰아칠 때는
바다로 가지 못한 사람들이
찾아와 물끄러미 물결을 바라보고
내일 항해를 떠올린다.

황혼의 강

금빛 강물로 눈이 부시다.
핏빛 강물로 눈이 부시다.
다리 사이로 한강이 붉게 물들어오면
우리는 집으로 돌아갈 것을 생각한다.
강 건너 집이 있고, 강 건너 마을이 있다.
집이 없는 사람들은 이 때, 불안하다.

수평선만 보이는 바다의 큼직함보다는
사람냄새 물씬 풍기는 굴곡이 소담스럽다.
강 언덕 나무들은 푸른 잎을 흔들어 대고
군데군데 붉은 섬들을 박아놓고
홀로 푸르름을 명상하는 바다보다는
사람냄새 훈훈한 강이 좋다.

강변의 사물들은
더욱 그림자를 길게 늘어뜨린다.
잠실철교, 한강철교, 당산철교 교각 아래로 물든
그 눈부심으로 아예 사물들을 태우는 듯하다.
황혼은 길게, 길게 생의 잔영을 흥얼거리고
"떠날 때 떠나더라도 사랑하자"고 속삭인다.

▶ 고명한 作

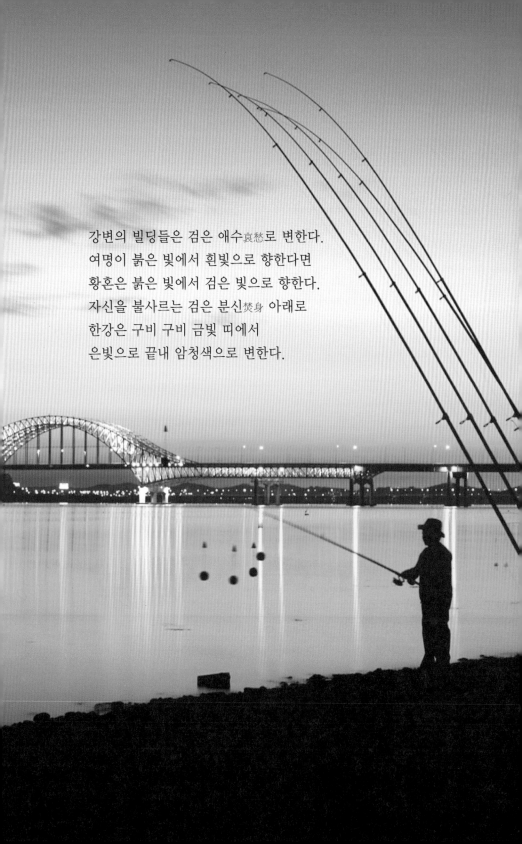

강변의 빌딩들은 검은 애수哀愁로 변한다.
여명이 붉은 빛에서 흰빛으로 향한다면
황혼은 붉은 빛에서 검은 빛으로 향한다.
자신을 불사르는 검은 분신焚身 아래로
한강은 구비 구비 금빛 띠에서
은빛으로 끝내 암청색으로 변한다.

저녁의 강

붉은 노을과 함께 어둠이 내리면
한강은 더욱 바다를 닮는다.
거북선 선착장, 뱃고동 소리는 높다.
꿈을 향해 다가가는 땅거미의 수런거림
한강은 그 소리로 인해
이미 바다로 들떠있다.

암청색의 물결은
낮의 개나리, 진달래, 금잔화를 아쉬워하고
밤의 네온, 불기둥, 헤드라이트를 살망한다.
풍성한 가슴과 잘 빠진 허리를 오르내리면
끝내 펑퍼짐한 둔부臀部로 잉태를 예축한다.
수천 년 이어온 고락의 행렬이여!

센 강 파리지엔도 부럽지 않다.
허드슨 강 뉴요커들로 부럽지 않다.
세인트로렌스 강이 힘의 강이라면
*
한강은 정情의 강이다.
너의 목, 가슴, 겨드랑이, 허리에 박혀있는
수영장, 요트장, 선착장의 보석 같은 불빛들

아베크족들은 쌍쌍이
그림자를 길게 드리우고 느릿느릿 걷는다.
고향을 떠난 사람들의 뿌리를 일깨우는
둔치의 늦봄 토종보리, 밀의 황금들판
보리와 밀의 노래는 강바람을 타고
우리의 행복에 긴 자락을 단다.

▲ 최태희 「노을」

*한강은 도시 한복판을 흐르는 강으로 강폭이 대체로 1km에 달하는, 세계에서도 보기 드
문 큰 강이다.

밤의 강

1
밤의 한강은 호수다.
밤을 기다렸다는 듯이 온갖 색을 쓰며
요란한 차림으로 쇼를 벌인다.
수중궁궐로부터 어둠의 밀어를 들으면
바다로 열려 있던 한강은
불빛과 불기둥으로 막혀 아늑하고
사람들은 죽음의 평화를
삶의 환희 속에서 음미한다.

바다로 가는 길을 잠시 쉬는 호수
호수처럼 막힌 열광이 있다면
불안은 기쁨을 배가시키고
죽음이 와도 좋다.
바다의 입구에서 바다가 되지 못한
어둠의 열반涅槃
연화장蓮花藏이 가득하다.
부처, 보살들이 피어오른다.

밤의 한강은 숨이 막혀 더욱 아름답다.
일상의 탈을 벗어난
강의 궁궐, 강의 엑스터시
그래서 하나, 둘 켜지는
불야성의 적막 너머 섬들이 졸고 있다.
밤의 한강은 호수여서 더욱더 사로잡는다.
밤이 무르익음에 따라
꿈이 무르익음에 따라

2

밤의 한강은 은하수다.
별들은 한강으로 일제히 내려와
금가루, 은가루를 뿌린 듯 반짝이고
에메랄드, 사파이어, 루비, 진주, 수정
보석들이 박혀 나그네를 설레게 한다.
별들의 스트립쇼는 우리의 낭만
밤을 관통하여 흐르는 흐느낌
신음소리는 안개 되어 사방을 감싼다.

밤이 되면 어둠의 옷 벗는 소리
강변 아파트 불빛의 층위는
영혼의 높이처럼 우리를 묵상케 하고
밤의 한강은 스트립 걸처럼 누워 있다.
밤이 무르익어 춤이 열기를 더하면
머리에서 발끝까지 걸친 보석의 본능
바다로부터 상륙한 물고기의 전설과

인어들의 휘파람소리

불빛이 깜빡일 때마다 춤추는 한강
한 겹 한 겹 옷을 벗는 아찔함
밤의 무도가 무르익으면 이곳저곳에서 터지는 오열
한강의 유혹과 화려한 외출 뒤에
새벽은 다시 적막과 회색으로 다가오리라.
보석을 다 뿌리고 음악마저 끊기면
그 스트립 걸은 회색빛 몸매를 늘어뜨린 채 증발하고 만다.
아침 햇살만 눈부시다.

유령의 강

한강은 바다다.
바다이기 때문에 상처를 씻어버리고
깃발을 올리고 사랑을 회복한다.
우리는 믿는다. 너를
언제나 바다를 향해 거기에 있을 거라고
거기 있어 우리를 오래오래 살게 할 거라고

물의 운명은 두 갈래, 상수와 하수
천만 시민들의 집집이 들어가
폐와 심장을 돌아, 돌아 나온다.
우리들은 대순환 속에 하나
살아도 같이 살고
죽어도 같이 죽자고 맹세한다.

오폐수로 인해 괴물[*]이 나타나고
사람들의 뼈다귀만 즐비하다면
고기들은 간 곳이 없고
검은 물로 죽어있다면
새소리도 그치고 꽃들도 간 곳이 없다면
우린 어떻게 그것을 용서할 수 있을까.

강바닥을 긁는 준설선만 유령처럼 떠 있고
물귀신의 전설만 떠돈다면 어부들은 말하리.
"물고기들은 다 어디 갔나."
"수초들은 다 어디 갔나."
한강이 없다면 서울도 없다.
한강은 서울, 서울은 한강

*봉준호 감독의 영화 '괴물' (2006년, 7월 개봉)이 한강의 오염을 주제로 하여 성공을 거두었다. 이밖에도 한강은 각종 영화와 드라마의 단골손님으로 자리 잡기 시작하여 파리의 세느 강 못 지 않는 일상 속의 한강, 대중속의 한강이 되었다.
'괴물'은 원효대교와 한강대교를 중심으로 촬영되었다.
원효대교는 한강에서 처음으로 V 자형 교각과 아치형 난간으로 만들어진 미학적으로 가장 아름다운 다리이다.

이별의 강 1

낮의 빛남은 어디 갔는가.
그믐달의
속삭임은 폐부를 할퀴고
어디서든 하나가 되던 사람은 어디 갔는가.
몸의 열정은 어디로 달아났나.
몸의 음악은 누구를 감추었나.

낯 설은 이빨과
썩은 이파리들
쾌쾌한 냄새들은 심장을 씨르고
푸석푸석한 여인의 머리카락 끝에 붙은 흐느낌
눈의 작열함은 슬픈 눈썹 아래로 스며들고
강물도 더 이상 물결치지 못 한다.

강물은 그저 흘러갈 뿐
나아갈 방향도 없다.
우린 목적지도 없이 남겨져 있다.
헤어지지도 못하고 남겨져 있다.
차라리 이별은 힘찬 것이지.
멋진 이별도 재회의 희망이지.

그곳까지 가기 위해 가슴앓이를 하는
우린, 가쁜 숨을 몰아쉬며 고개를 넘는다.
우리의 몸도 더 이상 빛남을 멈추었다.
우리의 마음도 더 이상 숨을 멈추었다.
로큰롤은 그저 소음일 뿐
사랑이 깊을수록 이별은 깊다.

▲ 김오순 作

이별의 강 2

사랑은 언제나 이별의 다른 이름
사물들은 모두 잠을 설치고 있다.
여인들은 더 이상 울지도 않는다.
여인들은 더 이상 웃지도 않는다.
방파제를 서성일 뿐 몸은 돌처럼 무겁다.

이미 절벽은 다가와서 눈앞에 어른거리고
언제 뛰어내려야 할지, 재촉한다.
우린 서로 다른 낙하를 할 것이다.
우린 서로 다른 추억을 할 것이다.
사랑해서 헤어진다는 빈말을 남기고

방울소리도 없이 우린 헤어졌다.
서로의 이름은 깡그리 지운 채 죽음을 택했다.
그 위에 비바람이 몰아치고 눈이 내리고
사랑의 기억조차
씻기고 묻히고 잊혀졌다.

넘치는 물들도 어디를 갈지 모르고
우리의 이별은 비로 환생하지 않고
우리의 이별은 인간으로 부활하지 않고
우리의 이별은 처음부터 만나지도 않은 것처럼
그렇게 무심히 흘러갈 것이다.

1950년대 한강 인도교 아래에서 얼음낚시하는 강태공들 (사진작가 정범태)

1950년대 한강에서 수영하는 서울시민들 (사진작가 김한용)

사모의 강

한강은 만월처럼 차오른다.
바다가 짐짓 강으로 은신하듯
너는 멀리서 보면 달마達摩처럼
중후한 모습으로 수평선을 가득 채우고
도도하게 출렁인다.

날이 갈수록 강의 물줄기는
가슴에 넘쳐흐르고
당신을 보내고 날마다 흘린 눈물은
저기 저 강으로 구비 친다.
당신을 저 강에 뿌리던 날을 잊을 수 없지.

그 날의 비바람은
눈을 뜰 수 없을 정도로 시샘을 피웠지만
진한 너의 향기에 질식하는 난
차라리 그대 앞에 돌이 될 것을 호소한다.
기억이란 안타까움의 결정체

너를 향하여 절망함은 죽음을 기꺼워함이다.
밤이면 강물의 속삭임, 너의 혼의 다가옴
너를 향하여 소리침은 피를 부름이요.
너를 향하여 눈물짐은 한을 부름이다.
사라지면서도 그리워하게 하는 님이여!

신주神主의 강

꿈이 있다면 나타나
환생하라, 환생하라.
꿈결 속에서 노래처럼 솟아나
아픈 가슴을 달래라.
쉼 없이 흐르는 신주神主여!

하나가 되기 위한 아픔과 몸부림은
온 도시를 흔들며 소리치고
바다의 꿈에 잠 못 이루리.
하나의 바다가 되지 못해 날마다 흐르고
우리가 잠든 사이 소리치며 흐느낀다.

한강의 눈동자는 시리다.
햇빛이 빛날수록 시리다.
한강의 바람은 고혹적이다.
도도하게 겸손하게
부드럽게 난폭하게

너의 아름다움이 있는 한
우리는 슬프지 않다.
그래, 슬프더라도 다시 힘을 얻을 수 있다.
너의 아름다움이 있는 한
너의 아름다운 멜로디가 있는 한

망각의 강 1

너를 잊은 지 오래
매일 매일의 서류뭉치와 먼지더미에 눌려
너의 큰 가슴과
유장한 밤의 이야기를 잊었다.
안개는 우리를 그 때로 돌려주고
안개는 우리를 다시 미래로 옮기지만

우리의 혼들은 이미
강의 샘솟는 물을 잊어버리고
미꾸라지의 약동을 잃어버리고
짐짓 헤어질 날이나
떠날 날을 하릴없이 세어보네.
그녀는 아름다웠지.

아, 그녀는 상큼했지.
가슴은 자두처럼 솟아 앙큼했지.
종아리는 길쭉하게 뻗어 힘을 솟아나게 했지.
그러나 난 너를 떠나네, 너의 자리를 위해
너의 자리를 더욱 빛나게 하기 위해
너의 빈자리로 너를 잊으려네.

같은 숨을 쉬게 하고
같은 눈빛을 보내게 하고
같은 꿈을 꾸게 했지.
너의 숨소리는 더욱 달아올라
여름을 이열치열로 이기게 하거나
겨울을 모포로 아늑하게 감싸주었지.

▲ 주명기 作

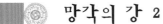

망각의 강 2

강에 길고 긴 노을이 드러누우면
우린 강에 잠겨 노을처럼 잠들고 싶어 한다.
강은 언제나 둘 사이에서 울지
망각도 생명의 한 자락
그 푸른 아니, 회색빛 이파리 아래
우린 함께 잠든다.

변덕 많던 당신, 그 변덕마저도 그리운
강 저편을 그리워하는, 강 이편의 사람들
다시 고향에 돌아가지 못하는 사람들에게
둔치의 보리, 밀, 이름 모를 꽃들은
더 슬프네. 아름답기 때문에
이별을 예약하고 있기 때문에

아름다운 한강은 노을 속에서 더 빛나겠지.
떠나감으로 인해
지금 보고 있음으로 인해
언젠가 잊힐 것임으로 인해
우린 더욱 안달하고 보고 싶어 하고
망각을 걱정해 몇 줄의 시를 쓴다.

강이 누워 영원히 흐르는 것처럼
우리는 천연덕스럽게 누워
싱그러운 계절의 단맛과 쓴맛을 보며
깊이, 깊이 침잠한다.
더 이상 내려갈 수 없는 곳까지 내려가
바닥에서 오열을 멈춘다.

안개의 강 1

안개가 자욱한 한강은 바다다.
안개 너머로 아무 것도 보이지 않고
무언가 쿵쿵거리는 것이 고래처럼 밀려오기에
물길과 철길, 교각과 난간 주변에
긴장하는 것들이 도사리고 있기에

강은 안개를 품어대고
안개는 강을 끌고 바다로, 바다로 달려간다.
안개를 타고 달아나면 거칠 것이 없어 좋고
유정有情한 것들이
발목 잡고 늘어지지 않아 좋다.

가슴은 강처럼 뚫려
모든 맺힌 것들이 쫓기듯 허둥대며 사라진다.
높은 것은 낮은 데로, 가까운 것은 먼데로
낯익고 낯 설은 것들이 소용돌이를 이루며
바다로, 바다로 달려간다.

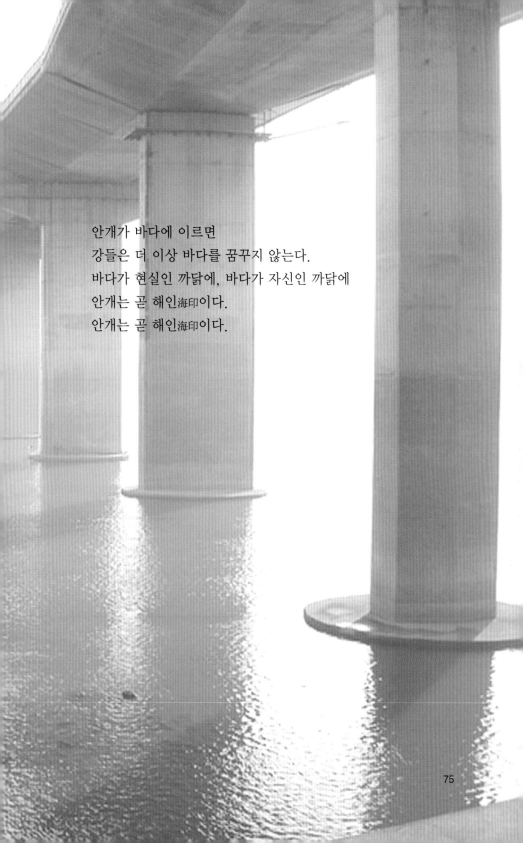

안개가 바다에 이르면
강들은 더 이상 바다를 꿈꾸지 않는다.
바다가 현실인 까닭에, 바다가 자신인 까닭에
안개는 곧 해인海印이다.
안개는 곧 해인海印이다.

안개의 노래는 벽도 없이 흘러간다.
안개의 노래는 바다같이 가슴이 넓다.
안개가 서서히 걷히고 아침 햇살 사이로
강의 풍경들이 제 모습을 되찾으면
한강은 싱싱하게 음악처럼 너울거린다.

안개의 한강은 보살이다.
우리들의 피를 위해 환생한다.
우리들의 몸을 위해 환생한다.
우리들의 역사를 위해 환생한다.
우리들의 못 다한 삶, 유골을 위해 환생한다.

안개의 몸속에 잠수하면
영혼들은 달콤한 잠 속에 빠져든다.
강변 꽃들은 우리들의 코를 간질이고
햇살로 넘치는 교각 사이의 자궁은
건강한 잉태를 꿈꾼다.

안개가 퍼지는 데로 길을 잡으면
우리 속에서 도사리고 있던
온갖 원귀와 한들이 풀어져
안개의 비단 되어 강변을 출렁거리고
올림픽대로는 융단의 비천飛天이 된다.

비의 강 1

비의 강은 혼을 실어 나른다.
할아버지의 혼, 할머니의 혼
깊은 바다로부터 날아와 생명을 다시 울린다.
비안개는 강변을 희뿌옇게 물들이면서
오너드라이버의 출근길 가슴을 촉촉이 적신다.

미국 에서 돌아온 '박인희의 음악앨범'*
캐니쥐와 폴 데스몬드의 섹스폰 소리,
살갗을 만지는 캐니쥐의 음과
심장을 더듬는 데스몬드의 음을 타고
강변북로 80km 쾌속질주

비가 품고 있는 온갖 소리
마음의 소리, 귀신의 소리, 신의 소리
비와 안개의 연주는 장엄莊嚴을 이룬다.
비의 한강은 어제도 있었고, 내일도 있을 것이다.
우리들은 계속 인생의 차를 몰 것이다.

비를 맞으며 우리들은 다시 태어난다.
죽는 사람은 죽지만
언제나 산 사람은 산다고
그것이 자연의 이치라고, 강은 말한다.
한강, 너는 죽음 너머에 있다.

---

*60년대 음악프로의 요정으로 젊은이의 우상이었다. '방랑자여' '겨울바다'라는 노래로 잘
알려진 가수이지만 음악프로 DJ로 더 잘 알려졌다.

비의 강 2

강의 혼들은 지금
비가 되어 세레나데를 부른다.
이대로 하늘 길로 질주하면
한강의 다리들은 거대한 관문처럼
번갈아 우뚝 선다.

비를 타고 혼들은 오르내린다.
혼들은 교각을 타고 흐느낀다.
적당한 속도와 기분과 운전솜씨로
고(go) 앤드 스톱(stop)
스로우(slow) 앤드 퀵(quick)

부드 러운 커브 길은 부드럽게 꺾고 풀고
가속기를 밟는 발과 감정 사이의 붙임새
고수와 명창처럼 잘도 주고받는다.
마음이 무거울수록 발걸음은 가벼웁게
마음이 무거울수록 콧노래는 흥겨웁게

비는 윈도우에 난무한다.
차는 열려진 자궁처럼 신음한다.
우리는 이유도 없이 꿈틀대고
울먹이고 희죽거리고 아늑해 한다.
밖에 있어도 결코 밖이 아닌 우리만의 밀실

해탈의 강

올림픽대로는 꿈의 길
때로는 강에서 바다로 달리고
때로는 바다에서 강으로 달리는
너와 내가 스쳐가는 천로역정의 길
장대 같은 비는 해탈한 듯 내린다.

올림픽대로는 물안개를 덮어쓰고
네온사인은 점등식을 하는 사찰처럼 다가온다.
장중한 강의 교향악을 뒤로 하고
힘차게 차를 몰아가면 때때로 인생은 슬프지만
가속기를 밟으며 날려 보낸다.

억울하고 답답하면 한강을 찾으라.
왕복 한 시간을 드라이브하고 나면
가슴을 관통하는 한강은 아름답다.
하늘과 땅이 소용돌이로 심하게 흔들리고 나면
다시 옹기종기 모여 살 꿈을 심는다.

강의 해탈, 강의 자유
밤의 한강을 항해해 보라.
강변의 빌딩들은 어둠과 함께 붕 떠
하늘에 매달려 눈을 껌뻑이고 있다.
그것들은 창문을 열고 보석처럼 흩어져 있다.

▲ 정종은 作

홍수의 강

때때로 너는 노함으로써 빛난다.
남한강과 북한강의 물이란 물은
모두 쓸어 황토로 뒤섞어 강변을 휘몰아치면
다리는 숨이 차 헉헉거리고
사람들은 "사람 살려"라고 소리치지만
너는 시뻘건 속을 드러내며 아우성이다.

한강철교를 지나면 너의 노함은 바다를 닮는다.
금방이라도 집어삼킬 듯 혀를 날름거리고
분을 삭이느라 씩씩거린다.
너를 보며 두려움에 떨고 노아의 종말을 연상한다.
해가 동에서 떠서 서에서 지듯이
한강도 동에서 흘러 서로 진다.

황혼의 몸짓에서 예감케 되는 종말
사람과 돼지, 소, 개, 닭 할 것 없이
종말에 떨며 비명과 기도를 동시에 터트린다.
맑은 날의 강의 열락을 떠올리며 아쉬워한다.
왜 강은 노했을까, 강은 왜 한 번씩 본때를 보일까.
아무도 답을 모른 채 강신江神에 제를 올린다.

하늘 밑에 물밖에 없다
땅에는 풀 한 포기조차 볼 수 없고
물이 생명의 씨를 썩게 하는
강의 분노, 강의 공포
강의 심판, 강의 정적靜寂
강의 개벽開闢

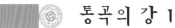

강바닥엔 원귀들이 출몰하고
비명횡사는 끝이 없다
우린 피를 뿌리며
우린 뼈를 뿌리며
서로의 죄를 나무라고 원망했지.

누가 누구의 죄인이고
누가 누구의 의인인가.
너의 방종과 절망을 미리 보며 통곡한다.
차라리 씨나 뿌리지 말지.
차라리 나라나 만들지 말지.

사색당쟁, 부관참시, 소급입법
귀신은 또 귀신을 만들고
과거에 매달려 현재는 없는 귀신의 나라여!
남부여대하고 또 흩어질 까나.
동족상잔 할까나, 이산가족 찾기 할까나.

애달프다. 슬픈 백성 누구를 의지할꼬.
삶 또한 더러우니 죽음 또한 더럽다.
나라 넘겨준 못난 선비 아직도 활개치고
나라 넘겨준 못난 선비 입씨름에 여념이 없다.
입으로 나라정치 된다면 누가 왕도를 섬기리.

1954년 6.25때 폭파된 한강 인도교 아래
가설교를 왕래하는 서울시민들 (사진작가 남기섭)

통곡의 강 2

아! 하늘을 찢어도 울분鬱憤, 풀길 없다.
아! 땅을 갈라도 정한情恨, 잠재울 길 없다.
우린 언제나 민족을 불렀지.
우린 언제나 어머닐 불렀지.
그러면서 하늘 쳐다보고 기도하지.

조상 팔고 자손 팔고
계집 팔고 사내 팔고
아첨과 모략으로 날을 새고
슬픔은 슬픔을 낳고, 회한은 회한을 부르고
여유가 생기면 갈라지고 시간만 남으면 싸웠지.

내가 죽고 네가 산다면
네가 죽고 내가 산다면
아, 처절한 망향제로 혼을 달래는 강이여!
그 향훈香薰 강을 타고 아직도 넘실댄다.
폭파된 한강인도교 · 철교여! 무너진 성수대교여!

한 선비의 변절이 천만 백성 죽음을 부르고
한 의인을 몰라봄이 천만 백성 수난을 부르네.
피해의식은 귀신을 낳고
허위의식은 유령을 낳고
거짓 영웅은 허깨비와 싸우게 한다.

*한강인도교 · 철교 폭파는 1950년 6월 28일 오전 2시 북한군 선두가 미아리에 진입하면서 서울 북방 창동방어선이 붕괴됨에 따라 이날 오전 2시 30분경에 한강 방어 작전의 일환으로 전개되었다.
**성수대교 붕괴는 1994년 10월 21일 오전 7시 38분에 발생했다. 서울시 성동구 성수동과 강남구 압구정동을 연결하는 성수대교 1,160m중 제 10번, 11번 교각사이 상부 트러스트 48m가 붕괴되어 무너져 차량 6대가 한강 추락하여 사망 32명, 부상 17명이라는 엄청난 인명피해를 냈다.

한탄강의 물소리

한탄강의 물소리는
한, 한, 한… 탄, 탄, 탄…
누가 소리 없는 통곡을 알까.
정지해 버린 통곡을 알까.
무덤 속 통곡을 알까.

아니다. 한탄漢灘, 큰여울, 한여울
아니다. 대탄大灘, 크고 맑고 아름다운 강
한탄恨歎, 한탄漢歎이 웬 말이냐.
그 옛날 풍류도 무사와 선비는 하나가 되어
문文속에 무武, 무武속에 문文 하나였네.

오늘 잘난 선비 놈은 사대事大만 일삼다가
안에서는 좌파에, 밖에서는 우파에 샌드위치
문이 무를 떠나니 밟을 땅이 없고
무가 문을 떠나니 쳐다볼 하늘이 없다.
허무한 말들만, 입들만 무성하네.

역사의 밑바닥에 민초가 있다.
민초의 밑바닥에 창녀가 있다.
창녀의 밑바닥에 죽음의 강이 흐른다.
죽음의 강은 모두 얼싸안고 바다 속으로 숨는다.
누가 강 밑바닥에 휘감아 도는 소沼를 알까.

젊은 서울내기들 1

여름의 너는 아침부터 더위를 피해
강변으로 달려와 사랑을 속삭인다.
강은 바람과 안개로
사랑을 너울 속에 감추고
둔치는 젊은이들로 열기를 품는다.
여름은 청춘의 모든 것을 다 드러내고
늙고 깡마른 철학자를 두렵게 한다.
탐스런 가슴과 미끈한 종아리들

수상스키어들이 내뿜는 하얀 물줄기를 따라
삼복더위는 가슴에서 하얀 폭포의 신화를
사방에 포물선으로 분산하면
강을 오가는 사람들은 겨울의 환상으로
잠수를 하거나 멋진 폼으로 수영을 한다.
강이 가슴을 마음껏 풀어헤치고
그간 품어 온 물을 한꺼번에 쏟아 놓으면
끝 간 데를 모르고 넘치는 가장자리

여름을 내쫓는 폭포
강의 주변엔 젊음의 열기로 들끓고
둔치 산책로를 거니는 수영복 차림의 청춘들
물장구치는 개구쟁이들의 아우성
한강서 멱 감고 고기 잡던 신화가 되살아난다.
한강은 센 강보다 더 젊다.
여인네와 어린애들은 원색적이다.
애완용 개들은 쏘다닌다. 평화로워라.

"한강은 우리의 꿈
한강은 우리의 생사고락
한강은 우리의 대화
한강은 우리의 역사"
한강이 영원한 만큼 우리도 영원하리.
보트, 요트를 타는 선수들
대낮 작열하는 금빛 물결 위를
바람의 아들딸들처럼 내달리네.

▲ 한순애 作

젊은 서울내기들 2

올림픽대로는 더운 김으로 자욱해도
하이킹 족들은 남녀 쌍쌍이 콧노래를 부른다.
선글라스를 낀 백미러 속의 아가씨는 아름답지.
언제나 훔쳐보란 듯이 가슴을 내미네.
젊음의 오만은 늙음의 겸손보다 빛난다.
기억하는 청춘은 어두울수록 아름답다.
강으로 따라온 더위를 내쫓고
강변의 산보를 즐기는 서울내기들

클랙슨으로, 헤드라이트로 사랑의 신호를 보내고
달리는 속도만큼 전율에 떠는 젊은 쌍들이여
순간이지만 영원보다 못한 게 무엇인가.
빛나고 강건한 금강석 같은 육체여!
세월의 어떠한 칼날도 물리칠 수 있으리.
오똑한 콧날에 가느다란 눈매
이글거리는 눈빛 아, 사랑스러워
헤어질 땐 더욱 힘차게 액셀러레이터를 밟네.

잔잔히 미끄러지는 배들의 정적
더위를 피해 시민들은 그늘을 찾고
로마시대의 건축물 같은 웅장한 교각사이로
점점이 박혀있는 신음하는 자동차
젊음은 시도 때도 없이 어디서나 입맞춤을 한다.
둔치의 배구장, 농구장, 축구장
그 위를 펄펄 뛰어다니는
젊은 내일의 한국의 주인

한 줄기 바람이 숨구멍을 터주면
무덥고 지루한 여름을 강바람으로 이겨낸다.
강변을 따라 경주용 자전거로 달리면
이름 없는 풀꽃들이 반색을 하며 계면쩍은 유혹을 하고
미사리에서 행주산성까지 미끈하게 쭉쭉 빠진 교각들과
인터체인지를 미끄러지는 색색의 자동차들, 반짝거리는 햇빛
자동차의 창문은 있는 대로 죄다 열고
바람을 맞으면 어느새 하늘로 나른다.

한강의 옛 시 및 시조

광진촌廣津村 서별墅 만조晚眺 시詩
서 거정(徐 居正)

건곤(乾坤)이 갈리면서 한 강호를 이루니 / 천리나 넓은 곳이 한 폭의 수묵화로다 / 해오라기 나는 곳에 물은 밝았다 어두웠다 / 푸른 하늘 저 끝엔 산이 보이다 말다 한다 / 원단의 송국(松菊) 사이로 옛 길이 남아 있는데 / 몽촌의 상마(桑麻)는 한 마을이 풍성하다 / 걸어가며 보노라니 해가 기우는데 / 개인 날의 꽃기운이 젖처럼 윤택하구나

용산 한언국韓彦國의 서재에서 유숙하다
고려 이인로(李仁老)

두 물은 용용(溶溶)하게 흘러 제비 꼬리처럼 갈라졌는데, / 세 산은 아득하게 서서 자라 머리에 탔네. / 다른 해에 만일 구장(鳩杖)을 모시게 된다면, / 함께 저 푸른 물결 찾아 백구(白鷗)를 벗하리.

* 시 서(序)에 이르기를, "산봉우리가 굽이굽이 서려서[屈盤] 형상이 푸른 이무기 같은데, 서재(書齋)가 바로 그 이마[額]에 있으며, 강물은 그 아래에 와서 나뉘어 두 갈래가 되고, 강 밖에는 멀리 산이 있는데 바라보면 산자(山字) 같다." 하였다.

이색(李穡)

용산이 반쯤 한강수(漢江水)를 베개 삼았는데, / 푸른 솔은 산에 가득하고 마을에는 뽕나무라네. / 동네엔 닭 · 개 소리 나는 수십 집, / 초가지붕 기울어진 데 점심 연기 일어나네. / 배에서 내려 말을 타고 찬 여울 건너가, / 낙화(落花) 속 빈 대청에 들어 쉬누나. / 아전이 와서 밥을 올리는데 들나물 섞였더니, / 뒤따라 가져오는 강의 잉어가 별미(別味)로세.

김수동(金壽童)

우뚝하게 높도다, 범바위[虎巖] 깎아선 모습 몇 천 길인고. / 뭇 봉우리 높이 솟음이여, / 용이 나는 듯 봉새가 춤추는 듯 다투어 솟아오르네. / 아래는 긴 강 있어 쉬지 않고 흐름이여, / 밤낮으로 성난 조수 바다 어귀[海門]에 통한다네. / 강 머리에 뭉게뭉게 잇닿은 구름은 먹을 끼얹은 듯, / 강루(江樓)에 주룩주룩 뿌리는 비는 물동이를 뒤엎은 듯. / 모인 물 몇 삿대[篙]나 더 깊은고, / 홍수(洪水)가 세차게 흘러 하늘 땅을 뒤덮네. / 얼마 안 되어 바람 불고 빗소리 끊기니, / 물결 무늬 주름잡고 거울처럼 고요해, / 보이는 건 외로운 안개와 지는 노을이 얼기설기 얽히는 것뿐. / 좋은 시절의 즐거운 일 저버릴 수 없어, / 사공을 급히 불러 중류에 배 띄우네. / 배다락[柂樓]에 의지하여 밤 깊도록 혼자 수심하는데,
저 하늘에 두둥실 찬 달이 떠오르네. / 한 조각 흰 그림자에 강촌 밝아지니, / 희고 흰 그 빛이 물에도 숲에도 흩어지네. 물 속에 이무기 뛰놀고, 깃들었던 갈가마귀 나누나. / 생선 잡아 서리 같은 칼날로 가늘게 회를 치매, / 은실이 날리는 듯 뱃노래 소리 속에 맑은 술병 열었구나. / 미인이 있어 검푸른 눈동자 푸른 머리칼인데, / 맑고 시원한 선궁(仙宮)으로 나를 맞이하고, / 자하주(紫霞酒) 부어 나를 권하려 하니, / 이 내 몸 어느 사이 신혼(神魂)이 아득하게, / 신령스런 자라 부르고 푸른 용 불러서, / 흥(興)을 타고 신선 나라 바로 찾으려니, / 천풍(天風)이 나를 끼고 소요(逍遙)하며 노네. / 인간 세상 내려다보니 몇 겹의 티끌로 막혔으니, / 소상강·동정호 좋다한들 이 경치 비길쏘냐. / 소동파[蘇仙]의 적벽(赤壁)놀이 말할 것은 무엇인가. / 영주(瀛洲)와 단구(丹丘) 신선의 짝이 아니면, / 이런 놀이 얻을 수 없을 것을, / 나같은 용렬한 인물 어찌하다 이런 은혜 입었나. / 산사(山寺)에서 꿈깨자 술도 처음 깨니, / 달은 지고 조수 나갔는데, 저 멀리 긴 물가에 배댔던 자리만이 보이누나.

김 상헌(金 尚憲)

가노라 삼각산아 다시 보자 한강수야 / 고국산천을 떠나고자 하랴마는 / 시절이 하 수상하니 올동말동 하여라

고려조 이규보(李奎報)

강이 머니 하늘이 나직이 붙었고, / 배가 가니 언덕이 따라 옮기네. / 엷은 구름은 흰 비단처럼 가로 질렀고, / 성긴 비는 실처럼 휘날리누나. / 여울이 험하니 흐르는 물 빠르고, / 봉우리 많으니 산은 끝나 더디구나. / 작은 소리로 읊조리며 자주 머리 돌리는 것은, / 바로 멀리 고향을 바라봄일세.

고려조 선탄(禪坦)스님

혼자 강루(江樓)에 오르니 조망(眺望)도 좋아, / 모래 터에서 배 기다리는데 저녁 조수[晩潮] 돌아오누나. / 외로운 돛대 지나는 밖에 청산이 끝나고, / 한 쌍의 새 돌아가는 가에 흰 빗발이 오누나.

한강의 문화를 읽자

강의 시원은 어디일까. 샘 아니면 소, 아니면 못인가. 예컨대 한강의 시원은 검룡소이고 그 이전엔 우통수였고, 낙동강은 황지이다. 그러나 조금만 철학적으로 사색하면 결국 그 물의 원천은 하늘임을 알 수 있다. 하늘에서 비가 내리지 않으면 물은 없다. 그런데 좀 더 철학적으로 파고들면 그것도 대답이 모자란다. 시원, 즉 시작이라고 한 것 자체가 모순이다. 그렇다면 시작의 시작은 무엇인가. 알 수 없다. 알 수 없는 것이 아니라 시작도 끝도 없다. 가장 진정한 진실은 무시무종(無始無終: 시작도 끝도 없다)이다. 그러나 인간은 편의상, 생각하는 동물의 특성상, 불가피하게 시작과 끝을 정하고 차라리 그것의 반복을 택하여 그것을 설명하고자 한다.

이것은 철학의 문제이면서 신학의 문제에까지 이르게 된다. 그러나 속 시원한 답변을 할 수 없다. 무엇이 하늘이고 무엇이 땅인가. 인간이 하늘이고 땅이라고 규정한 까닭임을 알 수 있다. 물은 낮게, 낮게 흘러 나중에 바다에서 하늘로 오르는 거대한 원, 순환(수평적 원)을 그린다. 이에 비하면 불은 그렇지 않다. 불은 높게, 높게 솟다가 결국 사그라진다. 자신이 처한 곳에서 자신을 환하게 태우며 사라진다. 이것은 무상(수직적 권력)이다. 물은 수평적이고 상대적이고 집단적이고 평등적이다. 불은 수직적이고 절대적이고 개인적이고 계급적이다. 물은 어머니와 같고 불은 아버지와 같다.

그래서 세계 각국의 시인들은 자신이 처한 곳의 강과 바다를 노래하기를 즐긴다. 이것은 당연하다. 프랑스에서 태어났다면 센 강을 노래하지 않을 수 없고 영국에서 태어났다면 템스 강을 노래하지 않을 수 없고 캐나다에서 태어났다면 세인트로렌스 강을 노래하지 않을 수 없다. 미국에서 태어났다면 허드슨 강이나 미시시피 강을 노래하지 않을 수 없다. 그와 똑같은 이유로 나는 한강을 노래하지 않을 수 없음을 철이 들면서 느끼지 시작했다. 한강은 자연스럽게 이미 내 속에 둥지를 틀고 있었다. 그리고 틈이 날 때면 요정처럼 나타나 뮤즈가 되었다.

내가 '한강은 바다다' 라는 시를 처음 발표한 것은 한 20여 년 전이다. 그런데 내가 소위 경강京江의 구역을 넘어서 한강을 생각하게 된 것은 실은 화가 이인하李仁夏의 공이 크다. 근대 한국화가의 대표로 꼽히는 청전青田 이상범(李象範, 1897~1972)의 손녀이기도 한 그는 남양주 금곡에 살았는데 즐겨 남한강과 북한강의 풍경을 소재로 그림을 그리기를 즐겼다.

그는 동양화 중에서 채색을 잘 그렸는데 마치 그림의 품격이 신사임당의 초충도草蟲圖에 견줄 만했다. 그는 특히 봄의 연두 빛을 좋아하였는데 남한강과 북한강의 봄의 풍경이란 그의 특출한 솜씨를 기다리는 듯했다. 연두색의 힘이란 바로 연약함 속에 강인함을 숨긴 외유내강이 그대로 어울리는 색이었다. 특히 그는 계곡에 숨어있는 비경을 샅샅이 알고 있어서 나는 마치 무릉도원에라도 들어가는 듯 환타지에 빠졌다. 그는 간혹 그 자리에서 직접 스케치하기도 했다. 그는 강물이 넘치는 팔당 주변이나 갈대나 늪지대를 잘 그렸다.

그는 주변에서 흔히 볼 수 있는 평범한 풍경을 즐겨 그렸는데 적어도 실경산수의 이치를 잘 터득하고 있는 듯 했다. 세상에 특별한 것은 없다. 그저 생활 주변에 널려 있는 것들이 모두 특별한 것이 아닌가. 연두색을 잘 쓰는 그는 겨울 눈을 그릴 때면 전혀 색을 쓰지 않고 눈의 모습을 그려냈다. 이는 불교 공空의 세계를 보는 듯했다. 아마 빛도 그렇게 그릴 수 있을 것이다. 그가 그리는 한적한 시골길은 그 자체가 이미 도道의 경지에 들어가 있는 듯 말로 표현할 수 없는 신비함으로 가득 찼다. 아마도 청전 선생의 천재성을 그대로 물려받은 듯했다.

그는 친절하게도 손수 차를 몰면서 한강의 이곳, 저곳을 보여주었다. 나는 그의 안내를 받으면 내심 흥분했다. 두물머리, 남한강, 북한강의 여러 계곡들...

한강이 이렇게도 아름답다는 말인가! 평범함과 소박함의 아름다움! 아름다움은 보는 자가 없으면 아무리 아름다워도 무용지물이다. 인간의 역사와 문화와 예술은 우리가 의식하지 못하는 사이에, 대수롭지 않게 생각하는 인연에서 엄청난 변화와 부흥의 실마리를 풀게 된다. 만약 내가 노래한 한강이 후세에 조금이라고 감동을 주고 보다 나은 다른 장르의 문화예술로 승화된다면 그에게 신세진 점이 많다.

그 후로 나는 독자적으로 한강변을 탐색하기 시작했다. 늦게 배운 도둑 날 새는 줄 모른다는 말이 있듯이 나는 한강에 빠져버렸다. 한강은 지리적으로 한 갈래로 남한강이 있고, 다른 갈래로 북한강이 있고 또 임진강과 만나서 바다와 만날 때까지 흐르는 조강祖江이 있다. 나는 특히 남한강과 북한강은 지리적 특성 때문에 자연스럽게 붙여진 이름이라고 생각하는데 조강이라고 하는 것은 참으로 신기하기까지 하였다. 왜 조강이라고 하였을까. 백제를 건국한 시조 온조溫祖가 붙인 이름이라고 한다. 더욱이 온조라는 이름도 신기하다. 왜 자신의 이름을 온조라고 했을까. 그 많은 이름 가운데서. 조상을 따뜻하게 생각하고 느끼는 것은 인간의 예절과 아름다움의 극치이자 시작이며 끝이다. 그렇게 시작과 끝은 함께 있으면서 서로 순환론에 빠지는 것을 즐긴다. 왜 한강의 마지막 이름이, 바다에 이르기 직전의 이름이 조강일까.

강의 조상은 가장 낮은 곳에 있었다. 가장 높은 곳에 있는 것이 아니었다. 흔히 조상이라고 하면 원천 혹은 뿌리로, 가장 높은 곳에 있는 것인데 강은 처음부터 그렇지 않았다. 올림포스나 히말라야나 백두산이 아니라 그 산에서 흘러내리는 강이 실질적인 문명의 원천이었다. 산은 불을 향하는, 태양을 향하는, 하늘에 한 발치라고 더 가깝게 다가가는 권력의 상징이었을 뿐이다. 산은 절대신 들의 영역이고 숭배의 대상이었을 뿐 사람들을 먹이고 살리고 기르는 것은 강의 몫이었다. 산은 아버지와 같은 존재라면 강은 어머니와 같은 존재이다. 온조는 강의 철학을 꿰뚫고 있었음이 분명하다. 강은 산보다 위대하다. 산은 계곡을 위하여 존재한다. 세계 각국에서 산은 저마다 절대신神의 이름을 차지하지만 결코 강과 바다가 부여한 생명의 보금자리 역할에 미치지 못한다.

이제 한강은 나에게 센 강이고 갠지스 강이고 요단강이다. 나는 강 너머에 죽음이 있음을 부정하지 않지만 동시에 죽음 너머에 부활이 있음을 안다. 부활이라는 것은 단지 박 정진이라고 하는 개체가 아니라 핏줄, 인종, 그것을 넘어서 보이지 않은 거대한 우주적 순환과 연기緣起와 태양과 계절의 수레바퀴와 통하는 무의식과 같은 무량한 무엇이다. 그 무의식의 강에는 물과 새와 꽃과 동물들이 어우러져 있다. 강은 계곡이며 숲이다. 강은 계절과 인간의 희로애락과 시간과 역사를 하나로 포용하면서 흐른다. 흐르는 것은 때로는 '아무 것도 아니야' '잊어 버려' 라고 위로하면서 흐른다.

나는 한강을 소재로 시를 쓰면서 몇 차례 발원지인 태백과 끝인 강화, 중간 허리인 두물머리를 오갔는지 모른다. 아마도 나의 인격이 보다 성숙하는 시절이 있었다면, 혹은 인격도 조금이라도 더 완성에 가까이 갔다면 한강의 덕택이다. 한강을 노래하면서 우연히 한강이 한반도의 역사 전부라는 것을 알게 되었고, 역사 전부를 모르면 자신 있게 한강을 노래할 수 없다는 것도 알았다. 부분이 전체이고 전체가 부분이었다. 태생적으로 지리에 어두운 나는 지도를 보는 데에 골머리를 앓았고 건망증이 심한 나는 주위에 묻고 또 물었다.

이러한 과정을 통해 내가 느낀 것은 흔히 산자분수령山自分水嶺이라고 하는 것이다. '산은 물을 낳고 물은 산을 가르지 않네' 이는 '산은 강을 넘지 못하고 강은 산을 넘지 못한다' 는 평범한 진리로 다가왔다. 산과 강이 서로를 침범하지 않으면서도 서로 어우러지는 조화를 배울 수 있었다. 또 강을 따라 형성된 문화들, 태백산과 오대산 지역의 산간벽지문화, 단양·충주·제천에서 시작되어 여주·양평을 거쳐 서울에 이르는 선비풍류문화, 그리고 한강 하구 김포·강화에서 임진강과 만나서부터 우리를 슬프게 하는 분단문화를 몸소 느낄 수 있었다. 마지막으로 강과 더불어 곳곳에서 형성된 토착문화로서의 불교문화를 접할 수 있었다. 불교는 마치 숨어있는 들꽃과 같았다.

뭐니 뭐니 해도 한강의 백미는 서울에 이르러서다. 서울을 관통하는 한강은 풍수의 완벽한 모습으로 성경聖景의 빛을 발한다. 한강을 말하면서 서울의 풍수지리를 말하지 않을 수 없다. 삼각산이 조산祖山이고 백악산이 주산主山 현무이고, 낙산이 좌청룡, 인왕산이 우백호, 남산이 안산案山, 관악산이 조산朝山이다. 여기에 동쪽의 안암산, 서쪽의 안산鞍山이 외겹을 둘러싸고 있다. 말하자면 내외청룡과 백호가 감싸 안은 풍수의 진현眞玄이다. 물길은 한강이 동북쪽에서 흘러 들어와서 서울의 남쪽을 휘감아 돌며 서북쪽으로 서해에 이른다. 천연의 해자인 셈이다.

산수가 이보다 절묘할 수는 없다. 삼각산의 백색 화강암은 인왕과 낙산에까지 번져 마치 거대한 흰빛 바위가 하늘에 솟구친 형상이다. 산이 이러하니 계곡은 기암절벽과 맑은 물을 흘려보내 그야말로 서울은 산과 물과 바위와 숲으로 장관을 이룬다. 중국의 명산이 많다고 하지만 한국의 산수만큼 실하고 기운이 넘치는 곳이 없다. 겸재 정선은 서울의 동, 남, 서를 에워싸고 있는 한강을 답사하면서 수많은 진경산수를 남겼다. 겸재가 그림을 남긴 것은 여러 이유가 있겠지만 결국 한강 스스로 때문이다. 한강은 그만큼 매혹적이고 풍류적이다. 어찌 시인과 묵객이 이를 지나칠 소냐!

제 1장 한강은 바다다(프롤로그)는 한강의 여러 측면, 예컨대 신화와 역사, 계절과 시간, 희로애락의 여러 모습 등으로 바라보았다. 말하자면 한강이라는 거대한 하나를 여러 모습과 각도에서 쪼개서 바라봄으로써 그 입체성과 다양성을 달성하려는 것인데 읽는 이에 따라 서로 좋아하고 감응하는 것이 다를 것이다. 어쨌든 한강의 아웃라인을 잡아주려고 애썼다. 한강의 전반적인 이미지, 과거와 현재와 미래, 산하에서 어떻게 문화적 의미를 찾도록 할 수 있을까, 고민하였다. 어쩌면 한강을 제대로 이해할 수만 있다면 우리문화의 전문가라고 해도 손색이 없을 것이다. 그만큼 한강은 고대로부터 지금까지 동서고금으로 얽히고설켜 있다.

시골은 낮이 아름답고 도시는 밤이 아름답다. 한강이 본격적으로 시작되는 두물머리에서부터 소위 경강 한강은 밤이 아름답다. 한강에는 지금 삼십여 개의 다리로 인해 밤의 야경이 장난이 아니다. 낮에는 한강의 웨이브를 볼 수 있어서 즐겁지만 밤에는 오색 보석의 불빛을 볼 수 있어서 즐겁다. 어떤 팔등신이 한강만큼 아름다울까. 한강만큼 멋진 허리를 뽐내며 풍만한 가슴과 둔부를 자랑할 수 있을까. 그리고 수양버들의 긴 머릿단을 치렁거리면서 유혹할 수 있을까. 버들가지 사이를 흐느끼는 안개비, 유우柳雨라도 오는 날이면 더욱 센티멘털리즘에 빠지게 한다.

또 한강만큼 꽃향기와 새소리로 자신의 아름다움을 빛나게 할 수 있을까. 강 주변의 야생화와 물새들은 자연의 본래 모습을 만끽하게 한다. 그야말로 진경珍景이다. 여기에 물안개라도 끼는 날이면 마치 욕조 수증기 너머 희미한 여체의 실루엣처럼 치명적이다. 밤이면 한강은 나이트클럽에서 춤추는 무희가 무색할 지경이다. 온갖 보석과 목걸이와 팔찌를 치렁치렁 매달고 흔들어댄다. 수많은 다리들은 오가는 다리가 아니라 여인의 멋진 다리가 되어 상상력을 더욱 분주하게 한다.

흔히 뇌쇄적인, 치명적인 아름다움을 소유한 여성을 '팜므파탈'이라고 한다. 그렇다. 한강은 팜므파탈이다. 한강은 단순한 글래머가 아니라 때로는 시골아낙처럼 모시 옷 속에 소박함도 감추고 있어서 더욱 치명적이다. 한강주변은 조금만 들어가면 산수유, 개나리, 아카시아, 라일락, 들장미, 코스모스, 국화 등 어릴 적 시골에서 볼 수 있던 꽃들과 함께 뻐꾸기, 소쩍새, 딱따구리, 산까치, 산비둘기, 꿩 등 새소리를 들을 수 있다. 작은 계곡들은 숨어서 반기고 한 나절 낮잠을 잘 수 있도록 배려해준다. 나무꾼과 선녀의 백일몽도 꾸게 한다.

한강이 없는 서울과 한국을 생각할 수 없지만 한강이 없이는 이제 살 재미가 없을 것 같다. 한강은 단순한 물줄기가 아니라 전국과 연결되는 네트워크를 가진 한국의 인드라 망이다. 한강을 즐기면서부터 언젠가 나는 불의 세례보다 물의 세례를 더 좋아하게 되었다. 또한 불의 세례 이전에 물의 세례, 불의 종교 이전에 물의 종교가 있었음을 알게 되었다. 물은 생명이고 불은 생명을 태우는 것이다. 물과 생명이 없다면 결코 불이 태울 것이 없었을 것이다. 불의 깨달음, 불의 광명, 불의 욕망 이전에 물의 생명, 물의 겸손, 물의 순환이 있다. 이제 한강은 철학이고 역사이고 인생의 완성의 동반자이다.

02

한강

한강의 발원

한강의 본류는 남한강이다. 한강의 발원지는 태백 대덕산 금대봉 검룡소이다. 여기서 1천3백여 리(514.4Km) 여정이 시작된다. 검룡소에서 솟아오른 물은 임계를 지나 정선, 평창, 영월, 단양, 충주, 여주, 양평, 서울, 강화만에 이르기까지 12개의 하천과 북한강, 임진강 등 3개의 강, 38개의 크고 작은 도시를 지나 황해로 흘러들어 간다

태백 검룡소儉龍沼에서 발원하여
강원, 충북, 경기도를 거쳐 서울로 들어오는
514km의 물줄기는 한반도의 정기精氣
세계 속에 드러내는 우리의 강신江神
남한강은 대덕산의 정기를 싣고 충주댐에서 배를 가득 채우고
북한강은 금강산의 정기를 싣고 양수리에서 의좋게 합류한다.

"태백의 광명정기 예 솟아 민족의 정기 한강 발원하다."
서해에 살던 이무기가 용이 되려고
한강을 거슬러 몸부림친 검룡소
강은 바다로 흐르지만 바다의 이무기는 다시
강을 거슬러 역류하여야만 용이 되는
돌고 도는 법륜法輪의 소용돌이

내금강 단발령에서 발원하는 북한강은
만년에 성숙케 하기보다는
보는 순간 속세의 머리를 깎게 한다.
내금강, 외금강, 해금강을
한 몸에 불러 세워 해인海印을 꿈꾸게 한다.
안에서, 밖에서, 바다에서 동시에 비상한다.

*금대봉 위쪽에 있는 고목나무 샘, 물구녕 석간수, 제당굼 샘 등에서 각각 지하로 1~2km 쯤 흘려 내려와 검룡소에 이르는데 하루 2천~3천 톤이나 솟구쳐 나온다. 검룡소 입구에는 "태백의 광명정기 예 솟아 민족의 젖줄 한강을 발원하다"라고 돌에 새겨있다. 고목나무 샘을 발원지라고 하는 사람도 있다.

한강의 사계

봄엔
여의도 벚꽃이 흐드러지게 피고
형형색색의 꽃들이 강변을 수놓고
진달래, 개나리 만개한 사이로 뱃놀이하는
시민들의 웃음소리 무슨 백일몽 같다.

여름엔
강변 수영장에서 선남선녀는 육체미를 뽐내고
유람선은 하루 종일 오르내리느라 바쁘다.
양수리 버드나무, 미루나무 숲 그늘 두껍고
주천酒泉강 소금강 무릉도원 무색하다.

가을엔
오대산의 단심丹心을 가슴에 담고
코스모스 어우러진 홍천강을 완보로 거닐면
해바라기가 계절의 막바지 태양을 삼키고 있다.
아, 북한산 가을하늘 날마다 달아나 아스라하다.

겨울엔
상원사 우통수[*] 물을 길러 적멸보궁에 차를 올려라.
철새들의 보금자리, 눈 덮인 적막의 한강
철새들의 군무群舞는 진종일
텅 빈 허공을 점화點畵의 춤으로 바꾼다.

*평창 오대산 서대 우통수(于筒水)는 오대산(五臺山, 1,563m) 능선 상 해발 1,200m의 높은 곳에서 발원되어 오랜 동안 한강의 발원지로 알려졌던 샘이다. 오늘날 태백 대덕산 금대봉 검룡소에게 한강 발원지의 영광을 넘겨주었지만 문화적으로는 여전히 발원지의 후광을 업고 있다. 우통수는 세종실록지리지, 동국여지승람, 택리지, 대동지지 등 우리 옛 문헌들이 한결같이 이르는 한강의 발원지이다. 우통수는 속리산 삼파수와 충주(忠州) 달천과 함께 조선삼대명수(朝鮮三大名水)로 전해지고 있다. 오대신앙(五臺信仰)을 정착시킨 신라의 보천태자(寶川太子)가 수정암(水精庵)에서 수도할 때 이 물을 매일 길어다가 문수보살에게 공양했다고 한다. 한강의 발원지가 우통수에서 지금의 태백시 하장면 금대산 밑 검룡소로 바뀐 것은 1918년, 조선총독부 임시토지조사국에서 실측 조사한 결과에 따른 것이다. 오대산 우통수에서 발원하는 송천과 태백시 검룡소에서 발원하여 창죽동에 이르는 골지천 길이를 계측한 결과 골지천이 32.5Km가 더 길었다.

한강 다리의 찬미, 동에서 서로

서울 한강의 다리는 모두 35개이다. 서울시 권역에 있는 것이 최동단에서 강동대교, 광진교, 천호대교, 올림픽대교, 잠실철교, 잠실대교, 청담대교, 영동대교, 성수대교, 동호대교, 한남대교(제 3한강교), 반포대교, 잠수교, 동작대교, 한강대교(제 1한강교), 한강철교, 원효대교, 마포대교, 서강대교, 당산철교, 양화대교(제 2한강교), 성산대교, 가양대교, 방화대교, 행주대교, 김포대교 등 26개이다. 또 2008년 완공예정인 월드컵대교(제 2성산대교), 암사대교를 포함하면 28개이다. 여기에 한강변을 세로로 연결하는 노량대교, 아차산대교, 배알미대교 등을 포함하면 31개이다. 경기도 권역에 팔당대교, 일산대교, 건설 중에 있는 마곡철교, 남양주대교를 추가하면 35개가 된다.

강동대교에서 서울로 들어오는 구비는
환상의 웨이브, 글래머의 빛나는 허리
지루함의 끝에 동굴의 빛처럼 갑자기 나타난다.
곡선을 따라 내려오면 흥분과 낭만이 꿈틀댄다.

서울의 입구, 최동단 광나루 한강시민공원
갈대, 억새, 푸른 잔디, 아이들의 아우성
오랜 운전으로 피곤하면 이곳에 내려
넓은 한강을 바라보고 심호흡을 해 보라.

88서울올림픽을 상징하는 올림픽대교 현수교
하늘을 찌를 듯 우뚝 선 기념탑이 자랑스럽다.
횃불은 꺼지지 않는 대한민국의 기운의 상징
현수교의 케이블은 콘트라베이스 현처럼 아름답다.

잠실철교는 기적도 없이 지나가는 울림으로
여행을 부추기고 낯선 이국을 꿈꾸게 한다.
잠실대교는 올림픽공원, 석촌 호수로 통한다.
서울의 유일한 석촌호수는 옛 송파나루, 삼전나루

청담대교는 청담동 패션미술가로 통하는 길
역에서 바로 한강에 이르는 뚝섬유원지역이 있다.
선착장, 뷔페유람선, 수상택시들이 늘어서 있다.
여기부터 훤히 뚫린 자전거도로는 융단 길

강변도로에서 강남으로 들어가는 영동대교는
무역센터, 삼성역, 테헤란로로 들어가는 길목
강남의 심장부, 세계를 주름잡는 IT, 금융가
해질녘 테헤란로를 달리면 저절로 여피족이 된다.

성수대교는 한강의 대표적 사통팔달 문어다리
강북으로는 서울 숲, 강남으로는 압구정 번화가
한 때 붕괴사고로 세계적 수치가 되었지만
동부간선도로를 따라 강남과 노원·도봉구를 잇는다.

뚝섬유원지역에서 둔치 자전거도로를 달리면
멀리 응봉산은 개나리 노랑 물을 뒤집어쓰고
그 너머 북한산과 남산 N서울타워가 가물거린다.
동호東湖는 한강의 구비가 한 눈에 들어오는 명당

동호대교의 야경은 한강야경 백미 중의 백미
반포대교와 어우러져 이루는 사방은 불기둥의 장관
진시황 아방궁이 이 밤의 한강 수중궁궐 만하였을까.
금방이라도 용왕이 백관을 거느리고 올라올 듯하다.

한남대교는 제 3한강교로 숫자가 붙은 마지막 다리
반포대교는 캥거루처럼 그 아래 잠수교를 담고 있다.
잠수교는 여름 장마철만 되면 물먹고 잠수를 반복한다.
동작대교는 동호대교처럼 전철이 함께 붙어 있어 정답고

한강대교는 한강에서 제일 먼저 세워진 제 1한강교
노들 섬의 쌍둥이 아치가 아름다운 쌍둥이 다리
정조 대왕이 배다리를 놓고 화성행차를 하였던 곳
대왕의 개혁은 여기서 150년 뒤 5.16 혁명을 기다렸다.

한강의 이름을 독점한 변화와 개혁과 혁명의 다리.
한강 르네상스도 이곳에서 팡파르를 울렸다.
노들 섬엔 오페라하우스, 서부 이촌동엔 국제터미널
워터프론트 타운, 초고층 쌍둥이 랜드 마크가 들어선다.

한강철교 밑을 지나면 웅장한 건축물을 실감한다.
파도는 거세지고 낙조는 가까워져 항구에 온 느낌이다.
여의도 공원에서 이어지는 산책로와 자전거 도로는
원더풀 코리아, 원더풀 여의도를 외치게 한다.

원효대교는 눈썹 같은 아치와 V자 교각으로
한강다리 중에 가장 심플하고 세련된 다리
영화와 드라마 촬영으로 밤낮 없이 붐빈다.
탤런트와 배우들은 현대판 원효와 요석공주

원효, 마포, 서강대교는 여의도를 잇는 다리
그 옛날 마포나루는 서해안의 어선은 물론
전국의 어염어선이 집결하던 수상교통의 요지
마포나루 굿은 사라졌지만 밤섬은 철새의 천국

여의도에 이르면 한강은 그만 권력이 된다.
매머드 빌딩들은 찬란한 불빛과 마천루를 뽐내고
사방의 산들은 어둠 속에서 동물처럼 웅크린다.
강물은 불빛을 받아 여기저기 불기둥으로 흔들린다.

한국의 맨해튼 여의도는 국회의사당, 방송가, 증권가
매일 말과 휴지가 먼지처럼 떠올라 바람 잘 날 없다.
저녁노을에 바라보는 63빌딩은 기도하는 소녀
샛강의 코스모스, 윤중제 벚꽃놀이는 서울의 자아 만족

밤섬을 가로지르는 빨간색 아치의 서강대교는 서호西湖
옛 선비들이 동호와 함께 관현가무로 풍류를 즐기던 곳
들어오는 한강과 나가는 한강을 바라보는 꼭지점
서강에 낙조가 들면 철새들마저 향수에 젖는다.

양화대교는 제 2한강교로 한강에서 두 번째 세운 다리
선유도공원을 끼고 있어 도시민에게 여유와 휴식을 준다.
선유정에 앉아 드넓은 한강을 보노라면 울화마저 트인다.
양화대교를 기점으로 한강은 점점 바다를 닮아간다.

성산대교는 월드컵의 다리, 이 다리를 지날 때면
붉은악마의 함성과 월드컵 4강의 환호가 쟁쟁하다.
쓰레기 섬 난지도蘭芝島는 월드컵공원 되어
평화의 공원, 하늘공원, 노을공원, 이름도 정겹다.

가양대교는 강변북로, 올림픽대로를 자유자재다.
한강 다리 중에서 가장 긴 롱 다리 1700미터
교각 사이도 길어 팔등신 미녀를 연상케 한다.
붉은 불빛은 잠자는 미녀와 사랑을 꿈꾸게 한다.

방화대교는 이륙하는 비행기, 궁전의 아치
찬란한 불빛이 어둠의 한강에 잠겨들면
서울내기들은 이곳이 지상천국인가 갸웃하고
인천공항 손님들은 뷰티풀 코리아를 연발한다.

한강의 최서단 행주대교는 쿠데타(12.12)의 다리
행주대교를 넘으면 서쪽으로, 서쪽으로 달려온 한강은
그만 온통 바다가 된다. 김포는 바다의 포구浦口이다.
한강은 바다다, 바다는 다시 한강은 꿈꾼다.

하늘에서 바라 본 한강 다리는 거대한 공룡의 갈비뼈
다리로 이어지는 도로는 공룡의 핏줄, 신경다발들
남북강변로는 등뼈, 밤이면 다리는 형형색색 꽃이 된다.
아, 한강이 살아있어 서울이 살아있다. 한강 만만세!

남북을 잇는 한강의 다리들은 용트림으로 장관이다.
힘차게 몸통을 뻗어 강변에 걸치거나 또아리를 틀고
깊고 푸른 한강의 현무玄武되어 승천을 준비한다.
때론 목이 긴 연꽃처럼 저마다 낙원을 노래한다.**

한강은 저 수많은 다리로 인해 호수가 된다.
호수가 된 한강은 물의 궁전에서 꿈꾸게 되고
꿈꾸는 한강을 보면 저절로 우리도 꿈꾸게 된다.
꿈꾸는 한강과 꿈꾸는 사람들은 아름답다.

다리는 끊임없이 오고가고
한강은 끊임없이 흐른다.
오늘은 내가 오고가고 내일은 네가 오고가고
한강은 끊임없이 하나로 흐른다.

---

*정조는 배다리, 즉 주교(舟橋)로 한강을 건넜다. 1795년 정조가 배다리를 건너는 모습을
그린 '정조대왕 능행도' 중 '노량주교 도섭도'(鷺梁舟橋 渡涉圖)를 보면 정조가 쉬어가던
노량진 행궁도 보인다. 현재 이곳엔 1791년에 세운 용양봉저정이 남아 있나. '용이 뛰놀고
봉이 높이 난다'는 뜻의 정자이름이다. 조선시대 도성에서 한강을 건넌 뒤 노량진ㆍ시흥ㆍ
수원(시흥로)을 거쳐 충청도ㆍ전라도로 통했다. 노량진이 한강의 대표적인 나루터가 된 까
닭은 숭례문에서 가깝고 유속도 느리고, 강폭도 좁기 때문이다.
**한강을 주제로 한 대중가요는 모두 10여곡에 이른다. 제 3한강교(혜은이)를 필두로 비
내리는 영동교(주현미), 이별의 성산대교, 성수대교(D. J. DOC), 동작대교, 광진교, 천호대
교, 반지(마포대교), 잠수교 등이다.

한강엔 고슴도치가 살고 있다

한강엔 고슴도치가 살고 있다.
'제 새끼 예쁘다고 하면 좋아 한다' 는 고슴도치
그 뿐인가, 상류엔 멸종위기에 놓인
사향노루, 산양, 하늘다람쥐
청설모, 수달, 오소리도 살고 있다.
그 이름만 들어도 전설 같다.

　한강엔 쏘가리도 살았다.
　태초에 한강에선 저절로 생명이 태어나고
　버들치 금강치 피라미 붕어 잉어
　예전에는 싱어 웅어 열목어 은어 붕퉁뱅어
　누치 왜매치 두우쟁이 농어도 살았다.
　상류와 하류에서 한 가족으로 살았다.

자연학습장은 공해에 찌든 어린아이들에게
꿈을 심어주고 자연을 돌려주고
보트들은 점점이 박혀 낮잠을 즐기고
둔치의 꽃들은 나비와 새들을 부르고
우리들의 입맞춤은 물빛보다 빛난다.
우리들의 입맞춤은 저 태양보다 더 황홀하다.

　한강은 오리들의 천국
　행주, 성산대교엔 댕기흰죽지, 흰죽지
　여의도 밤섬엔 흰뺨검둥오리, 청둥오리
　용비교 지역엔 쇠오리, 고방오리
　잠실엔 비오리, 팔당엔 고니, 물닭
　짝지어 헤엄치고 비상하니 평화롭구나.

122

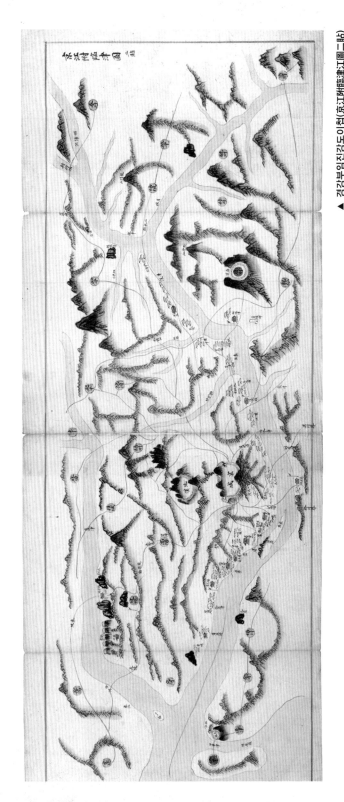

▲ 경강부임진강도이첩(京江附臨津江圖二貼)

남한강의 충주부터 여주·이천·광주를 거쳐 두물머리, 송파, 양천, 김포, 임진강, 강화도에 이르기까지 가장 폭넓게 한강 물줄기가 표시되어 있다.(서울대학교 규장각 소장)

천연기념물로는 원앙이, 황조롱이, 쇠부엉이, 흰꼬리수리, 큰고니

한강의 식물은 각 하천에 쑥, 강아지풀, 억새, 여뀌, 미꾸리낚시, 소리쟁이

한강의 어류는 누치, 붕어, 잉어, 모래무지, 피라미, 끄리, 동자개, 배스, 중고기, 참중고기, 댕경모치(은쏘가리), 그리고 보호어종으로 열목어, 은어, 칼상어, 연준모치 천연기념물 어류로 어름치

한강의 곤충류는 제 1광역지역인 능내, 팔당댐하류, 왕숙천, 경인지역에 오파카노린재, 한강먼지벌레, 무당벌레, 칠성무당벌레, 오리나무더듬이긴잎벌레, 배추흰나비, 애남생이무당벌레, 노랑배거우벌레, 양봉꿀벌, 진노란잠자리, 메추리노린재, 홍보라노린재, 등줄빨간긴노린재, 버들잎벌레, 어리호박벌,

제 2광역지역인 도심권의 한강변에
여름좀잠자리, 왜콩풍뎅이, 무당벌레, 애남생이무당벌레, 검정쉬파리, 꼬마꽃등에, 호리꽃등에, 배추흰나비, 꽃등에, 집파리, 아기집파리, 벌꽃등에, 땅감탕벌, 북방실베짱이, 연두금파리,

제 3광역지역인 김포군 굴푸리지역에
초원곱추잎벌레, 동애등에, 꽃등에, 고동배감탕벌, 노란점나나니, 무당벌레, 여름좀잠자리, 아기집파리, 줄무늬감탕법

주요 지류만 보더라도
평창강, 달천, 제천천, 섬강, 청미천, 복하천, 북한강, 경안천, 중랑천, 안양천, 곡릉천, 임진강이 있고

주요 도시만 하더라도
서울시, 인천시, 미금시, 안양시, 광명시, 동두천시, 고양시, 구리시, 오산시, 군포시, 하남시, 원주시, 충주시, 청주시, 수원시, 성남시, 의정부시, 부천시, 송탄시, 안산시, 과천시, 평택시, 시흥시, 의왕시, 춘천시, 태백시, 제천시 등이 있다.

댐만 보더라도
화천, 춘천, 소양강, 의암, 청평 충주, 팔당댐이 있다.

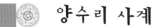

양수리 사계

봄이면 산은 포실포실 불어나고
강물이 녹기 시작하면 물색이 흐리다.
여름이면 하루가 다르게 녹색으로 짙어진다.
하늘빛도 받고 나무 빛도 받아서 그렇다.

여름에 작열하는 태양과 많이 만날수록
가을의 단풍은 더욱더 진홍으로 빛난다.
가을이면 철새들이 날아들어 새들의 낙원
단풍은 누룽지를 쓴 듯 온산을 붉게 물들인다.

겨울이면 밭고랑 잔설 너머 얼어붙은 팔당에
흩어진 돌멩이처럼 철새들이 점점이 앉아 있다.
새들은 얼어붙은 듯 나그네에 무심하다.
북쪽에서부터 녹아내리는 강물의 속삭임

능내陵內, 양수兩水, 문호汶湖, 수입水入리*
분원分院, 귀여歸歟, 검천檢川, 수청水淸리**
굽이굽이 넘실거리는 강물은 호수를 떠올리고
물끄러미 바라보면 풍성한 가슴처럼 밀려온다.

*능내리는 남양주시 조안면, 양수리는 양평군 양서면, 문호리와 수입리는 양평군 서종면이다. 문호리는 한자어로 되기 전에 순수 우리말로 '물이 넘어온다'고 하여 '무너미'라고 하고 수입리는 '물이 들어온다'고 하여 '무드리'라고 하였다. 순수 우리말이 있는데 이것을 일제 때 한자말로 억지로 붙인 것이다.
**광주시 남종(南終)면의 마을들이다. 정암산(正巖山, 403.3m), 해협산(531.3m)을 끼고 있다.

〈양수리 북한강 남한강 용문산 일대 12개 여행코스〉

1. 용문산 연수리 계곡과 상원암 코스
2. 수동 국민관광지와 주금산 비금계곡 코스
3. 춘천 소양호에서 추곡리 코스
4. 양수리 운길산 새터유원지 코스
5. 문호리-수입리 카페촌과 통방산과 벽계구곡 코스
6. 중미산 휴양림-도치골, 정배리 코스
7. 용천리 패러글라이딩-대부산 억새능선 코스
8. 축령산 독박골 잣나무 숲과 원예수목원 코스
9. 곤지암-태화산 백련암-유정 저수지 코스
10. 여주 왜가리마을과 흥왕사, 그리고 도전리 오지 코스
11. 양동-간현 강나루 여행, 그리고 흥법사지 코스
12. 된섬, 용문천 나루, 샤룡리 드라이브 코스

(여행작가 이혜숙님 추천)

양수리 서정 1

-남한강 · 북한강일대

덕소에서 북한강을 따라 청평으로, 청평에서 신양평대교를 거쳐 양평으로 청평 댐 이후의 북한강 일대를 휘돌아 양평읍을 거쳐 양평대교를 지나 양평군 강상 · 강하 · 양서면으로 오면 남한강과 만난다. 남한강은 섬강과 합류한 후 여주군을 관통하여 양평군의 흑천과 만나고 양수리에서 북한강과 만나 하나가 된다. 섬강은 횡성 봉복산과 원주 치악산 계곡에서 발원하여 그 옛날 물막나루가 있었던 문막 평야를 돌아 나온다.

양수리는 두 물에 흠뻑 빠져 있다.
신양수대교, 양수대교, 양수철교가 지나고
강변길은 물에 잠길 듯 나직하게 찰랑거린다.
강상 · 강하면 양서면에서 바라보는 남한강은
인심 좋은 중년부인처럼 고즈넉하고 넉넉하다.
퇴촌에서 뚝배기 된장에 막걸리 한 사발 먹고
팔당八堂에서 팔당댐을 건너보라.
오리 떼들이 자욱하게 널려있다.
댐에서 막 떨어진 물은 얕고 거칠다.

청평에서 양수리까지 수양버들 터널을 지나
북한강 배암 같은 길을 따라 가면
자동차는 캉캉 춤을 추는 무희처럼 흔들어댄다.
수입리와 문호리는 물의 정령이 숨은 비경
양수대교 앞 새터 유원지에 이르면
여자 가랑이 속으로 쏙 빠져 들어가는 것 같다.
물속에 비친 둥글둥글한 산들
대칭으로 펼쳐지다 끊어지고
끊어지는가 하면 다시 펼쳐진다.

어둠이 내리면 강안江岸 불빛이
회색 화선지 같은 풍경사이로
하나, 둘, 반딧불처럼 수면 위에 떨어진다.
몽환을 느끼며 회색 빛 꿈을 꾼다.
북한강도 막바지 송촌에 이르면
여로가 길어서인지 흐름이 느리다.
북한강과 남한강이 한강이 되자마자
백팔십도 휘도는 길목에 솟은 쇠말산
그 아래 아름다운 마을 능내리가 앉아있다.

예부터 물길 따라 발길이 생기고
발길 따라 뱃길이 생기고
뱃길 따라 철길이 생기지.
물을 건너 다리가 생기지.
사람들은 물길 따라 옹기종기 모여 살고
사람들은 물길 따라 사람의 길을 만들고
사람들은 만든 길을 따라 또 만나고 헤어진다.
그러나 강은 만나면 헤어지지 않는다.
남한강, 북한강은 이제 하나의 강, 한강!

*양수철교는 중앙선으로 청량리에서 출발하여 양평, 용문, 원주, 제천을 거쳐 안동, 강릉, 부전이 종착역이다. 경춘선은 청량리에서 출발하여 성북, 대성리, 청평, 가평, 강촌, 남춘천(모든 열차가 정차하는 역)을 거쳐 춘천이 종착역이다. 경춘선은 복선전철화 공사가 끝나면 수도권 전철이 운행된다. 신내역, 별내역이 신설되고 별내역은 8호선, 신내역은 6호선, 상봉역은 7호선과 환승된다. 또 망우역이나 상봉역에서 발착하게 된다. 중앙선은 남한강 수계를 지나고 경춘선은 북한강 수계를 지나는 셈이다.
중앙선 전동차는 청량리에서 덕소행과 용산행이 있었다. 건설교통부는 중앙선 전동차 단선철도를 복선전철로 바꾸기로 하고 총 사업비 7,236억 원을 투입, 97년 10월 착공하여 8년3개월 만인 2005년 12월 16일에 청량리-덕소 간 18km 구간을 완공했다. 이어 2007년 12월 27일 팔당역까지 연장했다. 이로써 종전 중앙선 팔당역(1939년에 세워져 문화재청이 근대문화유산으로 지정)은 폐쇄됐다. 2009년까지 양평, 용문까지 개통예정이다. 건설교통부는 중앙선 복선전철구간을 원주, 제천까지 연장할 계획이다. 원주·제천 총 사업비는 1조 480억 원이며, 총연장 35.6km, 2012년 완공목표이다. 양평, 용문까지는 수도권 전철을 운행하고 용문에서 원주, 제천까지는 일반여객열차를 운행하게 된다.
**남한강 양평군 강하·강상면은 광주시 퇴촌면, 남종면에서 양평군으로 가면서 차례로 나타난다. 강 건너 맞은편은 양평군 양서면, 양평읍이다. 강하면은 바탕골 예술관(양평군 강하면 운심리 368-2번지, 031-774-0745)에서 힐하우스까지 강변도로변을 중심으로 가든, 카페 등이 있다. 여름에는 수상스키·모터보트 등을 즐길 수 있고 겨울에는 눈썰매장 등이 있다. 자동차 극장, 게르마늄온천, 아지오갤러리 등 문화시설이 형성되어 있다. 남한강이 한눈에 내려다보이는 강하면은 왕창리, 운심리, 전수리, 동오리, 항금리, 성덕리 등이 있다. 강상면은 병산리, 송학리, 신화리, 교평리, 화양리, 세월리 등이 있다.
***팔당(八堂)은 나루가 크다고 해서 바다나루, 바다이, 바대이, 바당이, 팔당이라고 하였다. 다시 말하면 '바다 같이 넓은 나루'라는 뜻의 음이 한자화하면서 정착된 것 같다. 그런데 '팔당 바당(댕)이'라는 마을의 이름은 강의 양쪽 산세가 험준하고 수려하여 팔선녀가 내려와 놀던 자리가 여덟 곳이었다고도 하고, 그 자리에 여덟 개의 당을 지었다고 해서 '팔당'이라 불리게 되었다고 한다. 이밖에도 강이 내와 비슷하여 양쪽으로 난 나무가 팔자(八字)처럼 쓰러져서 '팔당'이라 불렀다고도 한다. 일제 전에는 '바댕이'라고 불렀고, 그 후 '팔당'이라고 부르게 되었다고 한다. 참고로 팔(八)자는 팔괘에서도 태(兌)괘로 이 괘는 한없이 열리는 것을 의미한다. 이 괘는 택(澤), 소녀(少女), 기쁠 열(說), 양(羊), 입 구(口), 음금(陰金)의 뜻이 있어 참으로 팔당에 어울린다.
****문호리는 양평군 서종(西宗)면이고, 퇴촌면은 광주시이다. 양서리와 팔당의 면적이 넓어서 강안에 접한 시군이 많다. 송촌은 남양주시 조안면이다. 특히 서종면은 수입천 계곡과 문호천 계곡이 절경이다. 수입리 계곡에서 문호리 계곡으로 넘어오면 노문리, 명달리, 정배리, 도장리, 수능리, 서후리가 있다.
서종면 문호리 입구에는 갤러리 '서종'(경기도 양평군 서종면 문호리 370-6 번지, 031-774-5530, 5583)가 있다. 갤러리 '서종'은 현대적인 감각으로 지어진 건물이다. 1998년 6월에 개관. 박연주 관장은 "전원화랑을 열고 싶어 여러 곳을 찾아다닌 끝에 얻은 곳이다. 한 달에 한두 번씩 새전시를 연다. 전시장의 규모는 1층 50평, 2층 30평, 50여 평의 휴게공간을 갖추고 있다. 1층은 기획전이나 초대전, 2층은 상설전을 주로 하고 있다. 또한 도자기 상설코너도 마련되어 있다. KIAF, 서울 아트페어, SIPA, SOAF, 상하이 국제아트페어 등에 참가했으며, 주요 기획전으로는 이 지역화랑 연합미술전인 〈북한강 오월미술제〉, 미술의 각 장르를 아우르는 대표적 작가 3인의 〈접점(接點)〉전, 한국 미술계의 주요작가들을 초대하는 〈오늘의 중진작가 전〉, 우리나라 주요 원로작가들의 초대전인 〈원로작가 5인 전〉, 봄철에 기획되는 종합미술전 〈들꽃미술제〉, 한국 채색화의 미래를 열어나갈 작가들의 그룹전인 〈채색화 작가전〉, 지역 화가들과 지역 어린이들이 함께 참가하는 〈우리 동네 그리기 전〉, 국제 조각심포지엄에 참가하는 국내외 작가들의 작품을 함께 소개한 〈국제 조각심포지엄 참가 작가전〉 등이 있다. 국내 주요작가 30여 명의 초대전 및 개인전이 개최된 바 있다.
문호리는 팔당댐이 생기기 전에는 문호나루가 있었다. 문호나루는 뚝섬나루와 함께 우리나라에서 가장 규모가 큰 나루였다. 강원도에 내려오는 뗏목, 장작, 숯이 이곳에 집하 되었다.

당시에 이미 3천명 이상의 주민이 있었다. 그러나 댐이 생긴 후, 문호나루는 문을 닫게 되고 인구는 800명 까지 떨어졌다가 지금은 다시 전성기를 회복하고 있다고 한다.

문호리에서 7, 8km 북한강을 따라 올라가면 수입리가 나오고 수입천을 따라 상류 노문리까지 약 20km가 벽계구곡(檗溪九曲)이다. 우리나라에 구곡은 30여개에 이른다. 대표적인 것이 화양구곡, 고산구곡이다. 조선조 유학자와 화가들은 주자(朱子)가 노래한 중국 복건성(福建省) 무이산(武夷山)의 무이구곡(武夷九曲)을 본받아 물굽이가 많고 경치가 좋은 곳을 구곡이라고 하였다. 중국과 한국에서 경(景)은 팔경(八景), 곡(曲)은 구곡(九曲)이라고 일컬었다. 용문산, 양수리 일대는 지금은 가평군과 양평군으로 나뉘었지만 예전에 양근현이었다. 양근현은 용문산 줄기가 북으로 장락산 줄기로 이어져 북한강과 만나고, 남으로 백운봉을 거쳐 남한강과 만난다고 하여 양근현이라고 하였다. 이들 삼각지역에는 여러 천이 흐르는데 수입리 일원을 벽계구곡의 일곡(一曲)이라고 하였다. 한편 구한말 위정척사파의 영수였던 화서(華西) 이항로(李恒老, 1792~1868) 선생이 노문리(蘆門里) 일대의 절경을 노산8경(蘆山八景)이라 일컬었다. 제1경 제월대(霽月臺), 제2경 제월대 시(詩), 제3경 명옥정(鳴玉亭), 제 4경 낙지암(樂志岩), 제 5경 분설담(噴雪潭), 제 6경 석문(石門), 제 7경 쇄취암(鎖翠巖), 제 8경 일주암(一柱岩)이다. 이곳 벽계마을에는 이항로 생가와 그를 모신 노산사(蘆山祠)가 있다. 화서(華西)라는 호는 청화산(靑華山) 서쪽에 있다고 하여 붙여진 이름이다.

양수리 서정 2
-남한강 · 북한강 일대

두 물이 만나는 두물머리*
강물을 물이라고 하는 소박함이여!
석양에 잠겨 동방제일경** 바라보며
수종사水鐘寺 옛 종소리 듣는다.

남한강은 산세가 부드러워 강바닥도 부드럽고
안개를 피워 올려 풍만한 가슴을 연상시킨다.
물은 녹회색, 그 곳에 누우면
수중궁궐에라도 숨은 듯싶다.

북한강은 산세가 높고 계곡이 깊어
물 흐름이 거칠고 안개도 적다.
물은 수풀이 잠겨 진녹색이다.
설레고 흐느적거리는 유우柳雨는 고혹적이다.

산이 높고 물이 깊은 북한강은 잘 얼지를 않고
산세가 바람을 막아주지 못하는 남한강은 잘 언다.
북한강 신사와 남한강 귀부인은 겨울이면
고기비늘 물살 얼음 위를 함께 걸어 다닌다.

산 겹겹, 물 굽이굽이
산 첩첩, 물 느릿느릿
사람들은 키 큰 미루나무를 닮아 멍청하니 바라보고
사람들은 버드나무를 닮아 봄비에 가늘게 울고 있다.

---

*팔당대교를 지나 양평 쪽으로 난 강변도로는 드라이브 명소로 유명하다. 특히 양수리에서 옥천까지 이어지는 도로는 남한강을 가장 가까이 끼고 가는 코스로 어디서나 차를 세우고 강바람을 느낄 수 있다. 또 중간 중간에 분위기 있는 카페들이 데이트의 묘미를 높여준다. 신양수대교를 지나면서 이정표를 따라 오른쪽으로 내려선 후 오던 길 아래로 U턴을 하면 양수리로 접어드는데 우측으로 카페 촌이 갈라지는 두 번째 사거리에서 왼쪽 길로 들어가면 두물머리가 나온다.

양평에는 미술인 300여명을 비롯하여 약 500여명의 문인·음악가·예술가들이 살고 있다. 인구비례(양평인구 8만여 명)로 따지면 전국 최고이다. 이들은 '맑은 물 사랑협의회'를 구성하고 해마다 '맑은물 사랑 예술제'(매년 5, 6월, 용문산야외공연장, 031-770-2472)를 열고 있다. 이 축제는 상수원 보호지역의 소명의식으로 자연환경의 소중함을 일깨워 주는 대표적인 환경축제이다.

서울-남양주-양평, 남양주-가평, 양수리-서종과 하남-광주 간 강변도로는 모텔과 카페 촌이다. 양평 양수리 서종 카페: 예마당 (031)774-0307/몬티첼로 774-1332/걸리버 772-9162/지중해 771-2541/솔베르크 771-7262/씨랜드 767-8935/카사아지오 774-5121/이글루 772-1411/모르진 774-2333/모비딕 774-4548/동모루 774-2815/무진기행 774-6131/미스터 보고 765-2141/피라미드 774-3703/힐하우스 771-0001/황세울 771-0025/양평공항 774-9003/K2311: 771-5114/걸리버파크 772-7978/메종 774-4811/카페 CARAV 772-9936/카페 드 파리 771-0528/카페 케니지 585-3252 등이 있다.

**해동기재(海東奇才)로 중국에서도 칭송 받은 동문선(東文選)의 편자 서거정은 수종사에서 양수리를 바라보는 경치를 '동방 사찰 중 최고 전망'이라고 했다.

양수리 서정 3
-광주시 남종면 일대

[*]
분원의 팔당은 숫제 맑은 식용유다.
맑고 조용해서 선녀를 보는 것 같다.
팔당댐은 산자락을 들락거리고
철새들의 군무는 한 폭의 그림을 완성한다.

산들은 산과 산 사이에 비집고 들어온
빛의 역광으로 인해 투명하게 염불하고 있고
물그림자는 그대로 선경仙境
^{**}
멱라강汨羅江인 양 물속에 빠지고 싶다.

산을 쟁반에 떠받들고 있는 흰 물 띠
바람이 불어 물결이 일어도
그림자도 생기지 않아
멀리서 보면 온통 뿌옇다.

^{***}
은퇴한 권權옹은 수청리水淸里에
'푸르내 우리꽃' 농원, '청탄정淸灘亭' 지어 놓고
선녀탕에 몸 담궈 나무꾼 되어 하늘을 바라본다.
팔당의 흰 물이 서울에서 오는 아련한 친구들 같다.

---

*광주시 남종면에 속한다.
**춘추전국 시대 초나라의 충신인 굴원(屈原, BC 343~BC 277)이 간신들의 모함으로 빠
져죽은 중국 호남성(湖南省) 장사(長沙)의 강 이름.
***권영우(權寧祐) 옹은 변리사 은퇴 후 이곳에서 여생을 보내고 있다.

양수리 서정 4
-광주시 퇴촌면 일대

구비마다 섬으로 보였다가 사라지는
산, 산, 산… 섬, 섬, 섬…
술에 취한 퇴촌退村은
허리춤에서 비경 하나씩 끄집어내곤
목청을 뽑아 시조창을 흥얼댄다.
이창배의 한강수타령 들리는 듯하다.

　　강은 산골짜기를 간질대고
　　아기를 안은 듯 섬들을 받쳐 어른다.
　　퇴촌이라 노옹老翁 취급했더니
　　골마다 기생이요, 골마다 풍월이라
　　온갖 화초 녹수 단풍 끼고
　　고즈넉하게 혼자서 잘도 노는구나.

안개 낀 틈에 역광으로 보면
아련한 꿈의 수궁水宮
띠를 두른 섬들은 저마다 가볍게 비상하며
붕! 붕! 접시비행선처럼 떠다닌다.
선인仙人들은 성큼성큼 징검다리 삼아 걸어 다닌다.
별 사이를 오가는 어린왕자 같다.

　　비 오는 한강은 온통 끝 간 데를 알 수 없다.
　　팔당호 주변은 수분水粉이 올라 사방이 뿌옇고
　　하늘과 땅 온통 구분이 없다.
　　산은 검고 물을 푸르고
　　물안개가 닭털 날리듯이 현란한 가운데
　　새들이 난리라도 난 듯 오락가락 한다.

▲경기도 팔당수질개선본부 제공(T_031_8008_6900)

팔당, 소녀야

한강의 백미白眉, 묘령妙齡의 소녀야!
하얀 팔다리를 벌려
사방에서 들어오는 물을 모두 마다 않으니
과연 여걸女傑의 수출首出이로다.

한강의 백미百味, 현묘玄妙의 소녀야!
폭포처럼 물을 쏟아
감전을 일으키니 내 혼절하지 않음이
진정 노령老齡의 다행多幸이로다.

허브테라스에서 바라보는 팔당

팔당 미호渼湖여! 너의 달빛과 물빛에서
달항아리와 청화백자가 떠오르는구나.
순백 고요의 살빛, 구름 뚫는 푸른 용트림

보아도, 보아도 싫지 않는 조선의 여인
네 가슴과 둔부의 넉넉함에
일생의 피곤과 허무마저 달아나는구나.

*
금사金沙 · 분원分院리는 백자처럼 아름다워
**
겸재는 이곳에서 한강유람을 시작했지.
탁 트인 팔당 호수 주위로 산 첩첩, 물 중중

***
허브테라스에서 차 한 잔 들며 바라보는 팔당은
옛 소내 마을을 상투만 내놓은 채
물밑에 몰래 달 항아리 여인을 숨기고 있다.

*금사리(金沙里), 분원리(分院里)는 조선의 마지막 관요지이다.
**겸재(謙齋) 정선(鄭敾, 1676~1759)은 '경교명승첩' 시화첩에 분원 우천(牛川)을 담았다. 우천은 '소내'라고도 한다. '경교명승첩'은 겸재가 당대 진경시의 거장인 사천(槎川) 이병연(李秉淵, 1671 1751)과의 우정을 잊지 못해 시화를 주고받아 탄생한 시화첩(詩畵帖)이다. '경교명승첩'에는 화폭마다 '천금을 준다고 해도 남에게 넘기지 말라'(千金勿傳)는 낙관이 있다.
***분원리는 요즘 붕어찜으로 유명한데 허브찻집 허브테라스(광주시 남종면 분원리 255-37 번지, 031-)가 들어서서 팔당호를 바라보고자 하는 사람들에게 안성맞춤의 자리를 제공한다. 이 일대의 동네 이름도 재미있는데 안골, 가담골, 뒷골, 삼태기골, 어드니골 등이며 봄이면 찔레 향, 밤꽃 향이 넘치던 곳이다. 팔당수질개선본부(경기도 광주시 남종면 분원리 250-3번지, 031-8008-6913)에서 바라보는 팔당도 꿈의 수향(水鄕)이다. 팔당수질개선본부는 종전 아리아호텔을 리모델링하여 2008년 6월부터 입주했다. 지하 1층, 지상 10층으로 연면적 4천778㎡ 규모이다. 현재 청사를 '팔당생태 학습교실'로 운영하기로 하고 '팔당 물환경 홍보전시관'을 만들었다.

수종사水鐘寺 삼정헌三鼎軒

수종사는 운길산 중턱에 있다. 수종사에서 바라보는 양수리만큼 아름답고 서정적인 절경은 없
다. 수종사 차실 삼정헌(三鼎軒)에서 녹차를 한 잔 마시면서 바라보면 선경이 따로 없다

백운白雲의 운길산雲吉山 중턱에 오르면
종각도 없이 종을 쳤다는 수종사水鐘寺 있네.
세조가 올라보니 16나한 동굴 물방울소리.
왕이 심었다는 5백년 노송 오늘도 울창하다.

다산이 소시少時에 자주 올라 공부하였던 곳
말년에 추사秋史, 초의草衣와 차회를 열었다지.
님은 가고 없건만 석간수 물맛은 오늘도 여전하다.
기라성 같은 시인들 수종사 칭송 다투었네.

차와 바둑과 시를 말하는 삼정헌三鼎軒
다선茶禪, 기선碁禪, 시선詩禪 일미一味라네.
비오는 날이면 통유리 넘어 물안개 황홀하고
맑은 날이면 잡목들의 눈부신 생명함성 어지럽네.

첫 잔은 향香을 먹고
둘째 잔은 맛味을 먹고
셋째 잔은 선禪을 먹네.
넷째 잔은 인생의 아름다움을 먹네.

*수종사는 세조와 관련된 전설로도 유명하지만 국립중앙박물관이 소장하고 있는 수종사 부도유물(보물 제259호) 중 '금동제(金銅製)'로 알려졌던 9층 소탑이 국내 유일의 금제탑(金製塔)인 것으로 확인되어 더욱 일반에 각인된 사찰이다. 국립중앙박물관 보존과학실은 최근 (2003년 12월) 이 유물에 대한 비파괴 분석을 실시한 결과 금 83.2%에 은 16.4 %가 가미된 '금제'인 것으로 드러났다고 밝혔다.

**차와 바둑과 시를 좋아한 동산(東山)스님이 주지로 있을 때에 삼정헌을 지었다. 동산스님은 봉선사(奉先寺) 운경(雲耕)스님의 제자로 운허(雲虛) 스님의 문하이다.

다산茶山의 능내리陵內里

팔당댐을 따라 옛길을 돌아 들어가면
수향水鄕, 마현馬峴 능내리
여유당與猶堂은 오늘도 검약하게 서 있는데
재벌들의 여유당餘裕堂은 요란하기만 하다.

의심 많은 동물 여與여! 겁 많은 동물 유猶여!
스스로 이름 지어 수신치평修身治平 이루었네.
목민심서의 명구들은 오늘도 집 앞에 늘어섰는데
제 몸 포도주 담그는 목민은 없네!

다산초당, 여유당 번갈아 떠올리니 불현듯
님의 온기 불길처럼 관통하네.
그대 잠들어 있어 양수리는 더욱 아름답다.
아름다운 사람은 언제나 여기를 찾으리.

갈건야복葛巾野服으로 이룬 다산성학이여!
원효의 일심一心, 퇴계의 일리一理에 이어
그대가 해동의 치평학 '일민학' 一民學 이루었나니.
이인위미里仁爲美 여기로다.

목민심서(牧民心書)

군자의 학(學)은 수신이 그 반이요 나머지 반은 목민인 것이다. 성인의 시대가 이미 멀어졌고 그 말씀도 없어져서 그 도가 점점 어두워졌으니, 오늘날 백성을 다스리는 자들은 오직 거두어들이는 데만 급급하고 백성을 기를 바는 알지 못한다. 이 때문에 하민(下民)들은 여위고 시달리고, 시들고 병들어 서로 쓰러져 진구렁을 메우는데, 그들을 기른다는 자는 바야흐로 고운 옷과 맛있는 음식으로 자기만 살찌우고 있으니 어찌 슬프지 아니한가.

이것은 진실로 내 덕을 밝기 위한 것이요, 어찌 꼭 목민에만 한정한 것이겠는가. '심서(心書)'라 한 것은 무슨 까닭인가. 목민할 마음은 있으나 몸소 실행할 수 없기 때문에 '심서'라 이름한 것이다.

<목민심서 서문, 1821년>

*다산(茶山) 정약용(丁若鏞, 1762~1836)은 조선 후기 실학의 집대성자이다. 자는 미용(美鏞), 호는 다산(茶山)과 여유당(與猶堂)이다. 다산은 유배지에서 얻은 호이고 여유당은 만년에 마현에서 지낼 때 지은 호이다. 정조(正祖)와 함께 개혁을 이끌었으나 남인(南人)의 신서파(信西派)로 몰리고, 신유교옥(순조 원년, 1801년) 때 온 집안이 천주교와 연루되는 등으로 전라남도 강진(康津) 등에서 오랜 유배생활을 하였다. 다산은 관직생활 18년(1783~1800년), 유배생활 18년(1801~1818년), 다시 마현 집으로 돌아와 18년(1819~1836년)을 보냈다. 그는 유배생활 중에도 일표이서(一表二書), 즉 경세유표(經世遺表), 목민심서(牧民心書), 흠흠신서(欽欽新書)를 남겼다. 다산의 학문을 '일민학'이라고 한 것은 필자가 처음이다. 이는 모든 백성(국민)을 하나로 보는 학을 말하는데 다분히 일심(一心), 일리(一理)에 대응되는 말로 사용하였다. 다산은 원효, 퇴계 이후 최고의 학문이다. 공재(恭齋) 윤두서(尹斗緒)는 다산의 외증조부이고, 윤두서는 윤선도(尹善道)의 증손자이다. 윤두서의 집에는 당시 사설 도서관이라고 할 만큼 서책들이 많았으며, 다산은 유배 중에도 외가의 서책을 탐독하여 실학을 집대성하는 학문을 이루었다. 나는 능내리를 틈만 나면 드나들었으니 적어도 십여 차례된 것 같다. 그러다가 강진의 다산초당을 들린 기회가 있었다. 그 때 읊은 것이 〈님 그리며-다산초당에서〉이다. 전문을 소개하면 다음과 같다.

님 그리며-다산초당에서

만덕산(萬德山) 기슭 홀로 남은 초당에
부푼 가슴 안고 새벽길 올랐는데
계수는 옹골차지만 나무뿌리는 어지럽네
밖으로 사대, 안으로 수탈하며 사분오열하던
뒤엉키고 갈라지던 추한 모습 떠올라 서럽네
못된 위정자는 오늘도 여전한데
님의 오롯한 목민(牧民)의 마음은 어딜 갔나
못난 후손은 진정한 목자(牧者)를 찾아 헤매건만
메아리 없는 물소리만 어지럽다.
님이 손수 새긴 정석(丁石)이란 글자는
돌 같은 심정을 말하고
연지석가산(蓮池石假山)과 비류폭포(飛流瀑布)는
넉넉한 우주관을 말한다.
천일각(天一閣)에 올라 강진만을 바라보면
뜻 모를 그리움이 앞선다.
백련사로 향하던 동백나무 숲길은
나그네를 유혹한다.
혜장스님과 다담(茶談) 나누던 정경 눈에 선하다
유불선과 주역, 천주교에 통달한 그는
실로 초인이었네.
-시집 「독도」 128쪽에 게재

▲천일각(天一閣)에서는 강진만이 바라다 보인다

나는 고산 윤선도의 해남윤씨 종가에도 자주 들렀는데 최근에도 18대 종손인 윤형식 씨를 만났다. 다산과 고산을 생각하며 시를 한 편 썼다. 〈푸른 비 내리니-2008년 7월 11일 녹우당(綠雨堂) 종가에서〉이다.

푸른 비 내리니

1.
푸른 비 내리니

하늘의 찻물이런가.
옛 백련동 백련의 이슬을 받아
죽로에 끓으니
물 끓는 소리 하늘에 닿는 듯하다.

외롭고 의로운 선비 이곳에 쉬었고녀
귀양살이에 초연히 시 읊고
차로 목마름을 달랬으니
하늘이 내린 집이로다.
덕음산(德陰山) 품 헤아릴 길 없다.

2.
무엇이 선비더냐, 풍류더냐
길 잃은 백성아, 아해들아
멀리서 찾지 말라.
고산, 다산, 초의, 추사
이 넷 이름만으로 족하다.
때마침 들리던 날
백련은 집 앞에서
막 하얀 꽃잎을 내밀어
이슬을 담아 바람에 흔들리니
백련신부 맞아 초암에 살았으면

3.
백련은 언제부터 피었더냐
까마득한 날부터
하얀 연꽃 타고 오는 신부가 있어
바다 길 몰래 열어
광야의 선비를 기다렸구나.
못은 백련지
산은 덕음산
그 사이에 진인(眞人)이 다 모였으니
더 이상 목 놓아 울지 말고
다담이나 나누세.

현재 다산에 대한 정보는 실학박물관, 다산학술문화재단, 한국실학학회, 다산연구소, 남양주시, 남양주문화원, 강진군 사이트 등에서 찾아볼 수 있다.
**현재 남양주시 조안면 능내리이지만 과거에는 광주군 초부면 마현리였다. 천하의 재사들이 '문밖 제일 마재'라고 일컫던 고장이다. 이 일대에는 광릉, 조말생 신도비, 김상헌·김상용 묘, 한확 묘, 이순지 묘, 안빈 묘, 대은 변안렬 묘, 능원대군 이보 묘, 신빈 신씨 묘, 양평공 한계순 묘, 남선 묘 및 신도비, 청풍김씨 문의공파 묘역, 이맹현 묘, 덕흥대원군 묘, 흥선대원군 묘, 가운동 지석묘, 유량 묘, 영빈묘, 성묘, 광해군 묘, 순강원, 충열공 박원종 묘, 사릉 등 수많은 능묘가 있다.
***《논어》〈학이(學而)〉〈위정(爲政)〉〈팔일(八佾)〉에 이어 4장 〈이인(里仁)〉에 나오는 구절. "마을의 (인심이) 인후한 것이 아름다우니, 인심이 좋은 마을을 택하더라도 자신이 인에 살지 않는다면 어떻게 지혜롭다고 하겠는가."(子曰 里仁爲美, 擇不處仁 焉得知) 이것을 "인에 살면 아름답다. 택한다고 하더라도 인에 살지 못하면 어찌 알았다고 할 수 있으리."라고 해석하기도 한다.

천진암 天眞菴 성지 聖地

하늘 그대로의 얼굴
예수가 흘려보낸 물고기
수 천만리를 헤엄쳐, 드디어 당도한 곳
남한강 광주 퇴촌 원앙산鴛鴦山기슭

그 옛날 단군 천진天眞을 모신 산골
당집이 절이 되고 절이 다시 교회가 되어
지금은 하느님 아버지의 집이 되었구나.
무유불선천巫儒佛仙天이 함께 한 곳
*

백 년을 기약하고 세우고 있는
앵자봉鶯子峰 중턱 3만여 평 천진암 대성당
교황 요한 바오로 2세의 강복문이 새겨진 머리돌
중앙에 제대석으로 쓰일 87톤짜리 대리석

148

사방엔 출입문 자리를 표시한 철골 네 개
아직 흩어진 화강암 주춧돌만 덩그렇다.
지금은 을씨년스럽지만 먼 후일 베드로성당 되리다.
유불천의 건축양식처럼 세계성가족 이끌리다.

세자 요한 광암曠菴 이벽李檗, 베드로 이승훈李承薰
권철신權哲身, 권일신權日身, 정약종丁若鐘
언제나 큰일 이루는 곳에 광야에서 소리치는 사람
향기피우는 사람, 몸 바치는 사람, 종 치는 사람 있다.

*무유불선천(巫儒佛仙天)은 무교, 유교, 불교, 신선교,
기독교를 의미한다. 기독교를 천(天)으로 대표한 것은
이들 종교 가운데 하늘을 가장 절대적으로 신봉하는
종교이기 때문이다. 흔히 풍류도를 말할 때 유불선(儒
佛仙) 삼교지묘(三敎之妙)라고 하였는데 오늘날 이를
확장하여 무유불선천 오교지묘(五敎之妙)를 실천하여
야할 때가 되었다.
**정약종(1760~1801)은 다산 정약용(1762~1836)의
바로 위의 형(丁若鉉, 丁若銓에 이은 셋째 형)이다. 이
벽(1754~1786)은 정약용의 맏형수(정약현의 부인)의
동생이고, 이승훈(1756~1801)은 자형(姉兄)이다. 정
약용은 이승훈의 누이동생을 며느리로 맞아들인다. 이
승훈은 다산에게 매부이자 사돈지간이 된다. 황사영백
서 사건의 황사영(1775~1801)은 정약현 형의 사위이
다. 신해박해의 주인공이며 신주를 불사른 윤지충
(1759~1791)은 외사촌이다. 한편 성호 이익의 종손인
이가환은 이승훈의 숙부가 된다.

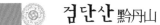

검단산 黔丹山

호수 같은 팔당을 한 팔에 휘감은 산이여!
왼눈은 덕소를 바라보고 오른 눈은 양수리를 담으니
한강의 관문 두미협斗尾峽, 예봉산과 마주하는구나.

검은 산들이 새벽마다 허리에서 태양을 낳으면
검단黔丹* 신선은 하늘을 부여잡고
붉은 단전이 검어질 때까지 내공內功하였다네.

팔당에서 하나 된 한강물을 맞이하니
정상에 팔달루八達樓나 지어 조망이나 할까.
여기부터 진정 한강, 장엄하고 늠름하구나.

화가는 팔당에서 그림을 그리고
시인은 수종사에서 시를 짓고
무인은 검단산에서 칼을 가네.

---

*백제의 승려 검단 신선이 이 산에서 수련을 했다는 전설이 있다.

예봉산禮峰山 예빈산禮賓山

선비가 낙향할 제 임금님께 북향재배하고
한발에는 임금님이 기우제 지낸 예禮의 산
멀리 삼각산이 한 눈에 들어오네.

예봉銳鋒을 휘두르던 선비는 그 옛날
예봉禮峰에서 임금님께 절을 하고
끝내 스스로 은자가 될 것을 결심했다네.

견우와 직녀를 하늘에서 모셔온 예빈산禮賓山
산들은 하마처럼 팔당에 내려와 물을 먹는다.
바다 같은 팔당, 망망대호茫茫大湖여!

화성선사는 도정암에서 항일 의병활동을 했고
몽양夢陽 선생도 천연암굴에서 피신했다네.
어느 선비가 이제 제 목숨 바쳐 나라 지킬까.

---

*여운형(呂運亨, 1886~1947)선생. 독립운동가로 해방 후 조선건국준비위원회를 결성하였
다. 중간좌파로서 민주적 사회주의 건설과 통일정부 수립을 위한 좌우합작 운동을 주도하
다가 1947년 7월 19일 한지근(韓智根)에 의해 암살당했다.

도미부인, 아랑
-검단산 옛 도미나루에서

하늘은 일찍이 이 땅에 한 여인을 두어
사표로 삼게 하였나니.
도미 부인, 아랑

아리랑, 아랑, 부인이시여!
그대 사랑은 저 강물을 닮아
지금도 흰 빛을 세우고 함께 흐르나니.

그대 영혼은 저 태양을 닮아 오직
해바라기처럼 도미를 향해 빛난 지 오래
춘향이보다, 논개보다 더 붉은 영혼

그대 붉은 피는 푸른 강물이 되어
흰 빛을 세우고 비상합니다.
지금 도미나루에서 한 마리 불새를 봅니다.

▲ 충남대 윤여환 교수가 그린
도미부인 표준 영정

*도미는 백제가 영토를 확장해갈 때 흡수되었던 월지국의 우두머리 신지(臣智)의 후예로 백제 제 4대 개루왕 때 농사짓는 평민으로 전락하였다. 그에게는 아름다운 아내 아랑이 있었다. 개루왕이 아름다운 아랑을 보고 시침을 요구하자, 그녀는 계략으로 종을 들여보냈으나 이것이 발각되자 왕이 남편인 도미의 눈을 빼버린다. 그리고 도미를 검단산 아래 도미나루에서 강물에 띄워버렸다. 다시 아랑에게 왕이 시침을 요구하였으나 이번에는 월경을 이유로 거절하고 결국 도미와 아랑은 고구려로 도망가서 살았다는 전설이 있다. 도미부인 아랑은 유혹과 위협에 굴하지 않은 '지혜와 정절'의 백제여인상이다. 흔히 정절의 여인이라고 하면 춘향이를 떠올리지만 소설 속의 인물이고 아랑은 역사 속의 인물이다.

미사리 연가

미사리 라이브 카페 촌
　　　갈데없는 7080세대들이
　　　도심으로부터 쫓겨나 둥지를 튼 곳
　　　단풍처럼 마지막 젊음을 불사르는 곳
　　　촛불처럼 마지막 불꽃을 사르는 곳
　　　음식점, 카페, 갤러리
　　　거꾸로 돌리는 필름 같은
　　　사람과 시골풍경들
　　　중년과 초로의 연인들 사이사이
　　　옛 애인을 만나거나 동창생을 만나
　　　뚝방 길을 산책하며 흥얼거리는
　　　미사리 연가! 회색빛 연가!

가까스로 남은 젊음
　　　위태하게 남은 젊음을 맘껏 즐기려무나.
　　　젊은 청춘들아! 너무 빨리 밀어내려 하지는 마라.
　　　다음은 네 차례야.
　　　그래, 내가 늙어서 밀려나는 것이 아니라
　　　억지로 떠밀려서 이렇게 되지.
　　　직장에선 후배가 들어와서 밀려나게 되고
　　　집안에선 손자손녀가 나서 할아비할미가 되고
　　　나이 들수록 빨라지는 시간
　　　술에 취할수록 늘어지는 연가
　　　남진, 윤시내, 해바라기, 최성수, 박강성, 심수봉, 최백호
　　　남궁옥분, 인순희, 최진희, 정훈희, 김종환, 송창식, 전인권…

미호渼湖가 바라보이는 석실서원

석실서원 아침햇살은 미호팔경[*]^{**}
서원은 간 곳 없고 표지석만 외롭다.
할미꽃 두어 송이 백세에 향기를 전하느냐.
호락湖洛의 진원지, 진경眞景의 산실

한 때 작은 석실은 조선을 휘잡았거니.
진경에서 북학, 또 실학에 이르기까지
미호渼湖는 임인삼수옥壬寅三手獄후
석실 밖 단 한걸음도 나가지 않았도다.

"절개는 천년을 늙어도 큰소리를 치고
충신은 춥고 배고파도 굽히지 않는다."
"아! 화려한 꽃은 향기가 부족하고
향기가 진한 꽃은 색깔이 화려하지 않다."

동서, 남북, 노소, 대북소북, 시파벽파
당쟁으로 잃은 인재 산더미를 이루네.
차라리 안개에 모든 경계 사라지는
아름다운 호수 팔당에 혼을 담았네.

▲ 겸재 석실서원

*석실서원은 1656년(효종 7) 병자호란 때 대표적인 척화파였던 청음(淸陰) 김상헌(金尙憲, 1570~1652)과 선원(仙源) 김상용(金尙容, 1561~1637) 형제를 기리기 위해 건립된 서원이다. 조선후기 이용후생학파(利用厚生學派)의 정신적 근거지였던 석실서원(현재 남양주시 수석동 산 2의 1, 조말생 신도비 앞에 '석실서원 터'라고 쓰인 표지석만이 있다. 김상헌과 김상용의 묘는 남양주시 와부읍 덕소 5리 석실마을로 옮겨졌다)은 1868년 흥선대원군의 서원 철폐령에 의해 철폐되었다. 서원의 종장은 농암(農巖) 김창협(金昌協), 삼연(三淵) 김창흡(金昌翕)이었다. 이들은 맏형인 몽와(夢窩) 김창집(金昌集)과 함께 이들 3형제는 김상헌의 증손자들이다. 기원(杞園) 어유봉, 성재(誠齋) 민이승, 지촌(芝村) 이희조, 송암(松巖) 이재형, 여호(黎湖) 박필주, 겸재(謙齋) 정선, 사천(槎川) 이병연, 도암(陶庵) 이재(李縡) 등이 문인이었다. 김창집, 김창협, 김창흡 형제의 아버지는 김수항(金壽恒)이고 김수항은 김상헌의 손자이다. 김창집(金昌集)의 손자인 미호(渼湖) 김원행(金元行, 1702~1772)이 석실서원의 꽃을 피웠다. 김원행은 노론과 소론이 당쟁한 생부인 죽취(竹醉) 김제겸, 조부인 김창집 그리고 친형인 김성행(金省行)을 잃자(이것을 임인삼수옥(壬寅三手獄)이라고 한다), 도성을 떠난 후 단 한발자국도 도성에 발을 들여 놓지 않았다. 그는 석실서원에서 후학을 길렀는데 대곡(大谷) 김석문, 이재(李齋) 황윤석, 담헌(湛軒) 홍대용이 여기에 포함됐다. 호락논쟁은 인간과 사물의 본성을 어떻게 볼 것인가를 두고 노론 내에서 벌어진 것이다. 인간과 사물의 본성이 다르다고 주장하는 충청도 호론과 이들이 같다고 주장하는 서울경기의 낙론 사이에 격론이 심각하였다. 낙론(洛論)은 북학 사상으로 연결되어 개화사상에 영향을, 호론(湖論)은 위정척사사상에 영향을 미쳤다.
**미호(渼湖)는 한강이 시작되는 능내리 마현 마을을 시작으로 하여 봉안마을, 덕소, 평구(平丘) 마을에 이른다. 이영보(李英輔)는 《동계유고(東溪遺稿)》에서 '미호팔경'을 일컬었다. 제1경 석실조욱(石室朝旭: 석실의 아침햇살), 제2경 광진식조(廣津夕照: 광나루 저녁노을), 제3경 남한청람(南漢晴嵐: 남한강 아지랑이), 제4경 왕탄야어(王灘夜漁: 왕숙천 밤 그물질), 제5경 검단모우(黔丹暮雨: 검단산 저녁 비), 제6경 두미제월(斗尾霽月: 두미강에 비친 달빛), 제7경 대강풍범(大江風帆: 미호강 돛단배), 제8경 원교평무(遠郊平蕪: 먼 들녘 황무지 밭갈이) 등이다. 흔히 유교문화권에서는 경치 좋은 곳을 '팔경'으로 꼽았는데 이는 대체로 중국의 소상팔경(瀟湘八景)에서 비롯되는 것 같다. 또 12경을 꼽는 것은 팔경으로 아쉽기 때문인 것 같다. 12경을 꼽은 곳은 진주, 제주, 울산, 남해, 동강 등으로 나타났다.

〈대한민국 팔경 집대성〉

대한팔경: 백두산 천지, 금강산 일만이천봉, 부전고원, 압록강, 평양 모란봉, 경주 석굴암, 해운대 저녁달, 한라산 고봉

한국팔경: 설악산, 오대산, 경주, 경포대, 해운대, 외도, 안면도, 남이섬

관동팔경: 간성 청간정, 강릉 경포대, 고성 삼일포, 삼척 죽서루, 양양 낙산사, 울진 망양정, 통천 총석정, 평해 월송정

강원팔경: 설악산, 환선굴, 월정사, 남이섬, 정동진, 죽서류, 경포대, 태백산,

단양팔경: 상선암, 중선암, 하선암, 사인암, 도담삼봉, 옥순봉, 구담봉, 석문

삼척팔경: 환선굴, 죽서루, 촛대바위, 새천년 해안도로, 덕풍계곡, 미인폭포, 두타산, 관음굴

동해팔경: 무릉계곡, 천곡동굴, 추암해수욕장, 삼화사, 두타산성, 관음사, 청옥산, 문간재

강릉팔경: 경포대, 오죽헌, 경포해수욕장, 경포호수, 정동진, 대관령, 오대산, 청학동 소금강

화암팔경: 화암약수, 거북바위, 용마소, 화암동굴, 화표주, 설암(소금강), 몰운대, 광대곡

경포팔경: 녹두일출, 죽도명월, 강문어화, 초당취연, 홍장야우, 중봉낙조, 환선취적, 한송모종

부산팔경: 해운대, 광안리, 국제시장, 남포동, 자갈치시장, 태종대, 오륙도, 달맞이고개

부산팔대: 해운대, 신선대, 의상대, 강선대, 경효대, 오륜대, 몰운대, 태종대

거제팔경: 황사낙안(黃砂落雁), 죽림서봉(竹林棲鳳), 수정모종(水晶暮鍾), 오암낙조(烏岩落照), 연진귀범(燕津歸帆), 내포어화(內浦漁火), 오송기운(五松起雲), 각산야우(角山夜雨)

변산팔경: 웅연조대, 직소폭포, 소사모종, 월명무애, 서해낙조, 채석범주, 지포신경, 개암고적

전주팔경: 기린토월(麒麟吐月), 한벽청연(寒碧晴烟), 남고모종(南固暮鍾), 다가사후(多佳射帿), 비비낙안(飛飛落雁), 덕진채련(德津採蓮), 위봉폭포(威鳳瀑布), 동포귀범(東浦歸帆)

양산팔경: 통도사, 천성산, 내원사 계곡, 흥룡폭포, 대운산, 오봉산 임경대, 배내골, 천태산

수원팔경: 광교적설(光敎積雪), 팔달청람(八達晴嵐), 남제장류(南堤長柳), 화산두견(花山杜鵑), 북지상련(北池賞蓮), 서호낙조(西湖落照), 화홍관창(華虹觀漲), 용지대월(龍池待月)

한천팔경: 월류봉, 화헌악, 용언동, 산양벽, 청학굴, 법존암, 사군봉, 냉천정

지리산팔경: 천왕봉 일출, 반야봉 낙조, 세석 철쭉, 노고단 운해, 벽소령 야월,

불일폭포, 연하선경, 피아골 단풍

태안팔경: 백화산, 안흥진성, 안면송림, 만리포, 신두사구, 가의도, 몽산포, 할미 할아비 바위

안동팔경: 선어모범(仙漁暮帆), 귀래조운(歸來朝雲), 서악만종(西岳晚鐘), 임청고탑(臨淸古塔), 학가귀운(鶴駕歸雲), 연미세우(燕尾細雨), 도산월명(陶山月明), 하회청풍(河回淸風)

청계팔경: 청계광장, 광통교, 정조반차도, 패션광장, 청계천 빨래터, 소망의 벽, 존치교각과 터널분수, 버들습지

관서팔경 (서도팔경): 강계 인풍루(仁風樓), 의주 통군정(統軍亭), 선천 동림폭(東林瀑), 안주 백상루(百祥樓), 평양 연광정(練光亭), 성천 강선루(降仙樓), 만포 세검정(洗劍亭), 영변 약산동대(藥山東臺)

서산팔경: 부춘초적(富春樵笛), 명림표향(明林漂響), 도비낙하(島飛落霞), 상령제월(象嶺霽月), 선암모종(仙唵暮鐘), 연당세우(蓮塘細雨), 덕포귀범(德浦歸帆), 양류쇄연(楊柳鎖烟)

진주12경: 촉석임강(矗石臨江), 의암낙화(義巖落花), 망미고성(望美古城), 비봉청람(飛鳳靑嵐), 호국효종(護國曉鍾), 수정반조(水晶返照), 풍천표아(楓川漂娥), 청평총죽(菁坪叢竹), 진소연화(晉沼蓮花), 선학노송(仙鶴老松), 남산행주(南山行舟), 아산토월(牙山吐月)

제주 12경: 성산일출, 사봉낙조, 영구춘화, 귤림추색, 정방하폭, 녹담만설, 산포조어, 고수목마, 영실기암, 산방굴사, 용연야범, 서진노성

울산 12경: 가지산 사계, 간절곶 일출, 강동 주전해안 자갈밭, 대왕암 송림, 대운산 내원암 계곡, 무룡산에서 바라본 울산공업단지 야경, 문수체육공원, 반구대, 신불산 억새평원, 작괘천, 태화강 선바위와 십리대밭, 파래소폭포

남해 12경: 금산과 보리암, 남해대교와 충렬사, 상주해수욕장, 창선교와 원시죽방렴, 이락사(이 충무공 전몰 유허지), 남면해안 관광도로와 가천암 수바위, 노도(서포 김만중 유배지), 송정 해수욕장, 망운산과 화방사, 물건 방조어부림과 물미해안 관광도로, 용문사(호구산), 청선-삼천포 연륙교

동강 12경: 가수리 느티나무와 마을풍경, 운치리 수동(정선군 신동읍) 섶다리, 나리소와 바리소(신동읍), 백운산과 칠족령, 고성리 산성(고성리 고방마을)과 주변조망, 바새마을 뺑창(절벽), 연포마을과 황토담배 건조막, 백룡동굴(평창군 미탄면), 황새여울과 바위들, 두꺼비바위와 자갈밭, 모래톱과 뺑대(영월읍 문산리), 어라연(거운리), 된꼬까리와 만지(거운리)

안개비의 적석총

-석촌동 백제 초기적석총

어느 왕의 무덤인가.
돌무더기로 해체되었다가
가까스로 안장된 왕이시여!
송림은 푸릇푸릇한데 말이 없구나.

온조의 무덤인가, 다루 혹은 기루의 무덤인가.
안개비 판석에 흩뿌리니
나그네의 마음은 더욱 더 산란하다.
무덤 밑마저 지하도로 뚫려 잠들지 못하리.

송파나루 석촌호石村湖

1
석촌호 물안개 피어오르면
추억도 따라 피어나네.
어머니처럼 다가오는 호수여
어머니처럼 잠자는 눈부신 호수여
푸른 젖가슴의 코발트 눈인가.
코발트 눈의 푸른 눈썹인가.
어머닌 나의 힘
추억은 나의 힘

2
석촌호 푸른 숲 벤치에 앉아
나무 사이 물그림자 바라보노라면
따스한 햇살 정겹고
따끈한 한 잔의 커피 생강스럽네.
여기 산보하는 사람
여기 그림 그리는 사람
낭만은 나의 힘
그리움은 나의 힘

3

석촌호 붉은 해 떨어지면
비둘기도 집으로 돌아가네.
개구쟁이 시절 이슥토록 놀다가
불현듯 무서움에 어머닐 불렀지.
지금, 붉게 물든 석양의 캔버스에
내 푸른 꿈을 그리고 싶네.
호수는 나의 힘
안식은 나의 힘

4

석촌호 푸른 물가 어둠이 내리면
하나 둘 불을 켜는 불기둥의 궁전들
여인들은 오색야경에 시름을 접고
불야성 너머엔 초승달의 요염한 눈짓
백발이 되어도 거닐리라.
파이프 담배 물고 강아지 몰고
동호는 사색의 호수
서호는 놀이의 호수

5

이슥한 밤 키 큰 무희들 패션쇼 할라치면
호수는 여왕의 보석왕관을 쓰고
낮의 월계관을 벗어 놓고 잠드네.
캐슬, 팰리스, 좌우 수문장 삼아
마법의 섬, 궁전은
신비스런 불빛 아래 꿈에 젖네.
호수는 나의 기도
기도는 나의 구원

6

석촌호 사람들은 선량한 이웃
물오리 떼처럼 한가롭네.
젊은이는 희망을 불태우고
늙은이는 추억을 불태우네.
치솟는 분수는 무지개를 두르고
마법의 섬에선 아이들의 즐거운 비명
사람들은 나의 힘
조깅코스는 나의 힘

7

이런 동네 어디 있나 찾아보소
낮에는 놀이마당, 밤에는 수변 무대
산대놀이는 송파 나루 사람들의 오랜 자랑
리듬에 취해 사람들은 쉽게 한 덩어리가 되네.
이런 동네 어디 있나 찾아보소.
하늘엔 불꽃놀이, 물 위에는 만화경
음악은 나의 힘
불꽃은 나의 힘

8

호수 위의 하얀 산책로
볕이 밝아 진종일 책을 읽어도 좋은 숲
사색의 길, 밀어의 길
바둑을 두는 사람
장기를 두는 사람
창 긴 모자 덮어쓰고 오수를 즐기는 사람
저마다 편한 대로 흩어져있네.
무슨 도원경 같네.

9
로잔뷰에서 바라보는 호수는 아름다워라.
아침이면 여명이 빛의 그물을 던지고
저녁이면 노을이 붉은 이별을 수 놓네.
식탁에서 바라보는 호수는 플라타너스의 바다
창가에서 바라보는 호수는 꿈꾸는 소녀
잠시 백일몽이라도 스치면
잠자는 미녀는 멋진 왕자의 구원을 받네.
호수가 숲의 정령들은 기쁨으로 수런거리네.

10

불광사佛光寺 연등蓮燈을 온몸에 두른 초파일
솔잎 사이로 연화장蓮花藏이 찬란하고
오색 빛, 소리에 극락 황홀경이네.
멀리 너구리는 지구본을 돌리고
북두칠성은 내려와 자루를 흔드네.
사계절의 정령과 신들과 마녀들이
저마다 뽐내는 발푸르기스의 밤
사방은 부처보살로 가득하다.

*송파나루는 지금 송파대로가 석촌 호수를 가르고 생긴 동·서호 가운데 동호 부근에 있었던 나루터이다. 이곳은 서울과 남한산성, 광나루가 각각 20 리 정도 떨어진 교통의 중심지로 마포나루와 함께 자웅을 겨루던 나루이다. 중랑천(의정부에서부터 천보산, 도봉산, 수락산, 삼각산 등의 물을 한강으로 보내는 하천)과 탄천(경기도 용인에서 발원하여 서울 송파구와 강남구 사이를 흘러 한강으로 들어가는 하천, 일명 숯내라고 한다)이 북남에서 이 낮은 분지에서 물머리를 맞대며 실어 나른 토사는 엄청난 양이었다. 그래서 모래섬이 만들어졌다 사라지는 반복을 되풀이하였다. 현재 올림픽 주경기장이 위치한 잠실동과 신천동은 부리도(浮里島, 浮來島)라고 불리는 하중도(河中島)였다. 1970년 송파나루 앞으로 흐르던 한강 본류를 매립하고 성동구 신양동 앞의 샛강을 넓혀 한강 본류로 삼으니 상전벽해가 되었다. 이 대공사로 인해 생긴 호수가 석촌호수이다.

**시인은 서울 송파구 석촌동 1-1 로잔뷰 504호에서 살 때 이 시집을 상재했다. 로잔뷰 아파트는 석촌호수 서호 끝자락 옛 삼전나루터에 붙어있다. 서호 쪽엔 '서울놀이마당'이 있어 매 주말 전국 각지의 전통예능을 구경할 수 있다. 재미있는 것은 송파나루가 생기기 전에 삼전나루가 더 유명하였다. 삼전나루는 숯내(炭川)와 한강이 합류하는 지점에 있었다. 이 나루는 세종이 한강 건너 대모산 기슭에 있는 아버지 태종의 헌릉을 참배하러 가는 길목이었으며, 역대 왕들이 경기도 여주에 있는 세종과 효종의 두 영릉(英陵, 寧陵)과 서울시 강남구에 있는 선릉(宣陵)을 참배하기 위해 건너던 나루이다. 중종 31년(1536)에는 배다리(舟橋)를 가설하기도 하였던 곳이다. 도성에서 왕십리와 살곶이다리를 거쳐 삼밭나루를 건너 광주와 이천을 거쳐 충주로 나아가고, 이천에서 여주·원주·강릉 등지로 갈 수 있었기 때문에 많은 사람들이 붐볐던 곳이다. 병자호란 때 청나라에게 굴욕의 패배를 당하고 세운 삼전도비가 있어 많은 사람들이 이 길목을 이용하기보다는 바로 옆에 새로 조성된 송파나루를 주로 이용하기 시작하였다.

***'발푸르기스의 밤'은 독일의 시인, 괴테의 희곡《파우스트》에 나오는 한 장면이다. 악마 메피스토펠레스는 파우스트를 마녀들의 향연이 벌어지는 발푸르기스의 밤으로 안내한다.

봄이면 벚꽃 소녀 화사한 차림으로
기지개를 켜다 꽃샘바람에 꽃눈 되면
어느 새 자라 철쭉 립스틱 짙게 하고
동호, 서호에서 번갈아 방글거린다.

여름이면 플라타너스 넓은 이파리
성큼 성큼 자라 하늘을 뒤덮고
매미소리 분수처럼 하얗게 퍼지면
작열하는 태양, 녹음아래 오수를 즐긴다.

가을이면 붉은 단풍, 노란 은행
산책로, 오솔길 소리 없이 수놓으면
낙하하는 삼천궁녀보다 아름답다.
나그네는 허공에 괜한 바람을 일으킨다.

겨울이면 하얀 함박눈이 송림에
빙설처럼 뿌려지고 캐롤송 들릴 때쯤이면
롯데호텔 앞 너구리는 산타클로스처럼 다가온다.
온통 세상은 기다렸다는 듯 하늘나라다.

석촌호 분수

바람 따라 너울너울 춤추는
유유자적한 순백의 몸뚱어리
파란 호수에서 몇 줄기 몸을 뻗어
파초처럼 이파리를 뽐내는구나.
하얀 모시적삼 치마 한 꺼풀 씩 벗어던져
하루 종일 햇볕과 희롱하니
무지개 빛 너울거려 눈부시네.
이리 돌리고 저리 돌리고
끝내 치켜 올리고
물안개 너머로 보일 듯 말듯하네.
네 속에서 하얀 열정을 쉼 없이 품어대니
언젠가 의지가 하늘을 뚫을 테지.
천상으로 비상하는 백조인가.
웨딩드레스를 벗는 신부인가.

황금성, 롯데캐슬
-잠실 롯데캐슬을 바라보며

한강 잠실벌에 우뚝 선 황금성
태양신 헬리오스가 수레를 모니
일출에 금빛 성채 찬란하도다.

하늘을 떠받치는 두 황금기둥
누에 신神 뉘조嫘祖*가 잠을 청하니
석양에 붉은 비단 걸어놓은 듯하네.

한강의 유장한 수평의 흐름과
궁전의 장엄한 수직이 만나니
하늘과 땅 사이 송파의 랜드 마크

북쪽으로 한강이 유장하게 흐르고
강 너머 삼각산이 위엄을 부리네.
남쪽엔 석촌호수가 푸른 눈을 뜨고 있다.

---

*뉘조는 '누에 신' '누에할머니'라고 한다. 뉘조는 신농씨의 딸이며 황제 헌원의 부인이다.
예부터 누에의 모습에서 수평(一)자가 나왔다고 한다. 수평(一)은 여성의 시조의 이름자이
다. 이에 비해 수직(丨)은 남성의 시조인 신농(神農)씨의 이름자이다. 신농씨는 염제(炎帝)
라고도 하며 이것을 우리말로 풀이하면 '불임검' '밝임검' 혹은 '배달임금'이라고 한다. 잠
실(蠶室)은 바로 누에를 치던 곳으로 수평의 잠실벌 위에 롯데캐슬이 수직의 랜드 마크임
을 은유했다.

남한산성

임금님, 임금님, 불쌍한 임금님
길바닥에 머리 조아리고 오랑캐에게 빌었으니
나라가 망한 것과 진배없었네.
주인이 되지도 못하고 바뀌는 것도 몰랐으니
그게 무슨 임금인가. 지금 또 다시
그런 임금님 나올까, 겁난다.

왜구가 쳐 올라오면 북으로 달아났고
오랑캐가 쳐 내려오면 남으로 달아났고
북으로는 압록강을 넘을까,
남으로는 한강을 건널까, 걱정했다네.
임금이 남으로 몽진하다가 들어간 산성
임금이 일개 적장에게 무릎 꿇은 삼전도三田渡

북벌을 계획한 임금은 한을 품고 요절하였고
영릉寧陵 참배 길의 임금은 이곳에서 쉬어갔지.
주필암駐蹕巖에 말을 세운 임금은 무엇을 생각하였을까.
본래 국가는 백척간두에 서 있는 것
삼학사를 모신 현절사顯節祠는 매화처럼 서 있는데
어제 온 함박눈이 무심하여 눈부시다.

안으로 못 다스리면 밖에서 큰 일이 터지는 법
지금도 당쟁이 웬 말이냐. 큰소리가 웬 말이냐.
백성, 배부르고 편안하게 하지 못한 죄
저승에서도 씻기 어렵다.
날마다 단속하고 속죄하여야 위정자가 밥값 하는 셈
임금이라 하지 말고 백성의 종이라고 하여라.

▲ 남한산성에서 바라본 잠실일대 (사진작가 남기열)

*효종(孝宗, 1619~1659)
**영조(英祖, 1694~1776), 정조(正祖, 1752~1880)

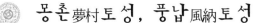

몽촌夢村토성, 풍납風納토성

백제百濟의 영화는 어디로 갔는가.
한강변에 최초로 수도를 정한 나라
꿈을 꾸었다는 말인가.
바람을 맞았다는 말인가.
꿈도 바람도 아니다.
백제 웅비의 역사여!

한강을 제일 먼저 점령한 나라
한반도를 호령했던 백제, 큰 나라
신라 진흥왕에게 밀려*
한강을 내주고부터 서서히 망해갔다.
해동증자로 불리던 의자왕은
삼천궁녀에 빠져 마지막 왕이 됐다.

그 한강에 다시 나라가 들어섰으니
조선朝鮮, 실로 7백년만의 일이다.
그로부터 한강의 기적, 올림픽이 개최되었으니
실로 6백 년만의 일이다.
몽촌토성엔 올림픽 공원이 들어서고
풍납토성은 아직도 아파트들에 비명을 지르고 있다.**

---

*신라 24대 왕으로 삼국통일의 기초를 다졌다.
**현재 풍납토성은 하남위례성일 것이 유력하고, 몽촌토성은 궁성인 위례성을 호위하였던
성으로 보는 것이 학계의 통설이다.

▲ 올림픽공원, 몽촌토성의 옛 해자
▼ 하늘에서 본 풍납토성. 사진 중앙을
굽이치는 토성의 언덕이 보인다.

잠실운동장의 염원

잠실 메인스타디움
아시안게임(1986년), 서울올림픽(1988년) 주경기장
백자白磁의 만곡彎曲을 닮아
서울, 한국, 한류는 서서히 세계로 퍼져간다.
편안한 다락방 같은 메인스타디움
한국은 세계로, 세계는 한국으로
누에 뽕잎 먹는 소리, 파도소리처럼 들린다.

백의민족의 혼, 세계로 퍼져간다.
김대중 노벨상 수상 기념 평화음악제(2000년 10월)
세계 3대 테너 공연(2001년 6월 22일)
조용필 35주년 기념공연(2005년 9월 30일)
가수 비 월드투어 신고공연(2006년 10월 13일)
제1회 세계디자인올림픽(World Design Olympiad SEOUL 2008)
운동에서 공연으로, 공연에서 디자인으로

한글을 만든 민족
한글은 세계의 문자로 퍼져간다.
한글은 세계 언어를 발음하는 문자로 퍼져간다.
발음하는 것, 퍼포먼스의 천재
예부터 밤이 새도록 가무를 했었지.
이제 한강은 위대한 작곡자를 주겠지.
한강 교향곡이나 교향시, 교성곡이나 가곡을 작곡할…

▲ 김경희 「한강의 빛」

살곶이다리

*
살곶이다리箭串橋, 포복하고 있어
한동안 있는 줄도 몰랐다.
한동안 돌들은 뿔뿔이 흩어졌다.
높은 교각에 눌려 납작 엎드리고 있었다.

**   ***
아버지가 아들을 화살로 쏜 곳인가.
방응放鷹 행사가 잦았다는 뚝섬 들판
응봉산에서 활을 쏘면 이곳에 떨어졌다지.
화살의 살은 날카롭고, 살점의 살은 부드럽다.

모양은 초라하지만 중랑천中浪川, 중천中川
가운데 중中자, 관통하는 맛이 있어 좋다.
****
순종황제 국장행렬이 지나갔고,
낙방한 과객들도 터덜터덜 걸어갔을 다리

청계천과 중랑천이 만나 한강으로 흘러드는
조선 시대 돌다리 중 가장 긴 돌다리
경복궁 석재 대느라고 눈코 뜰 새 없었다.
때로는 다리로, 때로는 석재로 온몸을 바쳤다.

---

*살곶이다리 인근에는 '전관원'이라는 여관이 있었다고 한다. '전관원'은 보제원, 홍제원,
이태원과 더불어 서울의 4대원이었다. 그만큼 서울에서 각 지방으로 통하는 주요 길목이
살곶이다리였다는 것을 간접적으로 증명한다.
**조선의 태조 이성계 ***조선의 3대 왕 태종 이방원 ****조선의 마지막 황제

▶ 사진작가 정지현

한강 제 1경, 응봉산鷹峰山

한강의 제 1경, 응봉산 정상
강의 만곡彎曲은 여유롭고 풍만하다.
좌우로 펼쳐지는 장엄한 다리들의 열병
중랑천, 뚝섬까지 한 눈에 들어오네.

절벽 아래 서울 숲, 성동의 낙원
개나리 뒤덮인 응봉산정亭에 앉으면
왼쪽엔 잠실, 청담, 영동, 성수대교
오른쪽엔 동호, 반포, 한남, 동작대교

사방은 확 트여 호연지기 절로 솟네.
꽃사슴, 다람쥐, 망아지 뛰노는 서울 숲
새소리, 음악분수에 어린 동심이 즐겁고
문어다리처럼 사방으로 뻗은 성수대교

옛날부터 독서당, 동호, 풍류로 유명했지만
이제 응봉산은 독수리마냥 날개를 편다.
오를 때는 골목길, 바위산 힘들지만
오르고 나면 천하가 내 품에 들어온다.

▲ 응봉산(사진작가 정지현)

*서울특별시 성동구 성수동과 광진구 자양동 · 노유동 지역이고, 뚝도 · 살곶이 · 벌전 · 관전교 · 동교 등으로 불렸다. 한자로는 둑도(纛島)라고 표기한다. 실제로 섬은 아니나 동쪽에서 흘러오는 한강과 북쪽에서 흘러나오는 중랑천이 뚝섬 서쪽에서 만나는 탓에 섬처럼 보인다. 조선 시대에는 특히 장안평(長安坪)과 함께 관마(官馬)의 목마장이었고 군대의 열무장(閱武場)이기도 하였다. 1949년 서울특별시로 편입되기 이전에는 한강 수운(水運)의 중요한 구실을 담당하였고, 숯과 장작의 집산과 근교농업지로도 유명하였다. 하항(河港)에서 뚝섬유원지로 변하였다.

동호찬미 東湖讚美

한남동, 옥수동 언덕에서 바라보는 한강은 절경이다

동호東湖는 예부터 선비들이 풍류하고
서울과 지방으로 오가며 전별하던 곳
시인묵객들은 이곳에 올 요량으로
잠을 설치고 벗들을 기다렸으리.
날마다 시정詩情이 흘렀을 호수의 강
강 건너 봉은사가 있어 더욱 빛났던 곳

송월암 서쪽 독서당讀書堂*에서
공부에 지친 선비는 만사를 놓고
동호 바라보며 심신을 달랬으리라.
비단 같은 강에 범종소리 메아리쳤네.
동호에서 저자도楮子島**를 지나면
수도산 봉은사奉恩寺, 저마다 하루씩 묵었다네.

낙향하던 퇴계와 고봉이***
술에 취해 서로 바라보고 이별한 곳
그 침묵에 조선의 이기철학이 이심전심했다네.
미수 허목도 중들의 성화에 시축詩軸을 남긴 곳
시인묵객들은 누구도 지나칠 수 없었다네.
완당도 죽기 이틀 전에 전 '판전'板殿을 남겼다네.

둔지산 제천정濟川亭에서 관악산에 걸린 달을 보면
달빛 아래 맑은 흥취에 소름이 돋았네.
흥이 고조되어 강상江上 선유船遊를 시작하면
저자도에서 양화도까지 단숨에 오르내렸네.
물새, 들새들도 오락가락 흥을 돋우었네.
지금도 재벌가과 외교공관 즐비하네.

---

*지금의 유엔 빌리지가 있는 옥수동 부근. 조선시대에 국가의 인재를 길러내기 위해 건립한 전문독서연구기구. 성종은 서거정(徐居正)의 청을 받아들여 1492년(성종 23)에 용산 강안에 남호독서당(南湖讀書堂)을 개설했고, 중종은 1517년에 두모포에 동호독서당(東湖讀書堂)을 만들었다. 호당(湖堂)이라고도 불렀다. 이때부터 동호독서당은 75년 동안 학문연구와 도서열람의 도서관의 기능을 수행하였다. 연소문신(年少文臣)이 그 대상이었으며 대제학은 독서당을 거쳐야만 가능했다. 1426년부터 1773년까지 약 350년 동안 총 48차에 걸쳐서 320명이 독서당을 거쳤다. 율곡의 '동호문답'(東湖問答)은 독서당을 가리키는 것으로 보인다. 독서당의 전통은 신라 최치원(崔致遠, 857~)에게로 올라간다. 최치원은 경주 남산에 독서당을 열었으며, 이곳에서 소위 시무십조(時務十條)를 완성하여 진성여왕에게 바쳤다. 은퇴 후 가야산에서 또 독서당을 열었다. 말하자면 우리나라 선비의 가난한 공부방의 대명사이다. 최치원의 〈제가야산독서당(題伽倻山讀書堂)〉시는 유명하다. "바위골짝 내닫는 물소리 겹겹 봉우리 울리니/지척에서 사람들 말소리도 분간키 어렵다/늘 시비하는 소리 귀에 들릴까 염려하여/짐짓 흐르는 물로 온 산을 둘러쳐버렸네"
**금호동과 옥수동 남쪽 한강에 있었던 모래섬으로 경치가 좋았으며 해마다 기우제를 지내던 곳이다. 장마철이면 물속에 잠겼으며 주로 여름철에 금호동(무쇠막)에서 나룻배로 건너다녔고 섬과 압구정 사이에 샛강이 있었다. 1965년까지 수영과 물놀이를 즐겼으나 1970년 압구정동 아파트를 건설할 때 이 섬의 흙을 파서 사용하면서 사라졌다.
***퇴계 이황(李滉)선생과 고봉 기대승(奇大升)의 '사칠논변'(四七論辯)은 조선조 주자학 사상 가장 찬란한 학문적 논쟁으로 꼽힌다. 사단칠정(四端七情)에 관한 이 논변은 인성론(人性論) 중심의 특색을 뚜렷이 보여주는 자료일 뿐 아니라, 독자적 경지를 보여주는 계기가 되었다. 사칠논변은 이기론(理氣論)의 가장 첨예한 대립이었다. 사단(四端)의 이발(理發)을 고수하는 이황과 사단의 이발을 인정하기 어려워하는 기대승의 입장은 각각 이기불상잡(理氣不相雜)과 이기불상리(理氣不相離)에 근거를 두었다. 퇴계와 율곡, 퇴계와 고봉의 만남은 성리학의 꽃을 피우는 계기가 되었다. 1558년 봄, 23세의 재기발랄한 청년 율곡이 도산서당에 있던 58세의 퇴계를 예방하고 그 해 10월, 32세의 고봉이 서울 서소문안 서울 집에 있던 퇴계를 예방하고 학문의 길을 물었다. 퇴계는 율곡을 두고 "후배가 두렵다(後生可畏)"라고 하였다. 고봉은 퇴계가 오랫동안 공들여 수정한 '천명도(天命圖)'를 한번 보자 문제점을 지적하였다. 영남의 퇴계와 호남의 고봉 사이 천리 밖에서 편지를 주고받으며 8년에 걸쳐 벌어진 것이 사칠논변, 사단칠정(四端七情)논쟁이다. 퇴계는 주리파(主理派)였고, 고봉은 주기파(主氣派)였다.

압구정 狎鷗亭*

갈매기와 노니는 한가한 정자?
지금! 갈매기는 없고 제비들만 있다.
로데오거리, 벌거벗은 처녀들만 있다.

최초의 고급아파트, 현대·한양아파트
부富와 권權이 백가쟁명하는 곳
부티크, 레스토랑, 백화점, 성형외과, 웰빙텔

차라리 압구정壓舊亭으로 개명하여라.
젊은이들이 실험하는 곳, 해방구
이곳에서 살아남으려면 목숨 걸어야 한다.

임진강가 반구정伴鷗亭**은 오늘도 여전한데
압구정엔 갈매기가 올라오지 못한다.
오욕으로 찌든 압구押區여! 어찌 주인을 그리도 닮았는가.

---

*조선조 때 세도가(勢道家) 한명회(韓明澮, 1415 1487)가 자신의 호를 따서 지은 정자. '압구정'이란 '친할 압(狎)'과 '갈매기 구(鷗)'자로 곧, '벼슬을 멀리하고 갈매기와 친한다'는 뜻의 정자다. 권세에 눈이 먼 한명회는 이곳에 올 여유가 없었다. 정확히 오늘날 압구정동 산 301번지 3호 언덕바지로 동호대교 남쪽 끝자락 뚝섬 쪽으로 돌출한 벼랑 위였다. 현재 구정(鷗亭) 초등학교 뒤쪽 현대아파트 74동 자리이다.
**반구정은 황희(黃喜, 1363~1452) 정승이 18년간의 영상 직을 치사하고 90세의 천수를 다할 때까지 이름 그대로 갈매기와 벗한 정자이다.

▲ 겸재 압구정

▲ 반구정

프로팅 아일랜드*

-반포대교 옆에 건설 중인 국내 최초의 인공섬
'프로팅 아일랜드'를 위하여

육지 사람들은 언제나 섬을 동경한다.
섬은 언제나 바다로 둘러싸여 열려있기에

강은 바다에 이르지 못하는 사람들의
슬픈 영혼을 잠재우고
저마다의 꽃을 피운다.

우린 강 위를 걸어 다니는 꿈을 꾼다.
부두처럼 파도를 막는 잠수교여!
우린 서울 한복판에서 이어도를 꿈꾼다.

우린 꽃을 띄워 바다를 향한다.
장미여, 안개 속에서 등불을 밝히고
우릴 피안으로 인도하라.

물이여! 언제나 흐르는 어머니여!
제단에 높이 오르소서! 우린 먹고 마시고 노래하리다.
또 보고 달리고 박장대소로 웃으리다.

섬사람들은 언제나 육지를 동경한다.
육지는 언제나 다리로 연결되어 있기에

*서울시가 2009년 9월에 국내 최초로 선보일 예정인 '프로팅 아일랜드'는 총 9100㎡로 잠수교·반포지구와 다리로 연결된다. 부력을 이용해 물에 뜨는 방식으로 만들어지는 인공 섬은 세 개의 섬으로 다목적홀과 옥상정원, 카페 등의 시설로 꾸며진다. 섬의 컨셉은 '한강의 꽃'이다. 제1섬(4700㎡)에는 공연문화 시설을, 제2섬(3200㎡)에는 엔터테인먼트, 제3섬(1200㎡)에는 수상레저 사설을 갖춘다. 또 섬 둘레에는 엘이디 글래스(LED Glass)를 이용해 '안개 속에 핀 등불'을 형상화한 야간 경관을 연출한다.

동작동 무명용사를 위해

그대 죽어서도 이름이 없는 자여!
죽을 제에 이름마저도 가져간 겸손한 혼령이여!
금강과 태백에서 내려오는 한강을 바라보며
그대들은 무슨 생각을 하는가.
살아서도 부귀영화 없더니
죽어서도 이름을 포기한 채
조국이 잘 되기만을 기도하는가.

건국대통령 이승만
경제개발대통령 박정희, 그리고 임정요인
이름이 있는 자도 나라를 위하고
이름이 없는 자도 나라를 위하니
대한민국은 영원하리라. 그대 기도처럼
한강수는 영원히 배산임수로 묘지를 흐르리라.
동작구 동작동 산 44의 7, 동작동 국립묘지

님이 그리우면 언제라도
한강물 바라보고 달래고
기다리다 지쳐 목마르면 언제라도
한강물 꿀떡꿀떡 마시소서.
그대 천년 집은 공작귀소형孔雀歸巢形
부디 천년 집 명당에 고이 잠드소서.
그리고 대한민국 새끼치고 쳐 큰 나라 되게 하소서.

여의도의 한강

밤섬의 철새들은 갈 곳이 없어
텃새를 동경하고
강둑에 웅크리고 있는 우리들
철새들을 동경한다.
나름대로 슬픔을 삭이는 날개 짓이 있지만
날개를 생각한다.

날마다 강변으로 달려와
헐떡거리는 엔진을 끄고
하루의 먼지를 강바닥에 가라앉히지만
숨이 가라앉기도 전에
바다인 한강은 저 멀리 달아난다.
고함을 질러도 돌아오지 않는다.

한강은 우리의 삶과 우리의 꿈을
묻을 바다라고 스스로를 위로한다.
둔치 공원엔 축구하는 사람
사이클 타는 사람, 롤러스케이트 타는 사람
낚시질하는 사람, 조깅하는 사람
요트 타는 사람, 윈드서핑 하는 사람, 보트 타는 사람

이런 저런 사람들을 물끄러미 바라보는 것도
또 하나의 낙, 또 하나의 명상
함께 둔치에 있다는 것만 해도
안심이 되는 서울내기들의 쉼터
심심찮게 한강대교 난간 위의 자살소동
구급차소리, 사이렌소리

비 개인 날, 여의도

며칠 비가 내리더니
어느 날 아침 돌연
면경지공面鏡之空
하늘은 파란 천국
한강은 파란 거울
둔치 잔디는 초록모포
보트는 꿈을 꾸며 흐느적거리고
모든 사물은 거울을 달아 눈부시다.

이렇게 멋쟁이 서울이
이렇게 맑은 서울이
그렇게 아수라장이라니
만사가 비 한번 오는 것만 못하다.
북한산이 바로 눈앞에 잡히고
6.3빌딩이 바로 귀 옆에 붙었다.
남산전망대가 첨탑을 피어올리고 있다.
해가 중천에 뜨도록 달이 서편에서 졸고 있었다.

만사가 비 한번 오는 것만 못하다.
모든 사물이 눈을 달고 반짝인다.
추억도 반짝이고 공기도 반짝이고
물심이 나란히 선경仙境에서 졸고 있다.
사물은 손에 잡힐 듯 유혹하고
이슬의 아들딸인 양 온통 투명하다.
잡으면 달아날 것 같아 멀리서 바라만 본다.
선경仙境은 선경仙鏡이다.

▲ 최태희 「여의도 노을」

백설 한강

-눈 내리는 날 여의도에서

천지는 온통 하얀 평면
강도, 철교도, 빌딩도 캔버스에 갇혀있다.
제 자신을 포기하고 하얀 행복 속에 잠겨있다.
아! 내리기 때문에 꿈인 것을!
저 눈가루처럼 지금 내리고 싶다.

밤새 하얗게, 하얗게 부서져 하늘에 올라
지금 백설로 소복소복 내리는
꿈이여, 인생이여, 친구여
하얀 평면 깊숙이 점점이 박혀있는
겨울 오리 떼들

야호! 소리 지르면 금방 잦아드는 메아리
하얀 지구의 끝에서 낯선 손님이 올 것 같아
눈물이 샘솟는 황홀이여!
백설의 성을 쌓아, 마리아!
촛불을 밝히고 싶다.

마리아, 마저 그리지 못한 그림을
너의 하얀 캔버스에 휘갈겨
그대 궁전이라고 외치고 싶다.
그대 처녀림에 백설의 울타리 되어
여신처럼 모시고 싶다.

윤중로 벚꽃놀이

여의 방죽 윤중로
이른 봄에 때 아닌 분홍빛 함박눈
어른 아이 할 것 없이 환호 합창
눈 속의 매화는 정절
눈 같은 벚꽃은 풍요
바람 불면 눈보라, 꽃보라

여의도 국회의사당
쏟아지는 말, 말, 말, 설, 설, 설
저 벚꽃처럼 화사한 소식 전해주련만
밤이면 오색 조명으로 왕궁 같네.
펑퍼짐하게 펼쳐진 푸른 강변공원
'너의 섬'汝矣島이 아니라 '나라의 반석' 되소서.

신新 한강팔경 *

양화진 낙조 예부터 유명하지만
지금은 여의도 쌍둥이 빌딩 귀에도
6.3빌딩 허리에도 걸려 있다.
마포대교, 서강대교, 양화대교, 선유도
서로 낙조 품으려고 안달이다.
절두산에서 바라보는 한강은
지금도 한강의 3대 절경 ***
강을 물끄러미 바라보노라면 옛 선인들의
강상연희江上演戲 환청, 환각에 빠진다.
여의도에서 유람선을 타고 잠실까지 가 보라.
옛 선비들의 풍류 부럽기 짝이 없다.
밤섬은 인적이 없어 철새의 낙원
새들의 군무가 석양을 점묘點描한다.
이촌동에서 관악산에 걸린 달을 보면
달은 강물에 비쳐 지금도 둘이 되는데
바람이 불면 물결을 노 젓는 달
서래 섬에는 수양버들과 노니는 거위 사이로
강태공들의 낚시풍경 여전하고
올림픽 메인스타디움이 있는 잠실은
잠실대교의 찬란한 조명으로 야경의 백미
아차산에서 바라보는 한강은 드넓은 시야로
여의도까지 뚫려 밤의 아방궁을 연상시킨다.

이제 한강은 '다리의 한강'이다.
이제 한강은 '야경의 한강'이다.
일렬종대로 선 교각들은
밤의 서울을 황홀경으로 떠받치고 있다.

▲ 서래섬

'서강팔경'의 팔경

옛 서강팔경*만 좋다더냐.
오늘 '서강팔경**'의 팔경은 더욱 좋다.
서강대교 붉은 아치와 푸른 밤섬***이 그 1이요.
시시각각 변색하는 6.3빌딩의 낙조가 그 2요.
강물에 비친 여의도 맨해튼 황홀야경이 그 3이다.
서호는 오색불빛들의 모자이크 경연장
서강 은하수에 올라 유성들의 현란한 생멸의 몸짓을 본다.

봄날 여의도를 휘감은 윤중로 벚꽃 길과
그 화관 위에 솟은 국회의사당의 하얀 돔이 그 4요.
바람 잔 날, 면경 같은 수면의 파노라마가 그 5요.
강물을 가르며 미끄러지는 모터보트의 풍경이 그 6이다.
서강나루 웨이브를 오가는 자동차 흰빛 헤드라이트와
적색 후미 등의 사행蛇行불빛이 그 7이요.
좌우에서 일렬로 사열하는 다리들의 모습이 그 8이다.

그 뿐인가, 전망대 동쪽으로 남산
서쪽으로 상암 월드컵경기장과 하늘공원
남쪽으로 관악산과 청계산
북쪽으로 북한산과 인왕산
아! 스카이라운지 하늘공원에 오르면
형형색색 유리벽과 폭포수

서강팔경

옛 포석정, 왕후장상이 부럽지 않다.

로비엔 성산대교에서 광진교까지
한강이 축소모형으로 흐르고 있다.
한강과 절경을 한 눈에 보려면
서강팔경을 찾아라. 그곳에서 감탄하라.
누구든 한번 보면 잊지 못하리.
건물 입구엔 황포돛배가 바람을 잔뜩 머금고
오늘도 한강을 오가고 있다.

---

*예부터 서강팔경(西江八景)은 유명했다. 용호제월(龍湖霽月, 비 개인 날 저녁 용산에 뜬 달), 서강귀범(西江歸帆, 서강나루로 돌아오는 돛단배), 방학어화(放鶴漁火, 방학교 부근 샛 강의 밤낚시 등불), 율도명사(栗島鳴沙, 밤섬의 고운 모래) 농암모연(籠岩暮煙, 농 바위 부근 저녁연기) 우산목적(牛山牧笛, 와우산 목동들의 피리소리) 양진낙조(楊津落照, 양화진의 낙조) 관악청람(冠岳晴嵐, 맑게 개인 날 관악산의 아지랑이)이다.

**6호선 상수역에 내려 3번 출구로 나와 한강 쪽을 약 5분 걸어가면 서강팔경(02-334-1919) 12층짜리 건물이 나타난다. 서울 마포구 상수동 356-6. 건물 입구에는 조선시대 한 강의 명물이었다는 황포돛배가 설치돼 있다. 건물에서 식당은 8층~10층. 8층은 프렌치 레 스토랑, 9층은 와인바, 10층은 스카이 라운지이다. 식당은 한강을 훤히 볼 수 있도록 전망 과 개별 룸 형식으로 배치되어 있다. 최고급 프랑스 요리와 세계 각국의 와인 2백여 종, DVD를 통한 영상과 뮤직 등 환상적인 분위기가 연출된다.

***밤섬은 율도명사(栗島鳴沙)로 서강팔경 중 하나였다. 밤섬의 행정구역은 마포구 율도동 60번지였는데 적어도 60가구 가 살았다는 뜻이다. 율도에는 70m 높이의 돌 봉우리가 두 개 있었다. 1968년 여의도 개 발 당시 이곳 주민들(63가구) 을 와우산 중턱과 당인리 발 전소 쪽으로 이주하게 하고, 봉우리를 폭파해버렸다. 당시 폭파된 돌을 가지고 여의도 윤중로 방죽을 쌓았다고 한다. 밤섬은 지금의 모습과는 비교 가 되지 않을 정도로 큰 섬이 었다. 상수동 지역이 상습침수 지역으로 수로를 넓히는 바람 에 해마다 섬의 면적은 줄어 들어 지금의 왜소한 모습으로 남아있다.

▲ 1950년대 밤섬에서 마포로 나오는
섬 사람들 (사진작가 정범태)

197

▼ 용호제월　▼ 서강귀범

▲ 방학어화　▲ 율도명사

▼ 농암모연　▼ 우산목적

▲ 양진낙조　▲ 관악청람

(서강팔경 제공)

절두산切頭山 순교성지

당산철교 옆 절두산 성지
방음터널 벽화엔 예수가 피를 흘리고 있다.
성당 안뜰엔 강물 따라 '십자가의 길'
아! 누가! 이리도 처참하게 천주쟁이 머리를 잘라
풍류가객들이 놀던 잠두봉蠶頭峰, 용두봉龍頭峰에
가시면류관을 쓰게 했던가.

1984년, 한국천주교 2백주년의 해에
103위 성인을 탄생시킨 그 기쁜 날
벽안의 교황 요한 바오로 2세는 몸소
평신도로 시작한 한국교회를 축복하셨네.
지하묘소 성해실에서 무릎 꿇고 기도하셨네.
가장 천한 죽음이 가장 값진 성인이 되었다고.

한국 천주교의 돛대, 절두산
서학西學의 피로 물들인 한강!
아, 순교 성인 30위가 잠들어있는 성지
박순집 일가 16명의 순교는 비장의 극치
명동성당에서 절두산에 이르기까지
성모상은 우리네 어머니를 닮아갔다.

▲ 겸재 양화진

*절두산(切頭山)이라는 이름에서 천주교 박해의 참혹함을 읽을 수 있다. 조선의 천주교 박해는 모두 네 차례에 걸쳐 일어났는데 신유박해(1801년), 기해박해(1839년), 병오박해(1846), 병인박해(1866년) 등이다. 신유박해 때 천주교 신자 300여 명이 숨졌다. 이 때 이승훈 등을 비롯한 정약용의 형제인 정약현, 정약종, 청에서 온 주문모 신부 등도 죽었다. 정약용과 박제가 등이 이에 연루되어 유배되었다. 병인박해 때는 전국적으로 8천여 명이 순교했다. 당시 팔도의 신자는 2만 3천여 명이었는데 박해가 끝나니 1만 3천여 명으로 줄어들었다. 절두산에서는 선참후계(先斬後啓)로 무려 2천여 명이 재판도 없이 숨졌다.

**강희맹(姜希孟, 1424〜1483)은 1471년에 쓴 '서호잠령계음서(西湖蠶嶺契飮序)'에서 말하기를 "예전 잠두봉에는 까마귀와 솔개, 갈매기와 해오라기가 살았지만, 지금은 시끄러운 관현가무(管弦歌舞) 때문에 나무에는 새집을 찾을 길이 없다"고 까지 했다. 동호에서는 독서당과 저자도 그리고 압구정과 봉은사가 문화공간으로서의 의미가 컸다고 한다면, 서호에서는 단연코 잠두봉과 희우정(喜雨亭), 곧 망원정(望遠亭)이 문화공간으로서 그 역할을 톡톡히 했다. 망원정은 왕위에 오르지 못한 형 월산대군을 위해 성종이 지어주었다.

▲ 절두산 성당

양화진 외국인 선교묘지에서

"나도 한 때는 그곳에 그렇게 서 있었소."
우리 모두는 오늘도 그렇게 서 있다.
무엇이 사람들로 하여금 이역만리에 달려가게 하고
낯설고 물 설은 곳에서 기꺼이 숨지고 묻히게 하는가.
고향을 떠나 타향을 고향처럼 생각하게 하고
고향에서 못한 것을 타향에서 하게 하는가.
그 무슨 힘이 죽음을 마다하지 않게 하는가.
그들은 이 땅에 고향처럼 묻혀 있다.
그들 앞에 선 우리는 도리어 이 땅이 낯설기만 하다.

"나는 웨스트민스터 사원에 묻히기보다 한국에 묻히기를 원하
노라."(H. B. 헐버트)
"나에게 천의 생명이 주어진다 해도 그 모두를 한국에 바치리
라."(R. R. 켄드릭)
J. W. 헤론 등 선교사를 포함 가족 1백67명이 묻힘.
대원군이 양화진까지 들어온 프랑스 함대의 치욕을 피로 씻은
현장
가르칠 확실한 무엇이 있는 사람이 몇이나 될까.
죽은 그들은 지금 편안하다. 살아있는 우리는 지금 불안하다.
지금도 세계 곳곳에는 선교묘지가 늘어난다.

▲ 안연수 「선유도의 야경」

선유도 선유정

디카족들의 제 1 명소
한강에 떠 있는 가장 아름다운 섬
한 때 정수장의 구조물과 낡은 건물은
신의 손에 의해 부활하여 친환경의 메카가 되었다.
폐허 속에 들어와 있는데도 편안한 섬
강, 다리, 숲, 나무구조물, 물, 돌, 불빛들이
시골의 어느 강변처럼 흩어져 낯익은 곳
담쟁이와 줄사철과 수련이 콘크리트를 녹여버렸다.
혁명은 양평동에서 넘어오는 선유교에서 시작한다.
아치형의 다리, 나무블록, 블록을 꿰뚫은 미루나무 숲
하류 쪽엔 서울에서 제일 위용을 자랑하는 월드컵 분수
하루에 한 번씩 하얀 물줄기를 야자수처럼 포효한다.
수로를 따라 들어가면 회색 벽들 사이사이에 벤치가 있다.
사람들은 흩어져 도시락을 먹는다.
편안한 길, 간혹 눈에 띄는 징검다리들
낙차가 다른 작은 폭포들의 화음

수로였던 옛 시멘트 길을 따라 가면
시간이 정지된 듯한 '시간의 정원'
그 위에 영원처럼 떠 있는 수생식물들의 향연
물봉선, 쇠뜨기, 수련, 검정말
옛 배수장 30여 개 기둥에
담쟁이를 심은 '녹색 기둥의 광장'
암벽과 녹갈색 물때를 보면
로마시대 어떤 유적에 들어온 느낌이다.
선유정은 한 번 앉아봄으로써 신선이 된다.
바람이 불면 시야는 넓어지고
가슴을 마음껏 풀어헤쳐 소리치고 싶은 곳
사방 확 터진 한강이 지척에서 흘러간다.
산책로와 자작나무 숲길, 가을의 억새, 단풍
선유교에 밤이 오면 곡선의 불빛들이
저마다 요란하게 궤도를 돌면
우주쇼 그 자체이다.

---

*한강에 떠 있는 세 개의 섬 중에서도 가장 경관이 아름다운 섬으로 옛날에는 봉우리가 제
법 높아 선유봉이라 불렀다. 1925년 대홍수가 나서 한강이 범람한 이후 선유도의 암석을
캐서 한강의 제방을 쌓는 데 사용하면서 선유도는 봉우리가 없어지고 점차 그 아름다움을
잃게 되었다. 그 후 1965년 양화대교가 이곳에 걸쳐 놓이고 1978년에는 선유도가 정수장
으로 변하면서 일반인들과는 완전히 멀어지고 말았다. 그로부터 24년이 지난 2002년 4월
선유도는 새로운 모습으로 일반인들에게 돌아오게 되었다.
**한강 유일의 보행자 전용다리로 길이는 469m이다. 서울시와 프랑스 2000년 위원회가
공동 건설했다. 공원에 들어서면 바로 전망대와 만난다.

이수정二水亭

한강이 바다로 들어가기 직전
옛 도당산都堂山 절벽에 서 있는 이수정二水亭
한흥군韓興君, 한음漢陰 형제가 풍류를 즐길 제
강 건너 난지 섬蘭芝洲의 난향이 날아왔다지.

난지 섬은 한 때 쓰레기 매립지였다가
지금은 승천하여 하늘공원, 노을공원 되었다네.
옛 난지 섬이 한강을 둘로 갈라서 이수인가.
안양천이 한강과 만나서 이수인가.

방패연 하얀 모자를 덮어 쓴 월드컵경기장
그 너머 북한산 세 봉우리가 구름에 가려있네.
은퇴한 이李옹은 정자 삼아 이곳에 이사해
도도한 한강물 바라보며 여생을 마무리하려네.

---

*《양천군읍지》에 이런 기록이 있다. "염창탄(현 안양천) 서쪽 깎아지른 절벽 위에 효령(孝寧)대군(1396 1486)의 임정(林亭)이 있었다. 그 후에 한흥군(韓興君) 이덕연(李德演, 1555 1636)과 그 아우인 한음(漢陰) 이덕형(李德泂, 1566 1645)이 늙어서 정자를 고쳐짓고 이수정(二水亭)이라 했다." 이수정이란 이름은 당나라 최고 시인인 이태백(李太白, 701 762)의 '금릉 봉황대에 올라서'라는 시에서 따온 것이다. '세 산은 반쯤 푸른 하늘 밖으로 떨어져 나갔고, 두 물은 백로 깃들인 모래벌 가운데를 갈라놓았다(三山半落靑天外 二水中分白鷺洲)'라는 구절이다. 이후부터 두 물이 있는 곳의 정자에는 흔히 이수정이라고 이름 붙였다.
**이 규원(李揆元) 선생이다. 이 선생은 유명한 풍수로, 한때 세계일보에서 나와 함께 일한 적이 있다.

▲ 겸재 이수정

가양동 소요정 逍遙亭

소요정逍遙亭은 귀래정歸來亭과 함께
선비라면 누구나 선망하였던 꿈의 정자
권문세족權門勢族의·선비도 그랬고,
재야한빈在野寒貧의 선비도 그랬다.
역대 왕들도 짐짓 소요를 읊었다.
이 정자를 지은 사람은 정작
이름은 소요정이라 하였으나
소요자적하지 못하고 끝내 귀양 가서 사사됐다.

창덕궁 후원 깊숙한 소요정엔
숙종, 정조, 순조가 시를 남겼다.
나주 죽산리 소요정은
은퇴한 한 무장이 지은 정자
유달산 소요정은 목포의 망루
소요정은 초월의 정자이다.
장자를 흉내 낸 경향의 선비들
그러나 초월하는 자는 드물다.

한강은 귀래歸來의 강이요.
소요逍遙의 강이다.
한강은 은퇴隱退의 강이요.
몽환夢幻의 강이다.

한강은 낙천(樂天)의 강이요.
자적(自適)의 강이다.
한강은 풍류(風流)의 강이요.
팔도(八道)로 열린 강이다.

▲ 겸재 소요정

*가양동 한강변 정자로 훈구공신 심정(沈貞, 1471~1531)이 지은 정자이다. 심정의 집안은
증조부인 심귀령이 태종의 등극에 좌명공신이 된 후 4대가 공신이 된 대표적인 공신가문이
었다. 심정은 중종반정에 정국공신이 되었으나 조광조 일파에 의해 탄핵되어 쫓겨난 뒤 울
분을 달래려고 이 정자를 지었다. 그는 사림세력을 일방타진할 기책으로 기묘사화를 일으
켰으나 나중에 음모가 드러나 결국 평안도로 귀양 가서 사사된다.
**이종인(李宗仁)이 1570년에 정자를 지었다. 그는 함경북병사 및 수군절도사, 병조판서를
지냈으며 기대승, 박상과 교유하였다. 나주에는 3백여 개의 정자가 있다. 이중 영산강 12정
자인 납상정, 벽류정, 기오정, 석관정, 소요정, 칠두정, 장춘정, 영모정, 창랑정, 쌍계정, 창
주정, 양우정이 유명하다.
***유달산에는 대학루, 달선각, 유선각, 낙선대, 소요정, 관운각 등 6개의 정자가 있다.

소악루 小岳樓

궁산 소악루에서 바라보는 한강은
호수처럼 넓어 서호西湖라 불렀다.
동정호 악양루가 무색하다는
옛 자부심은 오늘도 유효하다.
양천팔경은 옛일이라지만
한강 너머 멀리 먼동을 이고 있는 북한산

어디서 보아도 아! 늠름한 북한산
가까이서 보면 웅위한 모습이
멀리서 보면 긴 굴곡의 몸매를 자랑한다.
한강이 있어 북한산이 빛나고
북한산이 있어 한강은 아름답다.
일출이 남산으로 나오면 더욱 장관일 테지.

---

*양천팔경은 소악루의 맑은 바람(岳樓淸風), 양화강의 고기잡이(楊江漁火), 목멱산의 해돋이
(木覓朝暾), 계양산의 낙조(桂陽落照), 행주로 돌아드는 고깃배(杏州歸帆), 개화산의 저녁 봉
화(開花夕烽), 겨울 저녁 산사에서 들려오는 종소리(寒山暮鐘), 안양천에 졸고 있는 갈매기
(二水鷗眠) 등이다. 소악루는 전라도 동복(同福) 현감을 지낸 소와(笑窩) 이유(李渘, 1675
1753)가 영조 13년(1737)에 자신의 집 뒷동산 남쪽 기슭에 지었다.

▲ 겸재 소악루

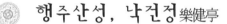

행주산성, 낙건정樂健亭

행주에 이르면 한강은
흰 갈기를 휘날리며 말을 달린다.
넓적한 둔부를 드러내며 아우성을 친다.
순하디 순한 말들이 바람을 가르며 달리듯
아낙네들이 행주치마에 돌을 날라
왜적을 물리쳤다는 행주산성
하얀 행주치마에 숨은 아낙의 옹골찬 힘이여!
조선의 아낙이여! 지킴의 불사신이여!
한강을 타고 들어오는 외적을 막는 첫 성채

서해로 나가는 막바지 행호杏湖
해질녘 잿빛 하늘에 검붉은 노을이면 더욱 좋아라.
바다에서 갈매기들이 올라오고
밀물이 다반사로 드나드니 이제 거의 바다
아스라한 적벽의 정자, 낙건정*樂健亭
권율 장군의 사당과 어우러지니
죽어서 이름을 남긴 장군과
살아서 건강을 즐기라는 정자가
큰 소리로 좌우명을 외친다.

▲ 겸재 낙건정

▲ 낙건정

*낙건정은 행주대교가 지나는 경기 고양시 덕양구 행주외동 덕양산 끝자락 절벽 위에 있던 정사다. 이조 호조 예조 병조 형조 공조 등 6조 판서를 모두 지낸 낙건정 김동필(金東弼, 1678~1737)이 벼슬에서 물러나 '건강하게 즐기며' 살기 위해 지은 정자이다. 중국 송나라의 구양수가 지은 시편에 "몸이 건강해야 즐거울 수 있으니"란 시구에서 '낙건정'이란 이름을 따왔다. 겸재 정선의 그림을 보면, 행주산성에서 인천국제공항을 가기 위해 건너는 방화대교 진입로, 창릉천과 한강이 만나는 부근으로 추정된다. 17~18세기 행주의 3대 별장이라 지칭되던 귀래정, 낙건정, 장밀헌을 비롯해 약 25개소 가까운 별서가 덕양산 지역에 집중하여 한강변 풍취와 선유를 즐겼다.

바다가 된 한강

한강철교는 한강 최초의 다리, 모두 4개의 철교이다. 한국 전쟁 때 기존의 3개가 폭파되고 1969년에 6월에 완전복구 되고 1994년 12월에 제 4철교 준공되어 지금의 모습이 되었다. 당산철교와 잠실철교는 전철 전용 철교이다. 한강의 쌍둥이 다리는 5개, 한강 대교 신교 · 구교, 한남대교 상류 · 하류, 영동대교 신교 · 구교, 마포대교 상류 · 하류, 행주대교 상류 · 하류

행주대첩의 행주대교에 이르면
강의 바다에서 바다의 강으로 바뀐다.
여기에 이르러 김포공항이 있는 건 우연이 아니다
지금까지 강이 바다를 꿈꾸듯이 바다는 하늘을 꿈꾼다.
이때부터 강은 날개를 달고 육중한 몸을
제비처럼 사뿐히 하늘로 올린다.
하늘은 강의 끝 바다, 이제 비상이다.
예부터 우리조상들은 승천하는 꿈을 꾸어 왔었지.

강과 바다와 하늘이 만나는 수평선
그것은 완전함의 태극, 음양
우리는 여기서 온 우주와 하나가 된다.
강이여, 생명이여, 바다여!
물은 검은데 파도는 희다.
강은 여인이 되고 우리들의 후손을 잉태하고
강은 가슴과 온몸을 열고
우리들의 삶을 포용한다.

멋있는 다리의 아치들은
밤이면 무지개를 연상시키고
어둠의 강물 위에서 활처럼 희망을 쏜다.
강의 마디마디에 엑센트로 지루함을 달래고

강의 이쪽저쪽 사람들을 연결하고
끊임없이 다리로, 다리로 몰려들게 한다.
모여서 흩어지고, 흩어져서 다시 모이는
기氣의 분산과 밀집, 아우성의 고저와 리듬

너는 이미 오랜 옛날에 우리의 창자가 되어
생명체로 구비치고 긴 호흡으로 살아온
역사의 거인, 사랑의 거인
눈물의 거인, 한恨의 거인
신명의 거인, 멋의 거인
혁명의 거인, 통일의 거인
화합의 거인, 해탈의 거인
S/Z자의 거인, 궁을ㄹ/乙의 거인

너의 물빛을 따라 물빛을 따라
얼굴을 묻고 길을 걸으면
해맑은 얼굴이 하나 둘 싱그럽게 자라나고
수초들이 햇빛과 희롱한다.
서에서 동으로, 동에서 서로
너의 온 몸을 왕래하면
우린 언제나 새롭게 태어난다.
우린 언제나 새롭게 죽는다.

▲ 정동훈 作

자유로를 달리며

김포 제방도로--.
강을 따라 계속되는 철책선
일산대교를 건너 파주 교하交河를 지날 즈음
개성, 평양행 이정표

가슴이 덜컹거린다.
가슴이 벌렁거린다.
암흑의 동굴을 들어가는 것도 아닌데
마지막 비상구를 탈출하는 것도 아닌데

강은 한데 어우러질 준비를 하며
벌써부터 소란을 떨고 있고
철새들은 춤을 추는데
통일은 아직 길에 머물러 있다.

우리의 꿈은 가슴을 관통하지 못했다.
철책에 막혀 스스로를 걷어내지 못했다.
우리의 꿈은 말장난에 속고 있다.
가면을 쓰고 스스로 연기에 바쁘다.

아, 꿈은 통일대교^{**}에 머물러
자유로, 통일로,^{***} 말로만 달릴 뿐이다.^{****}
오래 별거한 부부처럼 우리는
합치는 것에 낯설다.

---

*교하(交河)는 한강과 임진강, 두 강이 하구(河口)에서 만난다고 하여 붙여진 이름이다.
**임진강의 남북을 잇는 최전방의 다리이다.
***행주대교에서 임진각까지 46.6km
****구파발에서 임진각까지 49.2km

조강祖江, 염하鹽河에서 완성되다

강은 두 강이 만나면
짧은 쪽의 강이 긴 쪽의 강에게
이름을 양보한다.
긴 쪽의 강은 짧은 쪽의 강을 덮쳐버린다.
강은 두 강이 만나면
새로운 이름을 달기도 하지만
한 강이 다른 강에게 들어가 버린다.
아! 강의 미덕이여, 여성의 생리여

한강과 임진臨津강이 만나 조강祖江
물의 원리여, 땅을 흘러 흘러오더니
바다에서 다시 하늘로 올라가겠지.
한강은 다시 검룡소에 내린 비로 시작하겠지.
한강은 다시 금강산에 내린 비로 시작하겠지.
조양강朝陽江에서 조강祖江으로 끝남의 이치여!
자손이 조상이 되는 이치여!
조상이 자손이 되는 이치여!

작은 물방울은 한강이 될 줄 모르고 흘렀어도
한강은 다시 작은 물방울이 된다.
살과 피를 섞고, 청탁淸濁이 하나 되고
큰 물, 작은 물이 모여 장강長江을 이루더니

드디어 닻을 내린 조강祖江!
누가 너에게 그 이름을 붙였나.
낮은 곳의 네가 조강이라면 너를 있게 한
높은 곳의 강은 손녀 강이란 말인가.

일찍이 백제 시조 온조溫祖는
한강에 수도 하남위례성을 건설하고
그 강의 마지막을 조강祖江으로 하였나니
지혜 중의 지혜로다.
지금껏 한강은 강이되 바다였으나
이제 한강은 바다 같은 강, 염하鹽河
인류 최대의 제국 몽고도 건너지 못한 강
아직 난 너를 강으로 부르리라.

한강의 하구는 보구곶리 머머리섬[*]
보구곶리에서 문수산을 돌아 강으로 나가면
강의 것, 바다의 것, 천지의 것이
온통 하나가 되어 장엄법계莊嚴法界를 이룬다.
남북의 경계는 어디로 증발했는가.
시공이 멈춘 1.5킬로 비무장지대 철책鐵柵
이건 철저한 무장을 위한 비무장이다.
한반도, 아니 지구촌이 비무장 될 날은 언제런가

오두산 통일전망대^{**}에서 바라보면
임진강^{***}이 제 이름을 버리고 한강이 된다.
한강이 제 이름을 버리면 드디어 서해 바다
조강 할머니의 두 딸 한강, 임진강

임진강의 손녀 강은 한탄강
한강의 손녀 강은 남한강, 북한강
북한강의 소양강, 남한강의 서강은 증손녀 강
아, 백두산은 흰머리 히말라야, 한강은 한수漢水 은하銀河

*머리미섬은 행정구역상으로 김포시 월곶면 보구곶리에 소속되며 일명 유도(留島)이다. 이 섬의 중심을 남북으로 그은 선을 중심으로 한강과 서해가 구별된다. 전설에 따르면 옛날에 섬 하나가 홍수에 떠밀려 임진강을 따라 내려오다가 가까스로 이곳에 자리를 잡았다고 한다. 세상의 큰 흐름에 떠밀려 가까스로 자리를 지키는 곳을 이르는 말로 쓰이기도 한다. 문수산성 문루에서 바라보면 염하와 바다 건너 강화의 갑곶돈대가 보인다. 문수산은 한남정맥의 종착이다. 한남정맥의 시작은 속리산 천황봉이다. 천황봉의 물을 삼파수(三派水, 三陀水)라고 일컫는데 동남으로 낙동강, 서남으로 금강, 북서로 한강이 되어 갈라지기 때문이다. 속리산 천황봉에서 한강과 금강을 가르는 한남금북정맥은 말티고개를 지나 청주의 산성고개, 음성의 행치고개, 안성 칠현산에 닿아 다시 한남정맥과 금북정맥으로 갈라진다. 금북정맥은 금강의 북쪽으로 흘러 공주 차령을 거쳐 태안의 안흥에서 종착하고, 한남정맥은 한강의 남쪽을 흘러 수원의 광교산과 안양의 수리산을 거쳐 김포 문수산에서 종착한다.
**오두산 통일전망대(파주시 탄현면 성동리 659-0)는 한강북안 임진강 쪽에서 한강과 임진강의 합수지점을 바라보며 서 있다. 6천5백여 평의 대지 위에 지상 5층, 지하1층의 석조 건물로 조성된 통일전망대는 1992년 9월 8일 개관됐으며 해발 140m의 높이에 위치한 원형 전망실에서는 20배율의 망원경으로 북한의 산하, 주민과 군의 활동사항, 농민들의 농사 짓는 모습, 선전용 주거생활, 김일성 사적관, 공회당, 인민학교, 곡물창고, 상점, 개성 송학산이 보이며 남으로는 여의도 63빌딩을 바라볼 수 있다. 1,2층 전시관에는 북한실과 통일실을 마련, 북한실상과 남북관계의 어제와 오늘, 통일 한반도의 미래상을 보여주는 사진, 영상실, 대형지도 등의 시설과 북한상품 판매점 등이 갖추어져 있다. 또한 관람객들이 통일의 염원을 남길 수 있는 통일 염원실, 이산가족들이 추석과 설날 등 명절을 맞아 조상들을 추모할 수 있도록 꾸며진 망배단, 그리고 2m, 무게 600㎏의 거대한 통일기원북 등이 설치되어 있으며 조만식선생의 동상도 세워져 있다. 참고로 남한의 통일전망대는 서부전선에서 동부전선 쪽으로 세어보면 오두산, 도라산, 철의 삼각(철원 월정리), 을지통일(강원 양구 해안면), 강원 고성 통일전망대 등이 있다.
***임진강은 함경남도 마식령에서 발원하여 남서쪽으로 흘러 황해로 유입되는 강. 길이는 254km(한강은 514km로 두 배이다). 유역면적 8118㎢. 강원도 북서부를 흐르면서 고미탄천(古味呑川)·평안천(平安川)이 모여 경기도 연천군으로 흘러들어 한탄강(漢灘江)·문산천(汶山川)과 합쳐 고랑포(高浪浦)를 지나 하구에서 한강과 합류, 황해로 유입된다.

오두산전망대에서 본 임진강 넘어 황해북도 개풍군 관산반도 ▶
(세계일보사 제공)

두 강은 몸을 섞어 난리인데

한강, 임진 두 강은
몸을 섞어 물고 빨고 난리인데
노을은 붉은 빛을 토하고
전류電流가 통해 강이 좁다고 아우성인데
전류정轉流亭에 앉은 나그네는 얼어붙었다.
"들어가실 수 없습니다."
"사진 찍으시면 안 됩니다."
물속의 보이지 않는 휴전선
나는 시종 들어가지 못해 물위를 걸었다.

*
애기봉愛妓峰은 이제 망향봉望鄕峰
그 아래 조강나루祖江渡
한재寒齋 이목李穆의 묘와 사당이 있다.
손 내밀면 개성 판문군, 송악산은 멀리 있다.
고려 두문동 72현이 그곳에서 살았다.
산은 멀고 물이 가까운가.
물은 멀고 산이 가까운가.
그 옛날 조강 밀물의 파장은 서빙고까지 미쳤다네.
경강의 물길과 서해안의 뱃길이 만나면 통일도 가까워지리.

이제 시인은 한강을 바다로 떠나보낸다.

이제 시인은 한강을 가슴에서 떠나보낸다.

이제 시인은 한강에 가슴을 함께 떠나보낸다.

이제 가슴 잃은 시인은 서해에서 해인을 기다린다.

온 몸이 텅 빈 채로 해인을 기다린다.

바다가 천국행 도장을 찍어줄 때까지 기다린다.

바다가 극락행 도장을 찍어줄 때까지 기다린다.

바다가 부활왕생을 약속할 때까지 기다린다.

그런데 바다는 말이 없다.

---

*애기봉은 병자호란 때 평양감사와 헤어진 기생 애기(愛妓)가 청나라 군사에 끌려간 감사를 기다리다 병이 들어 죽게 되었을 때 시신을 묻어달라고 한 애절한 전설이 있는 봉우리. 애기봉전망대(김포시 하성면 가금리 산 59-13번지)는 한강 남안, 강화 근접 지점에서 한강과 임진강의 합수지점을 바라보고 있는 한강과 바다를 동시에 볼 수 있는 최고의 전망대라고 할 수 있다.

**이목(李穆, 1471~1498)은 김종직(金宗直, 1431~1492)의 문인으로 무오사화 때 김일손, 권오복 등과 함께 사형 당했다. 초의선사(草衣禪師, 1789~1865)의 '동다송(東茶頌)'보다 무려 3백년이 앞섰으며 '동다송'이 총 글자수 542자인 데 비해 '다부'(茶賦)는 2배 이상인 1321자이다. 한국 다부(茶父)로 칭송되고 있다.

***한강과 임진강의 합수지점부터 머머리섬까지를 조강이라고 한다. 조강의 조수는 밀물이 8시간, 썰물이 4시간이었다. 서해안에서 경강으로 들어오는 배는 물참(물때)을 기다렸다가 밀물올 타고 서울로

들어왔다. 한강은 마지막으로 예성강 하구와 합쳐진 다음, 강화 교동도를 지나 서해로 들어간다. 예성강은 황해북도 곡산군(谷山郡) 서부의 대각산(大角山)에서 발원하여 경기도·황해도 경계를 지나 황해로 흐르는 강. 길이 174km. 이 유역은 고대 낙랑군(樂浪郡)과 대방군(帶方郡)에 속하였고 삼국시대에는 백제와 고구려에 병합되었다. 예성강은 안북하(安北河) 또는 북하라고도 하였는데, 고려시대 연안의 하항 벽란도(碧瀾渡)는 개성(開城)의 문호로서 송(宋)나라와의 관문 구실을 하였다.

강화도 江華島

강화江華, 강을 끼고 있는 좋은 고을
한강의 혈구穴口, 아니 해구海口
한강이 길고 긴 자궁을 열어 내놓은 꽃 섬

한민족의 씨알
단군조선에서부터 한말까지
역사의 모종이 뿌려져 있네.

밖은 한강을 두르고 안은 산악
마리산이 선돌처럼 우뚝 솟아있다.
세계 최대 제국 몽고도 못 건넜다네.

참성단과 삼랑 산성은 고조선 개천開天을 말하고
삼국 역사는 한강과 너를 빼앗은 자에게 왕관을 주었다.
고려 몽고 난 때는 강도江都*였다.

전쟁 중에 팔만대장경을 제작한 선원사
정묘·병자호란 때는 몽진과 종묘사직의 피난처**
병인·신미양요, 강화도조약, 몸살을 했다.***

천지창조 이래
빼앗고 뺏기는 다툼 속에
강화 모성母性은 피를 토했다.

*고려 고종 19년(1232년)에 장기적으로 몽골에 대항하기 위해 도읍을 강화로도 옮겼다. 강화도는 1270년에 개성으로 환도할 때까지 39년 동안 몽고군과 대치하면서 강도(江都)로 불렸으며, 왕궁 터와 항쟁흔적들도 성곽 곳곳에 남아 있다. 몽고와 항쟁해 왔던 삼별초(三別抄)는 개경 환도가 알려지자 즉시 대항하고 나섰다. 그들은 배중손을 중심으로 개경 정부와 대립하는 새로운 항몽 정권을 수립하였으나 곧 진도로 남하하고 말았다. 고려가 몽고와 항쟁 중에 남긴 가장 훌륭한 업적이 팔만대장경이다. 강화도는 '살아있는 국토박물관' '숨 쉬는 역사교과서' '지붕 없는 박물관' 등으로 불린다.

**정묘호란은 인조 5년(1627년) 후금의 1차 침입으로 인한 호란이며 병자호란은 인조 14년(1636년) 청의 2차 침입으로 인한 호란이다.

***병인양요는 고종 3년(1866년)에 병인박해에 대한 보복으로 프랑스군이 침입한 사건이고, 신미양요는 고종 8년(1871년)에 미국이 제너럴셔먼호사건을 빌미로 침략한 사건이고, 강화도조약은 1876년 2월 강화부 연무당에서 조선과 일본 사이에 체결된 조약이다.

강화 동막 매향제 埋香祭

강화 남쪽 동막에 있는 분오리 돈대 갯벌에서, 제 8회 생명축제 정해년 마차례*(2007년, 10월 26일~28일, 서울 대학로와 강화도 일원-초록마당, 마리산, 동막갯벌)의 일환으로 열렸다.

한강이 김포에서 황해黃海로 들어가
아리수 대장정을 마무리하면
건너 강화 마리산이 마중을 나온다.
어서 오라고, 어서 하나가 되자고
한울임의 아들딸이 되자고 반갑게 껴안는다.
예부터 별들에게 제사지내기를 좋아한 한민족
북두칠성의 귀문鬼門을 열고 참성단에서 천제를 지낸다.

푸른 한지에 붉은 글씨로 청사靑詞를 올려
붉은 마음을 푸른 하늘에 바치니, 하늘도 울린다.
신다神茶의 차 뿌리 창, 공경삼매恭敬三昧여!
울루鬱壘의 말벌 창, 절대겸허絶對謙虛여!
육각수의 생명의 물, 육각형의 원형체를 하늘에 바친다.
남한강, 서강, 북한강, 소양강, 임진강, 한탄강
여섯 강이 조강祖江이 되니 강의 은하수

이제 귀천歸天의 순간
은하수 한강漢江은 이제 황천黃川이 된다.
원화源花 · 화랑花郎의 꽃배를 띄워
강화江華에 당도하니 드디어 하늘에 맞닿는 곳
하늘은 홍익시장, 화백회의를 외친다.
***
홍익시장은 유형무형의 호혜시장

화백회의는 모울도뷔 큰 선비의 모임^{****}

제사는 천제인 별 제사, 지제인 매향제
하늘과 땅을 관통하니 '신인간' 新人間을 꿈꾸다!
올해 세상에 회향回向하여 내놓은 첫 제사
저마다 하늘에 구할 것을 매향목판에 써서
갯벌에 묻으니, 우리 시대의 사뇌가 詞腦歌여!
밝음을 추구하는 백의민족이여!
그 밝음, 스스로, 서로, 세상을 살리자!

*생명축제는 1999년부터 '밝은 세상'을 기원해 마리학교가 시작한 축제이다.
**조선시대에는 입춘이 되면 천문, 지리, 측후를 맡아보면 관상감(觀象監)에서 붉은 물감으로 귀신을 쫓는 글인 '신다울루' (神茶鬱壘)를 써서 궁중의 문설주에 붙였다. 6세기의《형초세시기(刑楚歲時記)》에는 복숭아나무가 선목(仙木)인 연유를 도삭산(度朔山)의 큰 복숭아나무 아래에 '신도' (神茶) · '울루' (鬱壘)의 2신이 있어서 지나가는 귀신을 지킨다는 전승을 인용하고 있다. 복숭아가 위력을 가진다고 믿었던 것은 꽃 · 과일 · 핵 등의 종합적인 효과 때문으로 여겨진다. 복숭아꽃은 봄에 앞서서 피는 양(陽)이며, 열매는 영양가가 높아서 병마를 쫓는다. 도(桃) 자는 목(木) 변에 조(兆)로 되었는데, 복숭아 핵이 둘로 쪼개지는 성질을 갑골점(甲骨卜)의 금이 갈라진 징조로 비유하였다. 그 갈라진 핵 속에서 새로운 생명(종자)이 나타난다. 또 복숭아나무의 열매를 여성의 성(性)과 결부시켜 생명력의 상징이라고 하는 견해도 있다. 동진(東晉)의 도연명(陶淵明)이 묘사한 도원경(桃源境)도 그 하나라고 한다.
***홍익시장은 호혜시장(reciprocity market)이다. 인류가 잃어버린 시장으로서, 밝은 미래를 위해서는 되살려야 할 시장이다. 자본주의 교환시장은 이윤을 목표로 정글의 논리로 운영되는 시장이다. 호혜시장은 나눔을 목표로 공생(共生)과 호혜(互惠)를 원리로 운영되는 시장입니다. 호혜시장에서는 국가 화폐보다는 공동체 화폐를 사용하는 깃이 좋다. 자본주의 시장은 일대일 교환 관계 및 단일 화폐에 근거한다. 이와는 다르게 호혜시장은 다(多) 주체 사이의 호환-순환관계 및 공동체 화폐에 근거한다. 호혜시장에서는 교환시장의 국가 화폐가 격리시킨 생산과 소비(노동)의 틈을 좁힌다. 호혜시장에 참여하는 사람은 생산자이면서도 소비자가 된다.
****화백회의의 옛말이다. '모울'은 '한없이 열리는 어울림의 공동체'를 뜻하고 '도뷔'는 '자유, 평등, 밝음을 실천하는 큰 선비'를 뜻한다.

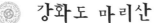

강화도 마리산*

마리산은 항상 하늘에 떠 있다.
하늘 천정에 이마를 쳐들고 솟아있다.
마리산, 서해의 백두, 태백
부처님이 내려오면 마니산摩尼山

세월 따라 이름도 바뀌어온 산
진정한 한민족의 머리 산
마루산, 두악산頭嶽山, 마리산
태백산 천제단에서 마리산 참성단에 이르러

백두의 한을 풀어 기도하면
정수사淨水寺에서 물 한잔 먹고 가라 하네.
바다의 길목, 한반도의 허리에서
한강은 쌓이고 쌓여 '강 꽃 섬'江華島 만들었다.

경기만京畿灣 섬들은 흩어져 졸고 있고
영종도와 용유도만 뻔질나게 비천하고 있다.
함허동천에선 좌선하는 소리
마리산은 항상 하늘에 잠겨 있다.

*본래 우리말로 '머리산'(head mountain)
을 뜻하는 한자식 표기이다.
**인천공항은 영종도와 용유도 사이 바닷길
을 메워 만든 해상공항이다. 15톤 트럭
1800만 대분의 토사와 자갈에 레미콘 아스
콘 160만 대분을 부어 서울 여의도 면적의
18배에 이르는 공항을 건설하였다. 48만장의
설계도, 연 1,380만 명의 건설인원, 총사업
비 6조 2,370억 원이 소요된 대공사였다. 영
종도(永宗島)는 한자 이름으로 풀면 '긴 마
루'가 되어 활주로를 뜻하고 용유도(龍遊島)
는 '하늘의 용이 노는'격이니 두 섬이 합쳐
져서 인천공항이 되었다고 지명풀이가 가능
하다.
***인천광역시 강화군 화도면(華道面) 마니산
서쪽에 있는 계곡. 조선 전기 승려 기화(己
和)가 마니산(摩尼山) 정수사(精修寺)를 중수
하고 이곳에서 수도했다고 해서 그의 당호(堂
號)인 함허를 따서 함허동천이라는 이름이 붙
었다. 계곡 너럭바위에는 기화가 썼다는 '함
어동천(涵虛洞天)' 네 글자가 남아 있다. '구
름 한 점 없이 맑은 하늘에 잠겨 있는 곳'이
라는 뜻이다.

[*]고려산 진달래

^{**}몽골에 쫓겨 고려 궁이 이사 왔지.
고려, 고구려, ^{***}가우자리
고향 잃은 꽃들은 피어도 슬프다.
쫓겨난 망혼(望魂)이 피를 토했지.

산등성이는 온통 진달래 천지
적련사는 적석사로 이름을 바꿔
붉은 마음을 진달래로 피워냈던가.
붉은 두견杜鵑의 혼 낙조로 떨어지네.

붉은 피 토하고 울 때마다
꽃잎은 피고 지고
바람이 불 때마다
꽃들은 노을을 향해 달린다.

고신원루孤臣冤涙의 한恨이
이리도 스스로 불붙게 하였는가.
정선 두문동의 한을 실어 나른 한강은
강화 고려산에서 진달래로 승천하고 있었다.

232

*고려산은 원래 오련산(五蓮山)이었으나 고려가 강화로 천도하면서 고려산으로 되었다. 옛날에 고려산 산정에는 다섯 개의 연못이 있었다. 고구려 장수왕 4년 (서기416)에 천축조사가 이 산을 넘던 중 다섯 개의 연못에서 각기 다른 색깔의 연꽃이 피어 있는 보았다. 조사는 오색 연꽃을 따서 공중에 날려 그 꽃잎이 떨어진 곳마다 가람을 세우고 적련사, 백련사, 청련사, 황련사, 흑련사라 불렀다. 그 중에서 황련사와 흑련사는 사라지고 현재는 백련사, 청련사, 그리고 적련사가 적석사로 이름을 바꾼 채 남아 있다. 백련사에서 정상 쪽으로 오르다보면 오련지를 복원해 놓았다.

**강원대 주채혁교수는 "몽골이 맥고구려의 후손"이라고 한다. 고구려의 선진문화를 이어받지 않았으면 몽골의 탄생을 불가능하다고 한다. 말하자면 모계신앙을 가진 몽골의 부계가 고구려 계통이라고 한다. 주채혁은 "몽올코리족과 맥코리족은 하나로서 '몽(蒙)' 고올리(Qori)와 '맥(貊)'고올리(槁離)는 둘이 아니라는 결론이 나온다. 즉 맥고리(貊槁離)=맥고려(貊高麗)=몽올고려(蒙兀高麗)=몽골(Mongol)일 수 있다는 것이다. 여기서 고골리(高句麗), 'Gogoli'가 고올리(Gooli)로, 암수달 수간(Sugan)이 수안(Suan) 소욘(Soyon, 蘚)으로 전개되는 것은 12~13세기 전후의 모음과 모음 사이에 있는 'g'음의 탈락현상에 따른 것으로 음운발달사를 보여주는 한 사례."라고 말한다.(주채혁, 《순록치기가 본 조선 · 고구려 · 몽골》 288쪽)

***고구려라는 말에는 가우자리, 즉 '가운데자리', 중심이라는 뜻이 있다. 가운데자리를 중국인들이 한자로 고구려(高句麗, 까오쥬리)라고 하였다. 서울교육대 안천교수가 주장하였다. 세계 여러 나라는 모두 자신들이 우주의 중심이라고 생각하였다. 중국(中國)에도 '여러 나라의 중심'이라는 뜻이 있고, 일본(日本)에도 '태양이 뜨는 중심'이라는 뜻이 있다.

석모도 夕暮島 낙조

석모도夕暮島 낙조는 하늘 꽃
시름과 설움을 묻어주는 하늘 꽃
발가벗고 해변 바위에 누워 보라.
그대는 금방 붉은 인어가 된다.

한반도의 최서단, 해가 지면
가장 오래 붉은 노을을 드리우는 섬
보문사에서 기도하고 해변에 앉아보라.
그대는 금빛 반가사유상이 된다.

고려산 적석사 낙조대 낙조는 아름답고
낙조봉의 낙조는 아름다워 더하여 슬프고
낙조봉 갈대밭에서 보는 낙조는 울고 있다.
석모도 겨울 낙조는 가만히 온몸을 담근다.

낙조 따라 섬이 온통 붉게 옮겨간다.
낙조 따라 섬이 온통 갈매기로 붐빈다.
낙조 따라 섬이 온통 소리로 가득 찬다.
낙조 따라 섬이 온통 도원경으로 변한다.

*이밖에도 마리산 참성단의 낙조, 장화리 장곶회집 낙조, 동막 해수욕장 분오리 돈대 낙조, 석모도 보문사 낙조는 우열을 가리기 어렵다고 한다. 특히 석모도 서쪽 해변 못지않게 강화 화도면의 동막 해변 낙조도 막상막하이다. 썰물 때면 무려 1800만평의 개펄이 모습을 드러낸다. 세계 4대 개펄의 하나이다. 낙조는 밀물에는 잔잔한 바닷물을, 썰물에는 드넓은 개펄을 빨갛게 물들인다. 강화팔경은 전등사, 보문사, 연미정, 갑곶돈대, 마니산, 광성보, 초지진, 적석사이다.

한강의 옛 시 및 시조

얼음 위로 한강을 건너며
고려조 이곡(李穀)

모래판에 지나는 길손 행색이 쓸쓸하니, / 몇 번이고 빈 처마 밑에서 북두성 쳐다보았는고 / 한밤중 세찬 바람 불어서 집 무너뜨리고, / 흐르던 그 강물 얼어서 다리가 되었네. / 잠깐 사이에 사람들 조심하니, / 짧은 거리에도 말 잘 걷는다 자랑 말게. / 위태한 길 지나고서 도리어 스스로 웃기를, / 돌아가서 고기 잡고 나무하면서 늙은 것만 못하리.

과주교過舟橋
정 약용(丁 若鏞)

해마다 봄철이 되면 참배하려고 / 어가는 화성으로 행차하신다. / 배다리 놓으려고 가을 지나 배를 모으고 / 다리는 눈 오기 전에 모두 이루어지네 / 조익은 붉은 난간에 끼어졌고 / 어린은 흰 다리 판에 비끼어라 / 선창에 돌을 실어 움직이지 않으니 / 천년토록 불변하는 임금의 효성을 알리라

주교행舟橋行
정 약용(丁 若鏞)

한강물 어찌 그리 넓은지 깊이를 알 수 없다 / 때로 높은 물결 일어나니 이무기, 용이 숨어 있다네 / 일천척(一天隻) 많은 배를 비단 필처럼 얽어매니 / 물위에 다리 없다 누가 말로 하오리 / 대순(大舜) 같으신 성자(聖者)의 마음 / 해마다 원침(園寢)에 근참(參)하신다. / 한문제(漢文帝)는 높은 언덕 달려가고, / 원익(益)은 위태로운 곳을 경계했다. / 천승(千乘)의 귀하신 몸 외로운 배를 어찌 쓰리 / 푸른 파도 하늘가에 닿고 / 흐르는 물은 지면을 가른다. / 깃발들 그림자도 휘황한데 / 바람에 펄럭여 방향이 없구나 / 까마귀와 까치 되었으면 / 강물 메워 편안케 하오리 /

소내*에 돌아와 살면서(還苕川居, 환초천거)
정 약용(丁 若鏞)

훌쩍 고향마을 돌아와 보니 / 문 앞에 봄 강물 즐펀히 흐르누나 / 흔연히 약수터 언덕** 에 나서 보니 / 고깃배는 예처럼 오락가락 / 꽃은 따사롭고 수풀 속 정자는 고요한데 / 소나무 드리워진 들길은 그윽하구나 / 남쪽지방*** 수천 리를 노닐어 보았지만 / 이만한 언덕을 다시 못 찾겠더라

*소내 : 작자의 출생지인 광주군 마현리를 말함.
**약오(藥塢) 약밭 언덕일 수도 있겠으나, 여기서는 藥塢 즉 약수나는 토성이 적합함.
***부친 정재원(丁載遠)이 진주목사(晉州牧使)로 재임하였기 때문에 자주 내왕하였고 그 밑에서 수학했음.

한강의 옛 시 및 시조

검단사 설경黔丹寺 雪景
정 경(鄭 景)

산길에 사람없고 객도 날지 않고 / 외로운 마을 어둑한데 차가운 구름 쌓였다 / 절의 중은 유리 세계를 밟고 나가서 / 강 얼음을 때려 깨고 물 길어 돌아온다

삼전도三田渡
서 거정(徐 居正)

여윈 말 삼전도 길어 / 가을바람 불어 갓을 기울게 한다. / 맑은 강엔 날아가는 기러기 잠기고 / 떨어지는 해는 돌아오는 까마귀를 보낸다 / 고목에 누런 새 빛이 맑고 / 외로운 마을에 모래판이 보인다. / 청산이 끝나려 하는 곳에 / 저 멀리 우리 집이 있구나

배로 저자도를 지나며舟中楮子島
정 업(鄭 鄴)

외로운 저녁연기 옛 나루에 비꼈고 / 겨울 해는 어느덧 먼 산에 내린다 / 해 저물어 거룻배로 돌아오나니 / 저 길은 아득히 놀 속에 있다

동호의 배 안에서東湖舟中
정 석경(鄭 錫慶)

짧은 노와 가벼운 돛으로 골짝을 거슬러 올랐는데 / 푸른 산은 셀 수 없고 물은 서쪽으로 흐르네 / 석양의 희부연 버들이 희미하게 보이고 / 어떤 사람이 높은 다락에서 두건을 벗고 있네

용산龍山
이 색(李 穡)

용산은 한강을 반쯤 베개 사마 누웠는데 / 푸는 솔 산에 가득하고 뽕나무는 마을에 있네 / 닭 울고 개 짖는 수십호 마을의 / 낡은 초가집에 저녁연기 떠오르네 / 용산은 한강을 반쯤 베개 사마 누웠는데 / 푸른 솔 산에 가득하고 뽕나무는 마을에 있네 / 닭 울고 개 짖는 수십호 마을의 / 낡은 초가집에 저녁연기 떠오르네

동호랑사東湖郎事
백 광훈(白 光勳)

강 따라 경치도 좋은데 가는 곳마다 누정이네 / 누가 있어 오라 가라 니의 노는 일을 막을거나 / 그 옛날 많은 사람들 천금비용을 아끼지 않았는데 / 청풍명월이 해마다 낚싯배에 가득 하다네

한강의 옛 시 및 시조

저자도楮子島

강 석기(姜 碩期)

잔잔한 호수에 흐르는 물기름 같이 미끄러운데 / 좋은 친구들 손에 손잡고 낚시 배로 올라간다 / 늦은 비가 옷을 적시는 데 사람들은 술에 취하고 / 갈꽃이 환하게 피어 갈매기 나는 물가를 비친다.

이 승소(李 承召)

달은 가을 강에 비치고 강물은 고요한데 / 높다란 백 척 정자에 누우니 돌탑과 흡사하네 / 달을 벗 삼아 말술을 기우이니 / 둥근 달떡 삼백 개를 만들어 어디 쓰랴 / 맑은 빛 찬 기운은 상하로 통하는 데 / 숲처럼 이내 두 귀밑거리 일어나네 늘 술잔 속에 달 비치기를 바라는데 / 어찌 둥근 거울과 굽은 갈고리를 알리오

기순

강 머리 풍경이 누선에 가득 차니, / 꽃과 버들 고움을 다투는 2월 봄철일세. / 돛 그림자는 나는 새와 함께 지나가고, / 피리 소리 늙은 용의 잠을 깨우네. / 산이 두 언덕에 잇닿으니 구름과 숲이 합쳤고, / 돌이 중류에 섰으니 흰 물결 뿌리네. / 동국(東國)에 와서 높이 즐긴다고 괴이하게 여기지 말라, / 예사로이 시와 술에 서로 끌렸다네.

압구정狎鷗亭*

안 지(安 止)

한 승상은 청아한 취미 있어 한가함을 즐겨 / 늘 정자를 향해 오락가락하며 즐기네 / 어부의 하얀 구렛나루 수염을 짝함이 좋지 / 기생의 소담스런 머리채를 어여삐 여기랴 / 갈매기는 섬돌 아래 맑고 맑은 물에 길들었는데 / 소라는 강가의 산에 점점이 벌려 있네 / 나라사직의 특수한 공을 어찌 다 말하랴? / 마음대로 푸른 물굽이 내려다보아도 괜찮으네

*강남 두모포(豆毛浦)에 있는 한명회의 정자

압구정狎鷗亭

세 번 찾아와 부탁하는 임금의 은총 깊으니 / 정자가 있으나 와서 놀 길이 없다네 / 가슴 가운데서 공명심만 없어진다고 / 환해(宦海) 앞에서도 갈매기를 친압할 수 있으리

예겸

높은 누각에 올라서 기이한 경치 마음대로 보고, / 누선(樓船)을 저어 푸른 강물에 떠 있네. / 비단 닻줄 천천히 내어 푸른 석벽에 배 대었는데, / 아로새긴 난간 사이에 옥술병[玉壺] 자주 전해 오네. / 강산은 천년토록 그 옛 빛 고치지 않는데, / 손님과 주인 한때에 마음껏 즐기네. / 저 멀리 달 밝고 사람 간 후엔, / 백구만이 날아들어 거울 같은 맑은 물결 차지하리.

한강의 옛 시 및 시조

동작나루를 건너며 銅雀渡
정 약용(丁 若鏞)

동작나루에 가을바람이 소슬한데 / 오성* 을 생각하니 까마득하기만 하여라 / 관청집은 우거진 푸른 대숲 속에 있고 서실은 국화꽃 뜰 앞에 있다네 / 멀리 쫓기는 기러기는 석양을 따라 날으고 / 이제 서서히 뱃머리가 골짜기로 드는구나 여행을 가는 행차지만 즐겁지 않으니 / 힘써 걸음을 재촉하며 아버지의 연세를 염려하노라

*오성(烏城) : 화순(和順)의 옛 이름

수조 垂釣
성 담수(成 聃壽)

낚싯대 강물 속에 드리우고서 / 물에 발을 담그고 낮잠 잤노라 / 꿈속에 갈매기와 함께 놀다가 / 깨어보니 어느 덧 석양이었네

한강으로 가는 길에서 漢江途中
한 경기(韓 景琦)

진흙길은 질퍽질퍽 비는 부실부실 / 화류가 집에서는 웃음소리 드물다 / 구름 속의 아침해는 억새떨기 비추고 / 달머리의 나비들은 떼를 지어 날은다

석북(石北) 신광수(申光洙)

사월(四月)의 강물 푸르게 넘치니 / 배 위의 밝은 달이 외롭다. / 초가 팥구 채 넘는 곳에 / 버드나무 수삼그루 서 있다. / 오늘밤은 여기서 자려고 / 이웃 배에서 고기를 사온다. / 닭 우는소리 들으며 / 언덕 위로 올라가니 초창한 모습 / 서호(西湖)가 여기라네

마포범선 麻浦泛船
월산대군(月山大君)

포구에 가득 봄 풍경이 푸르게 펼쳐지는데 / 가는 바람 솔솔 불어 물결 위를 스친다 / 강가의 작은 풀은 진하게도 푸르고 / 언덕 위의 버들은 황금가지를 드리웠다 / 놀잇배의 음악소리 나루터에 퍼지는데 / 푸르고 푸른 강풀은 물가에 잘도 자란다 / 어기어차 배 저어 석양녘에 돌아오니 / 모래판의 갈매기가 뒤를 따라 날아든다

배로 양화도로 내려오며 舟下楊花渡
신 용개(申 用漑)

물마을에 가을 깊어 나뭇잎이 날으고 / 찬 모래에 기러기·백로는 그 털이 깨끗하다 / 지는 해 갈바람은 놀이배를 자꾸 밀고 / 취한 뒤에 강산을 배에 가득 싣고 온다

한강을 노닐다 遊漢江
서 거정(徐 居正)

양화 나루에서 배를 타고 놀이해 보니 / 인간 세상에도 별천지 있는 줄 알겠네 / 하필 신선과 같이 학을 타고 놀아야 하나 / 그림을 그리려면 화가 이백시(李伯時)한테 부탁할까 / 해는 자라 등을 밝히고 황금빛 물결치네

한강에서 달구경을 하면서 漢浦弄月
이 색(李 穡)

해가 지난 모래는 더욱 하얗고 / 구름이 걷히니 물은 한결 맑아라 / 시인은 이 밤에 달과 노나니 / 피리소리 없음이 흠이로구나

한강에서 배 띄우다 漢江舟中
이 학의(李 鶴儀)

온 집에 맑은 해가 양주에서 나오고 / 한강에 바람 없어 작은 배를 띄우네 / 비스듬한 언덕을 따르려하니 돛대 끝이 움직이고 / 푸른 하늘은 해협을 향해 흐르는 듯 / 돌아가고자 하는 마음에 여울의 물결을 묻지 않으나 / 늦은 계획이니 도리어 물가의 갈매기만 바라보네 / 나그네 길에 유독 아름다운 여인이 많으니 / 강남 천리 길에 암연히 슬퍼하네

율도 栗島
동주(東州) 이민구(李敏求)

세 갈래 물 한 쌍 섬을 두른 것이 / 그 가운데를 백노주(白鷺洲)가 열렸다 / 작은 섬 물결 따라가지 않고 / 강중에 그대로 떠 있구나 / 주점 한두 채 모래언덕에 있는데 / 관청 밭은 나루터까지 닿았다 / 평성대의 좋은 기상 / 어부들의 피리소리가 마을 노래에 섞인다

성간(成侃)

검은 구름 한 조각 푸른 하늘 나직한데, / 때때로 들리는 먼 물가의 외로운 학의 울음. / 밤사이 나루터에 납풍이 세차더니, / 서강(西江) 물결 걷어다 빗발을 날리네. / 고기 새끼들 나고 들며 다투어 거품 뿜는데, / 풍이(馮夷 물귀신)는 물결치고 신령은 춤추네. / 섬들[島嶼]을 휘어 싸서 홍몽(洪濛)으로 돌아가는데, / 창에는 서늘한 기운 남은 더위 다 가시네. / 강 기러기 어지러이 날며 끼룩끼룩 우는 소리, / 마름과 연 이리저리 바람과 물결 따르네. / 어옹(漁翁)이 닻줄 잃고 강에서 소리치는데, / 큰 배는 옆으로 기울고 작은 배 떠내려가네. / 인간 세상 어느 곳이 지극히도 험하지 않으리, / 별안간에 생애가 어찌 될지 모른다네. / 낭간군자(琅玕君子 , 작자의 호) 한바탕 웃고 나서, / 밤중에 잠 못 이루고 머리가 학(鶴)처럼 기울어지네.

한강의 옛 시 및 시조

서거정(徐居正)

양화도(楊花渡) 어귀에 놀잇배 대니, / 인간 세계에 별천지 있는 줄 이제야 알겠다. / 하필 신선과 함께 학을 타고 놀아야 하나, / 그림 그릴 것 용면*에게 부탁할까. / 해가 자라 등에 밝으니 황금빛 물결 치는데, / 바람이 용의 머리 흔드니 푸른 구슬 뿌리네. / 서호(西湖)를 서자(西子)에 비하겠는데, / 이 좋은 강산에 흥이 일어나는 것 어찌하리.

*용면(龍眠: 송 나라 화가 이공린(李公麟)의 호)

이승소(李承召)

명승지 찾아와 놀며 놀잇배 띄우니, / 봄철 강물 새로 불어 물결이 하늘 같네. / 마음껏 시 읊으며 병 가운데 경치[壺中景]인가 하였고, / 몹시 취하니 물 속에서 조는 것 같네. / 해 지자 산에서 내려오니 도리어 답답(淡淡)한데, / 회오리 바람[橫颷] 물결을 치니 다시 옷에 뿌리네. / 소동파(蘇東坡)의 풍류 이제라서 없으리. / 가려다가 도리어 늦은 흥에 끌리네.

진감(陳鑑)

한강에 엷은 안개 끼어 쪽빛보다 푸른데, / 그림배[船] 맑은 놀이 운치 있구나. / 아름다운 경치 좋은 철에 해외(海外)에 머무니, / 좋은 산 좋은 물이 강남(江南)에 못지않네. / 갈매기 나루 어귀에 나는데 조수는 처음 부풀고, / 시가 붓 끝에 들어오니 술이 반쯤 취했네. / 깊은 언덕 숲 속에 배 저어 들어가니, / 공중에 가득한 푸른 산 기운이 부슬부슬 떨어지네.

명(明) 나라 진가유(陳嘉猷)

긴 강이 아득하여 고요히 쪽빛 오르고, / 양쪽 언덕에 물결 잔잔하여 거울[一鏡] 맑았네. / 하늘 밖 봉우리들은 북쪽 끝까지[朔漠] 잇닿았는데, / 눈앞의 그림 같은 경치 소상강 남쪽[湘南]을 상상케 하네. / 미친바람 거친 비에 배 비껴 띄워놓고, / 자리를 다가앉아 술잔 권하니 손님 모두 취하였네. / 희미하고 아득하니 어느 곳에 배를 댈까, / 나루터의 버드나무 실처럼 드리웠네.

이석형(李石亨)

침침한 천지에 바람 비 몰려오니, / 천산(千山) 만학(萬壑)에 파도가 솟아나네. / 강물이 넘쳐서 가도 끝도 없으니, / 사공들 나루 아전[津吏] 서로 보며 놀라네. / 저기 저 작은 배 빈 언덕에 매어 있으니, / 부러진 돛대 썩은 노로 어찌 의지할 것인가. / 아 어찌하면 만 섬을 싣는 큰 배를 얻어, / 저 풍랑 뚫고 넘어 화살처럼 빨리 달려 별안간에 건널꼬.

한강의 옛 시 및 시조

최숙정(崔淑精)

강물이 깊어 굴을 이루었는데, / 고기잡이 노래 소리에 탁영곡(濯纓曲) 섞였네. / 해가 멈추니 고기비늘 유난히 번쩍이는데, / 바람이 스쳐가자 가는 물결 일어나네. / 배는 끊어졌는데 쪽빛 물 멀리 아득하고, / 조수가 돌아가니 거울처럼 맑고 반듯하네. / 내 어찌 늘그막에 작은 배 얻어 타고, / 흰 갈매기 벗삼아 한평생 지내 볼거나.

*노량(露梁 노돌) 도성 남쪽 10리 되는 곳에 있는데, 도승(渡丞) 한 사람이 있다. 또 과천현(果川縣)에도 있다. 용산강(龍山江) 도성 서남쪽 10리 되는 곳에 있는데, 곧 고양(高陽)의 부원현(富源縣) 땅이었다. 경상 · 강원 · 충청 · 경기도 상류(上流) 지방의 세곡(稅穀) 수송선이 모두 여기에 모인다.

성임(成任)

첩첩한 산과 산은 만고의 정을 품었는데 / 봄바람에 나그네는 두 눈이 밝아지네 / 마을 앞 수양버들 가지마다 고운데 / 섬을 덮은 구름연기는 한 줄 비껴 있네 / 갈매기는 석양에 날으니 금빛 번쩍거리는데 / 고기는 잔잔한 물결을 치니 푸른 무늬 생기네 / 온 세상이 한눈에 들어오니 가슴 시원한데 / 신선배 타고 하늘에 올라온 듯하네

변계량(卞季良)

말 타고 성곽을 나가, / 고삐 멈추고 낚시터로 내려가네. / 긴 강엔 새 한 마리 나는데, / 석양에 돛대 두어 개 오누나. / 촌가 나무꾼들은 여울에 의지해 모이는데, / 초가집들은 언덕 곁에 벌였네. / 한평생 호해(湖海)의 마음, 물 건너고서 도리어 배회(徘徊)하네.

남한강의 최고 장류는 조양강(朝陽江)이다.
조양강은 정선읍을 휘돌아 영월의 동강으로 흐른다.
정선과 평창 두 곳에서 흘러내려온 동강과 서강은 영월읍에서 만나
도도한 남한강의 물줄기를 이룬다.
영월 북동쪽 정선에서 흘러온 강줄기를 동강(東江)이라고 한다.
동강은 강원도 정선군 정선읍 가수리부터 영월군 영월읍 덕포까지다.
영월 북서쪽 평창에서 흘러온 강줄기가 서강(西江)이다.
서강은 평창강과 주천강이 만나는 영월군 서면 용정리부터 영월읍 덕포까지다.
남한강은 또 원주 일대를 거쳐 온 섬강(蟾江)과 만나는 흥원부터
여주의 신륵사 앞을 도도하게 흐르는 강줄기는 여강(驪江)이라고 한다.
양평에서 북한강과 만나는 양수리에 이르는 강은 양강(楊江)
그리고 팔당댐을 지나 광나루부터 도성을 에둘러 빠져나가는 강은 한강이라고 불렀지만
경강(京江)이라고도 했다.
경강 이후 한강의 마지막 구간을 조강(祖江)이라 하고,
바다와 섞이는 구간을 염하(鹽河)라고 했다.
경강 구간에서 특히 호수처럼 물이 고이는 지점을
특히 동호(東湖), 서호(西湖), 남호(南湖), 행호(杏湖)라고 했다.

03

남한강

검룡소

검룡소儉龍沼, 검은 이무기가
승천할 때를 기다려 웅크린 용소龍沼
그 옛날 고조선 단군왕검王儉의 기운이 뻗쳤는가.
푸른 소에서 치솟아 휘젓고 가는 용꼬리가 신령스럽다.

삼수령三水嶺은 짓궂게 안개와 비를 내품어
길을 막았지만 원골 골짜기에 들어서니
하늘은 뭉게구름, 햇살은 투명거울
원시림 야생화가 산처녀처럼 숨어있다.

검룡소 숲길은 나무꾼과 선녀를 떠올리고
우리 부부는 신혼여행 때처럼
손을 맞잡고 환호하며 걸었다.
바람은 정령들을 불러 소곤거렸다.

한 점 후회, 한 점 미련 없이 남은여생
금대봉골 숲처럼 살았으면 했다.
푸른 하늘 이고 연초록 산봉우리를 승천시키면서
쉼 없는 물은 대지를 넘치고 있었다.

*시인은 2008년 5월 3일부터 5월 5일까지 검룡소를 비롯하여 태백, 정선, 영월 일대를 여행했다. 발원지라는 것은 역시 신화를 가지게 마련이었다. 시작이 있으면 끝이 있게 마련이지만 만약 시작이 없으면 끝도 없을 것을 생각했다. 사촌여동생 내외(박인숙, 조동열)과 함께 한 여행은 아름다웠다. 아름다움은 언제나 그 멀어질 것 같은 불안으로 아쉬움을 남겼다.

▲ 검룡소 입구에 선 시인

소두문동 마을

함백산 두문동 싸리재 너머
정선군 고한古汗읍 소두문동 마을
검은 노다지 캐던
광부들은 어딜 가고
텅 빈 펜션들만 을씨년스럽게 늘어서 있다.

"백두대간 두문동재, 1268m"
표지석 길 건너 태백시 삼수三水동*
재 넘어 몇 구비 돌면 너덜샘**
그 아래 광활한 고랭지 채소밭
멀리 매봉산 풍력발전기 돌아가는 소리

세상에 영원히 숨을 곳은 없다.
세상에 영원한 샘도 없다.
세상에 영원한 마을도 없다.
세상에 영원한 애인도 없다.
세상에 특별히 숨어야 할 이유도 없다.

---

*삼수동은 한강, 낙동강, 오십천이 갈라지는 곳을 의미한다.
**너덜샘을 낙동강의 새 발원지로 주장하는 이도 있다. 그러나 정작 찾아가 보니 샘은 약수
터로 개발되어 약간의 운동시설과 함께 소공원으로 개발되어 있었다. 물은 콸콸 흘러나왔
다.

태백 통리

태백 통리--.
하늘 아래 첫 동네, 집들은
드문드문 죽은 듯 박혀있다.
높은 재 넘어 동쪽엔 삼척바다

영원한 적소謫所--.
건의령巾衣嶺 무건리無巾里
두문동杜門洞 고사리 마을
피어오르는 연기도 없다.

쫓겨 온 화전민촌
일대에 흩어진 호식총虎食塚
창귀倀鬼 쫓으려는
돌무덤 시루만 애처롭다.

하늘 아래 누가 있어 그 뜻을 알리요.
높은 곳에선 낮은 곳으로 내려가야
끝내 바다라도 품지요.
검룡소로 내려가 한강 따라 떠나보세.

虎食塚(호식총)

이 호식총(虎食塚)은
언제 누가 죽어 생긴 무덤인지는 알수없지만 호환(虎患)을 당한 사람의 무덤인 것만은
분명(分明)하다.
우리나라에서 호랑이는 멸종(滅種)된 것으로 알려져 있지만 비록 100년 전만 하여도
태백산악(太白山岳)에는 호랑이가 많이 서식(棲息)하였고 호랑이에 물려간 〈화전민〉(火田民)의
수(數)도 부지기수(不知其數)였다고 한다.
사람이 호랑이에 잡아 먹히면 창귀(倀鬼)가 되어 호랑이의 종(奴)이 되는데 창귀(倀鬼)는
또 다른 사람을 유인(誘引)하여 호랑이에게 잡아 먹히게 하고 나서야 호랑이의 종(奴)에서 벗어나게
되고 좋은 곳으로 갈 수 있다고 믿었기 때문에, 창귀(倀鬼)를 꼼짝하지 못하게 하고 또 다른
호환(虎患)을 예방(豫防)하려는 주술적(呪術的) 토속신앙(土俗信仰)에서 나온 "호식장"(虎食葬)이란
독특(獨特)한 장례(葬禮)의 〈葬禮儀式〉을 치루면된 것이다.
그래서 누군가 호랑이에게 물려가면 유구(遺軀)를 찾아 나서게 되고(호랑이는 사람을 잡아 먹으면
머리와 굵은뼈는 남기는 습성(習性)이 있다) 유구(遺軀)가 발견된 그 자리에서 화장(火葬)을
하고 돌무덤을 만든後 성성(甑城)같은 시루를 덮어 놓고, 창검(槍劍)과 같은 쇠꼬챙이(가락)를 꽂아
두는 "호식총"(虎食冢)이란 무덤을 만들었다.
여기서 화장(火葬)을 함은 사악(邪惡)함의 완전소멸(完全消滅)을, 돌무덤을 쌓음은 신성(神聖)한 지역
(地域)임을 시루를 얹어 놓는 것은 창귀(倀鬼)를 가두는 감옥(監獄)을, 가닥은 창귀(倀鬼)가 빠져나오지
못하게 한다는 의미(意味)를 갖고 있다. 호랑이에 의해 비명횡사(非命橫死)한 무명(無名)
화전민(火田民)의 무덤인 이 호식총(虎食塚)은 당시 화전민(火田民)들의 생활관(生活觀)과 사고관
(思考觀)을 살펴 볼 수 있는 소중(所重)한 민속자료(民俗資料)이다

*고려의 충신들은 조선이 건국되자 이곳에 숨어들어 벼슬하던 관모와 옷을 벗고 두문동마을을 만들
어 백이숙제처럼 살다가 죽었다. 두문동재는 일명 싸리재라고 부르는데 정선군 고한읍으로 북위
37.20, 동경 128.92, 해발 약 1000m, 남한강 발원지 중 가장 동남쪽에 위치한다. 통리의 한자는
통리(桶里)였으니 '통리(通理: 이치에 통달하다)라고 생각하였고, 고사리는 고사리(古士里: 옛 선비
마을)였으나 '고사리를 먹는 마을'이라고 생각하여 한글발음의 이중적 의미효과를 썼다.
**호랑이에게 잡아먹힌 사람들의 돌무덤. 삼척, 태백, 정선 등 일대에는 250여기의 호식총이 있다.
호랑이에게 잡아먹히면 그 자리에 무덤을 쓴다. 시신을 화장하여 그 위에 돌을 덮고 시루를 얹는 다
음, 시루구멍에 물레에 쓰던 쇠가락을 꽂는다. 시루는 모든 것을 쪄내는 철옹성으로서 하늘을 뜻하
고 가락은 무기나 벼락을 뜻하여 창귀를 꼼짝 못하게 한다고 믿는다. 호랑이에게 잡아먹힌 창귀는
사돈팔촌까지 유인하여 호랑이 밥이 되게 한다는 전설이 있다.

249

태백산 천제단[*]

한민족 성지聖地 천제단天祭壇
등산객과 기도객이 반반으로 붐빈다.
새해 동해 일출을 맞이하려는 한 마음
하늘 가장 가까운 곳에서--.

등산은 한 걸음 한 걸음 기도
기도는 한 마음 한 마음 등산
하늘은 오르는 만큼 달아나지만
태양을 향하는 마음 끝이 없다.

백의의 한민족은
가는 곳마다 태백太白을 지어
크게 희고 밝고 빛남을 경배하였나니.
눈 덮인 정상에 더욱 눈부시다.

백두산도 태백
묘향산도 태백
태백의 알맹이를 드러낸 태백산
한배검 단군은 언제 말을 할까.

---

*강원 태백시 소도동 산 80과 혈동 산 87-2에 있는 중요민속자료 228호. 단군님께 제사
지내는 제단이다.

정선 아리랑

아리랑, 아리수, 아라리
온갖 질곡 속에서도 살아남은
한민족 무의식의 강, 일천 이백 리
아우라지에서 강화까지 흐르죠.

팔도에 아리랑 많고 많지만
정선 아리랑 그 백미로다.
"아리랑, 아리랑, 아라리요"
"아리랑 고개고개로 나를 넘겨주게"

해 뜨자 해 지는 첩첩산중 두메산골
배고프고 가난하면 떠오르는 아리랑
힘들고 괴로우면 떠오르는 아리랑
누구나 찍어 붙이면 되는 소리 아리랑

누구나 흥얼거리면 되는 소리 아리랑
말 못 바꾸면 그저 '아리랑' 하면 되죠.
가락은 단조롭고 즉흥적이지만
우리의 정서와 빛깔이 고스란히 담겼네.

▲ 사진작가 윤철환

*정선아리랑 가사는 지금 채록된 것만 해도 1,300여 수가 넘어 단일 민요 가운데 가사가 세계적으로 가장 방대하다는 평가를 받고 있다. 그 노랫말 하나하나에는 정선 사람들의 정서가 시대마다 서로 다른 빛깔로, 고스란히 쌓여 삶의 퇴적층을 이루고 있다. 긴 아리랑(본노래), 엮음 아리랑(랩에 해당)으로 구성된다. 영월 덕포, 단양 꽃거리, 제천 청풍, 충주의 목계 달천, 여주의 이포, 양평의 양수리, 팔당, 광나루, 뚝섬, 서빙고, 노량진, 마포 등지는 밤만 되면 정선아리랑이 울려 퍼지던 곳이었다. 한 때는 정선에서 내려오는 뗏목의 수가 얼마나 많았는지 먼발치에 뗏목의 모습이 보이면 객주 여자들은 정선아리랑을 불러대며 유혹하는 진풍경이 벌어지기도 했다. 뗏목은 강변 사람들의 삶을 윤택하게 했고, 사람들의 몸은 정선아리랑에 쉽게 젖어 들었다. 한반도를 동서로 가르는 남한강을 수놓았던 떼꾼과 나루를 중심으로 형성된 경제권은 정선아리랑이 우리나라 수많은 아리랑과 민요에 영향을 준 터전이 되게 했다. 아우라지는 평창군 도암면에서 발원되는 구절 쪽의 송천(松川, 평창 오대산 서대 우통수에서 발원하는 오대천 물이 여기에 모인다)과 삼척군 하장면에서 발원하는 임계 쪽의 골지천(骨只川, 태백 대덕산 검룡소에서 발원하는 창죽천 물이 여기에 모인다)이 합류되어 "어우러진다" 하여 '아우라지'라 불린다. 이러한 자연적인 배경에서 송천을 양수, 골지천을 음수라 칭하여 여름 장마 때 양수가 많으면 대홍수가 예상되고 음수가 낮으면 장마가 끊긴다는 옛말이 전해오고 있다. 송천과 골지천이 만나면서 조양강이 된다. 조양강은 정선읍 가수리에서 동대천과 만나면서 동강이 된다. 강은 서로 다른 물이 만나면 전혀 다른 이름으로 불리기도 하지만 대개는 긴 강이 짧은 강의 이름을 덮어버린다. 아우라지에서는 송천과 골지천이 만났지만 송천보다 골지천이 더 길므로 골지천이라고 불리고 송천은 아우라지에서 그 이름을 잃는다. 골지천은 송천과 만나 조양강이 되지만 여전히 골지천으로 더 잘 불린다. 골지천은 정선 여량까지만 해도 72km에 달한다.

아우라지 처녀

아우라지, 애오라지 오직 내 낭군
낭군과 만난다고 약속한 아우라지
뗏꾼 낭군 돌아올 줄 모르고
송천, 골지천 물결만 분주하네.

아우라지, 애오라지, 오직 내 낭군
처녀는 아우라지 강에 몸을 던졌다네.
사람죽고 여량餘糧이면 어쨌다는 말인가.
뗏목축제 처녀귀신 달래며 절정에 이르네.

아리랑, 아리수, 아라리, 아우라지
나룻배, 섶 다리 건너던 아우라지
지금은 여유롭게 여량교餘糧橋 생겼다네.
님은 가고 없는데 다리만 여유롭다.

전설을 들려주는 뱃사공 소리는 덤덤한데
팔각정 아우라지 처녀상만 물빛에 서럽다.
처녀 총각 사랑전설, 이별 없으면
강은 빛을 잃고 부활하지 못한다.

---

*정선은 첩첩산골이지만 이 일대가 제법 들이 넓어 식량이 여유가 있었다는 뜻에서 붙인
이름이다. 얼마나 식량난과 배고픔에 찌들었는가를 이 이름에서 알 수 있다. 강원도 하면
감자 옥수수를 떠올리고, 전라도의 곡창, 만경평야를 생각하면 정선의 여량들은 손바닥만
하다고 해도 과언이 아니다.

▲ 아우라지의 섶다리 (사진작가 윤철환)

소금강 몰운대 沒雲臺

-대구고등 9회 동창들이 몰운대에서 하룻밤을 보냈다(2007년 10월 20일).

몰운대 절벽 고사목 하나
하늘로 치솟다 벼락을 맞았던가.
소금강 기슭에서 적당히 자족하고
물가에서 낚싯대 드리웠으면
죽은 시체로 구름에 잠기지는 않았겠지.

구곡인가, 십곡인가.
밤새도록 보름달은 병풍을 옮겨 다니는데
잠 못 이룬 나그네는 달을 세고 있다.
청아한 물소리에 손을 담그면
괜스레 때 묻은 손이 죄스럽다.

반쯤 몸을 구름에 가리고
승천을 하려는지, 하강을 하려는지.
종잡을 수 없는 선녀야!
소금강 맑은 물에 함께 몸 담그고
하루를 살더라도 여한 없이 살아보자.

멀지 않은 정선엔 아리랑
몰운대엔 붙잡고 애원하는 정한情恨
죽어 낙원은 살 제 숭늉 한 그릇보다 못한 것
냇가에 초막이나 지어
죽도록 사랑해보자.

*소금강은 경치가 아름다운 산을 금강산에 비유하여 이르는 말이다. 소금강은 전국에 여럿 있다. 대표적인 곳은 오대산 청학동 소금강(강릉), 소리산 소금강(양평), 그리고 정선 소금강이다. 정선 소금강은 화암팔경 중 제 6경으로 성선군 동면 화암 1리에서 몰운 1리까지 4km 구간이다. 백전리 용소에서 발원한 어천을 중심으로 좌, 우에 100 혹은 150m의 기암절벽이 연이어 있다. 이밖에도 지리산 소금강(구례 오산 사성암), 군자산 소금강(괴산 쌍곡구곡의 제 1경), 덕유산 소금강(수심대 제 12경), 도락산 소금강(사인암, 상선암, 중선암, 하선암 등 단양팔경 중 4경을 끼고 있다), 팔공산 소금강, 주천강 소금강 등이 있다. 월출산(영암)은 호남의 소금강이라고 하고, 무등산은 광주의 소금강이라고 한다. 이렇게 전국 산하가 소금강을 칭하는 곳이 많다. 그리고 소백산은 산 자체가 소금강산이라는 별칭이 있다.

주천강 요선정邀僊亭

주천강은 영월군 수주면, 주천면을 거쳐 평창강과 만나 서강이 된다. 서강은 영월읍에서 동강과 만나 남한강이 된다.

술이 솟은 샘이 있어
주천강酒泉江이라네.
술은 준비되었으니
선녀만 찾으면 되리.
요선정邀僊亭엘 갔건만
마애불이 웬 말인가.

마애불과 대작하면
언젠가 돌에서 선녀로 화신하겠지.
보시가 제일이라고 하니
"이 몸 보시할 곳 찾아주소."
부처여, 취중 말이라고 넘겨버리지 마소.
너럭바위에 누워 달빛이나 희롱할까.

요선정 마애불 뒤에는
숨겨진 낙원 바위 있어
눕자마자 일순 신선일세.
풍류 선인이라면 이곳을 마다할 손가.
절벽 아랜 맑은 물 흐르는 소리
귓가엔 송풍松風 울리는 소리

오죽하면 세 임금이***
어제시御製詩 남겼을까.
빛과 소리가 선녀를 불러오니
주천강 물 마시기도 전에 취하네.
혹, 이 몸 죽어 화장하여 뼈를 추리면
미륵암에 49제 지내고 오층탑에 넣어주소.

*숙종, 영조, 정조

▲ 요선정과 마애불(영월군 제공)

법흥사 돈오頓悟

영월 사자산 남쪽에 자리 잡은 법흥사
이름만 들어도 법이 일어나는 기분이네.
때마침 초파일이라 연등은 산을 덮었는데
맑은 햇빛, 청정한 공기, 그대로 불佛이로다.

*
자장은 진신 사리를 가져와 절을 열었고
**
도윤과 제자 징효가 사자산문을 이루니
구산선문九山禪門의 맏이로 손색이 없었구나.
번창함은 모르겠으나 맑고 깨끗한 가람이로구나.

깊은 계곡, 적멸보궁에 이르는 소나무 길
물소리, 염불소리, 이대로 눌러 살고 싶구나.
사자산獅子山 연화봉蓮花峰 불지佛智로다.
계곡의 맑은 물은 흘러 주천강酒泉江에 이르네.

▲ 법흥사 적멸보궁 앞에 선 시인

*신라의 자장율사(慈藏律師, 590～658)가 중국에서 석가모니의 진신 사리를 가져와 봉안한 절로서 5대 적멸보궁(양산통도사, 오대산 상원사, 설악산 봉정암, 정선 정암사, 사자산 법흥사)에 들어간다.
**철감도윤(澈鑑道允, 798～868)은 중국 선종의 중흥조인 마조도일(馬祖道一)의 제자 남전보원(南泉普願) 선사로부터 선을 전수하여 능주(陵州) 쌍봉사(雙峰寺)에서 사자산문을 개산하였으며, 징효절중(澄曉折中, 826～900)은 철감도윤이 있는 금강산에 머무르고 있다는 소식을 듣고 찾아가 법을 받으니 사자산문의 2조가 되었다. 사자산문은 구산선문 중 가장 규모가 컸다. 구산선문은 다음과 같다. ① 홍척국사(洪陟國師)가 남원(南原) 실상사(實相寺)에서 개산(開山)한 실상산문(實相山門) ② 도의국사(道義)가 장흥(長興) 보림사(寶林寺)에서 개산한 가지산문(迦智山門) ③ 범일(梵日)국사가 강릉(江陵) 굴산사(掘山寺)에서 개산한 사굴산문 ④ 혜철(惠哲)국사가 곡성(谷城) 태안사(泰安寺)에서 개산한 동리산문(桐裏山門) ⑤ 무염(無染)국사가 보령(保寧) 성주사(聖住寺)에서 개산한 성주산문(聖住山門) ⑥ 도윤(道允)국사가 능주(綾州) 쌍봉사(雙峰寺)에서 개산한 사자산문(獅子山門) ⑦ 도헌(道憲)국사가 문경(聞慶) 봉암사(鳳巖寺)에서 개산한 희양산문(曦陽山門) ⑧ 현욱(玄昱)국사가 창원(昌原) 봉림사(鳳林寺)에서 개산한 봉림산문(鳳林山門) ⑨ 932년(고려 태조 15)에 이엄(利嚴)이 해주(海州) 수미산 광조사(廣照寺)에서 개산한 수미산문(須彌山門) 등을 말한다. 종래의 경교(經敎)에서는 이에 대응하여 교종(敎宗) 5파를 형성하여 고려의 불교는 5교 9산이었다.

영월 이제二題
-권세와 죄가 무상하네

빼앗기고 유배되고 버려지면
단종 장릉莊陵만 할까.
연좌제에 돌고 돌면 저절로
방랑시인 김삿갓 될까.

하필이면 두 분이 *영월寧越에서 만나
권세와 죄의 무상함을 월등하게 보여주네.
안녕安寧을 초월한 것인가, 월장한 것인가.
두 운명도 하늘이 아니면 도모하기 어렵지.

*영월십경은 장릉, 청령포, 별마로천문대, 김삿갓 유적지, 고씨동굴, 선돌(신선암), 어라연, 한반도지형, 법흥사, 요선암·요선정이다. (영월군 제공)

청령포 단장斷腸

서강西江의 한복판에 섬처럼 막힌 청령포清泠浦
복위를 꾀하면 할수록 죽음에 다가갔던 단종端宗
단장斷腸의 설움, 선연한 빛으로 다가와
금표비禁標碑, 어제시御製詩 더욱 애처롭다.

관음송觀音松과 노산대魯山臺는*
오늘도 무심한 듯 변함없건만
막돌로 쌓은 볼품없는 망향탑望鄕塔이**
원혼을 달래라고 한다.

*관음송은 단종의 절망과 신음을 들었던 소나무이고 노산대는 단종이 날마다 한양을 향해 시름에 잠겼던 축대이다.
**단종은 한양에 있는 송비(宋妃)가 그리울 때면 이곳에 올라 그리움을 달랬다고 한다.
(영월군 제공)

263

선암마을, 그리고 신선암

신선이 사는 곳이 이 땅에 많지만
마을에선 선암마을만한 곳이 없네.
마을의 생김도 한반도 닮아
신선 닮은 조상을 떠올리네.

우뚝 선 두 벼랑 사이로
유유히 흐르는 물돌이는
안동 하회, 예천 회령포가 무색하네.
태극모양으로 흐르는 모습, 예사롭지 않네.

금강산 절벽을 떼어다가 박았는가.
장가계 벼랑을 떼어다가 세웠는가.
강이 돌고 돌아 더욱 아스라한 바위
여기서 기도하면 바로 하늘에 닿으리라.

벼랑은 수직으로 우뚝 서고
서강西江은 태극으로 휘감아 돌고
마을은 한반도 모양으로 자리 잡으니
내 신선정神仙亭 지을 곳은 이곳뿐이로다.

*강원도 영월군 서면 옹정리 산 180번지 마을이다. 산악지방에 물굽이가 많은 한반도에는
이같은 지형이 곳곳에 있다. 충북 영동군 황간면 원촌리 마을도 대표적인 물굽이 S자 모양
이다.
**중국 호남성에 있는 무릉도원으로 한(漢) 고조 유방의 장자방이었던 장량이 숨어 살았던
곳이다. 중국 최고의 절경 가운데 하나이다.

한반도 지형을 닮은 선암마을 ▲
신선암 ▶
(영월군 제공)

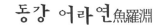

동강 어라연魚羅淵

서강, 동강 태극 물굽이 널려있지만
*어라연에 이르면 더욱 장관이지요.
정자암 아래 산색, 물색 모두 푸르러
산천에 비단을 풀어 놓은 듯
푸르름을 경쟁하는구나.

푸른 물속에 잠룡潛龍들이 서리어
삼선암三仙岩은 영락없는 셋 신선
물길만 있고 찻길이 없는 비경秘境
래프팅 바람이 불어 요란하지만
이곳에 천년 집 지어 잠들었으면.

---

*어라연(魚羅淵)은 저녁 무렵 석양에 반사되어 뛰어오르는 물고기가 비단처럼 반짝인다고
하여 붙인 이름이다.

▶ 어라연(영원군 제공)

삼선암三仙巖 계곡

-남한강, 단양팔경 중 1·2·3경을 보다.

하선암 넓은 바위에
좌선하고 있는 미륵부처님
물에 비친 바위는
무지개빛 홍암紅岩

중선암엔 쌍룡폭포
바위는 층계를 이루어
옥염대玉艶臺, 명경대明鏡臺
새겨진 이름만도 3백을 넘는다네.

상선암은 삼선계곡의 상좌
올망졸망 신선이 된 바위들
옛 올곧은 선비가 정자 짓고
학 같은 맑은 영혼을 노래했네.

*수암(遂庵) 권상하(權尙夏): 이이 율곡선생과 우암 송시열을 계승한 기호학파의 큰 선비로 강문팔학사(江門八學士)인 윤봉구, 한원진, 이간, 채지홍, 이이근, 현상벽, 최징후, 성만징 등을 배출. 청풍(淸風)의 황강(黃江)에서 가르쳤기 때문에 강문(江門)이라는 말이 붙었다. 흔히 기호학파는 서울, 경기, 충청, 전라를 모두 포함하는 한반도의 서쪽으로 아는데 이는 틀린 것이다. 학파는 지역이 아니라 학문의 내용을 참조해서 보아야 한다. 기호학파는 근기(近畿=京畿)지방과 호서지방을 포함하는 권역이다. 호서 이남은 호남학파라고 불러야 한다. 호남학파는 오늘의 전라도를 말한다. 기호학파로 뭉뚱그려지는 경기, 충청, 전라는 실은 서로 당쟁의 적대지역이었다. 기호학파와 호남학파라는 이질적인 것을 하나로 묶는 것은 후대의 정치적인 맥락에서 취해졌다. 한반도 남한을 동서로 나누는 전략 말이다.

지금 한국은 남북으로 갈려진데다, 남은 다시 동서로 갈라져있다. 후삼국시대를 방불하게 한다. 고구려 = 북한, 백제 = 충청·전라도, 신라 = 강원·경상도가 그것이다. 이러는 와중에 남(南)의 서(西)는 이유야 어떻든 친북성향을 보이고 있다. 이것은 고구려와 백제가 연합하고 신라가 고립된 처지에 있는 것에 비할 수 있다. 문제는 삼국통일 당시에 중국은 신라의 편이었는데 지금은 어떨지 모르겠다. 겉으로 보면 중국은 친북성향(같은 공산체제)이라고 누구나 짐작하겠지만 반드시 그런 것도 아닐 것이다. 신라는 다분히 친미적이다. 이런 것을 오선위기(五仙圍棋)로 비유하기도 한다. 다섯 신선이 바둑을 두고 있는데 네 신선인 미일중로(美日中露)가 결국 바둑을 다 두고 나면 남는 것은 바둑판이고 그것을 가진 한국이 주인이 되고 통일을 이룬다는 취지이다.

▲ 하선암
▶ 중선암
(단양군 제공) ▼ 상선암

사인암 舍人巖

-남한강, 단양팔경 중 4경을 보다.

상선암에서 고개 하나 넘으면 사인암
역동선생이 사인舍人 벼슬 때 시를 새겼다네.*
단양 우禹씨 아내가 꿈에도 그리던 본향**
난 밤마다 역동 선생을 품고 잠든 셈인가.

여름엔 푸른 솔 모자 쓰고
겨울엔 하얀 눈 모자 쓰는
까마득한 키의 암벽 신사
금방이라도 걸어 나올 듯 움찔한다.

선생을 기념하는 동산엔 울창한 노송 한 그루
줄기는 힘차고 잎 새가 푸르러
계수가 흘러 강이 되고 바다가 되듯
가지치고 흘러 내려 나에게 이르렀다네.

*역동(易東) 우탁(禹倬: 1263~1342)은 고려 말 정주학의 초기 유학
자로 본관은 단양이다. 퇴계선생보다 238년이나 연배인데 사서삼경
중 가장 어렵다는 역경(易經)을 달포 만에 해석하였다고 해서 역동(易
東: 해동의 주역의 대가)선생이라는 칭호를 얻었다. 사인암은 단양팔
경 중 4경으로 상선암, 중선암, 하선암과 함께 도락산에 인접해 있다.
나머지 구담봉, 옥순봉, 도담삼봉, 석문 등 4경은 월악산에 입접해 있
다.
**아내의 이름은 우경옥(禹敬玉: 1952~)이다. 우공은 나에게 시집와
서 벽면서생인 나를 잘 공경하고 옥처럼 잘 살고 있다. 그 공을 치하
하는 바이다.

270

구담봉 옥순봉

-남한강, 단양팔경 중 5경, 6경을 보다.

구담봉龜潭, 옥순봉玉筍峰
둘이서 오르면
나는 거북 대가리
너는 옥빛 대나무 순

퇴계 이황과 관기 두향이 사랑을 한 곳
두향은 옥순봉을 달라하고
퇴계는 '단구동문' 丹丘洞門이라고 썼네.
두향은 구담봉 밑 강선대降仙臺에 묻어 달라했네.

퇴계선생이 소상팔경에 비긴 소금강
거북대가리가 대나무 순에 부딪히면
월악산 검은 바위와 충주호 푸른 물이
밤새도록 요동치며 신음하네.

▲ 옥순봉(단양군 제공)

*옥순봉은 석벽이 마치 우후죽순처럼 솟아있다고 하여 퇴계선생이 직접 지은 이름이다. 흔히 퇴계선생은 도학(道學)의 종주이기 때문에 사랑과 풍류에는 미약한 것 같지만 실은 그렇지 않다. 퇴계선생은 낙향 후 50세에 한서암을 짓고 51세에 계상서당(溪上書堂)을 짓게 되는데 1년의 반은 여기서 생활했다고 한다. 선생은 60세에 밀려드는 후학들을 가르치기에 좁아서 도산서당(陶山書堂)을 짓는다. 도산서원(陶山書院)은 사후에 후학들이 지었다. 퇴계선생이 즐겨 올랐던 청량산(淸凉山)은 중국의 주자(朱子)의 고향인 무이산(武夷山)과 흡사한 데가 많다. 퇴계선생은 청량산을 좋아하였는데 선생이 즐겨 찾던 산 정상에는 현재 청량정사(淸凉精舍)가 있고 여기에 '도산서원 거경대학(居敬大學)'이 있다. 주자는 무이구곡(武夷九曲)을 쓰고 퇴계선생은 도산구곡(陶山九曲)을 썼다. 도산(陶山)에서 낙동강을 따라 청량산에 이르기까지 절경 구곡을 도산구곡이라고 하였다. 제 1곡을 운암곡(雲巖曲)으로 하여 월천곡(月川曲), 오담곡(鰲潭曲), 분천곡(汾川曲), 탁영곡(濯纓曲), 천사곡(川砂曲), 단사곡(丹砂曲), 고산곡(孤山曲), 청량곡(淸凉曲) 마지막 제 9곡이었다. 현재 운암, 월천, 오담곡은 안동댐에 수몰되고 분천, 탁영, 천사곡은 수위에 따라 수몰되기도 하고 단사, 고산, 청량곡만 온전히 남아있다. 퇴계선생은 단양팔경과 죽계구곡도 지었다고 한다.

**소상팔경(瀟湘八景)은 중국 호남성(湖南省) 동정호(同庭湖)의 남쪽 영릉(零陵) 부근, 소수(瀟水)와 상강(湘江)이 합류하는 일대의 빼어난 8가지 절경이다. 산시청람(山市晴嵐: 산속에 걷히는 안개)·연사모종(煙寺暮鐘: 안개 긴 절에 저녁 종소리)·원포귀범(遠浦歸帆: 먼 포구에 돌아오는 돛단배)·어촌석조(漁村夕照: 어촌의 지는 해)·소상야우(瀟湘夜雨: 소상강변의 밤에 내리는 비)·동정추월(洞庭秋月: 동정호에 뜬 가을 달)·평사낙안(平沙落雁: 넓은 모래 벌에 내려앉은 기러기 떼)·강천모설(江天暮雪: 눈 내리는 강변 저녁하늘) 등이다. 퇴계선생은 단양의 팔경을 소상팔경에 비겼다.

273

도담삼봉 島潭三峰

-남한강, 단양팔경 중 7경을 보다.

남편이 보면 장군봉, 첩봉, 처봉
아내가 보면 남편봉, 딸봉, 아들봉
가운데 봉우리엔 삼도정三島亭 있어
계절 따라 풍류와 운치를 더하네.

정도전이 이곳에서 자라 삼봉三峰이라 하고
조선을 반석 위에 올려놓았던가.
삼봉의 세 봉우리가 한양으로 가
삼각산 세 봉우리가 된 셈일세.

중앙탑

-충주 중원탑평리 7층 석탑

내 마음에 중심中心이 선 뒤
처음 찾아본 충주忠州 남한강 변 중앙탑
한반도의 씨줄, 날줄 좌표의 정중앙에
강건하게 서 있는 탑신이여.

감은사 3층 석탑은 웅장하고
정림사 5층 석탑은 수려하고
중앙탑 7층 석탑은 하늘로 상승하듯 치솟아
한반도의 배꼽에 오벨리스크처럼 서 있다.

남한강의 너부러진 들판
유유히 흐르는 펑퍼짐한 강물
그 곳에 단 하나의 기둥처럼 꼿꼿이 서
긴장을 불러일으켜 사방을 소집하고 있다.

내 너에게 기도하나니.
중학中學을 세계의 중심이 되게 해주게.
세계는 이제 동서남북 갈 곳이 없어
중앙에 피난할 수밖에 없네.

*중학(中學)사상은 박 정진 시인이 주장한 사상체계이다. 쉽게 말하면 한민족의 '한' 사상과 불교의 '중도' '공' 사상과 유교의 '중용' 사상과 근대 서구의 '형평' 사상이 융합된 새로운 사상이다. 그의 사상은 우물정자 '정'(井, 囲)자, 원방각(圓方角)에서 고금동서의 사상을 회통하고 있다. 그는 음양사상의 현대적 변형으로서 '다원다층의 음양학' = '역동적 장의 개폐이론'(DSCO)을 주장했는데 여기서 모순은 모순이 아니라 동시성과 역동성을 보여주는 징표가 된다. 중학(中學)은 일명 화산학(華山學)이다.

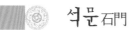

석문 石門
-남한강, 단양팔경 중 8경을 보다.

바위 속에 돌연 나타나는 선경仙境
웅장한 돌기둥 사이로
하늘로 통하는 좁은 문
저편 하늘마을에선 밥 짓는 연기

석문 아래엔 마고할미 동굴
물 길러왔다가 비녀를 잃어버려 주저앉았다네.
할미는 이곳에서 농사를 지어
하늘나라 양식을 대주었다네.

언제나 하늘에는 할아버지가 있고
땅에는 할머니가 있어 따뜻한 마을
마을 앞으로 빛나는 강이 흐르고
마을 뒤로 산들이 꿈꾸고 있네.

▲ 석문(단양군 제공)

여주驪州 사제四題
-흥망(興亡), 생멸(生滅)이 한 곳에 있네

1
여주 영릉英陵--.
세종대왕, 한민족 신왕神王을 생각한다.
대왕이라고 하지만 그 신령스러움에
신神자를 붙이고 싶은 조선의 반석 왕
사람으로 태어나 어찌 그렇게도 신을 닮았는지!
대왕이 묻힌 여주에서 2백 년 뒤 민비가 태어났으니!

2
여주 민비閔妃 생가--.
아! 명성왕후, 조선의 마지막 비운의 왕비
온몸으로 식민에 맞선 여걸
용렬한 황제를 둔 덕에 여념 아녀자보다 못하게
왜놈 자객의 칼날에 피를 토했지.
그가 죽고 조선은 문을 닫았지.

3

여주 신륵사神勒寺--.
나옹왕사가 용마에 굴레를 씌웠던 곳
강월헌江月軒에서 화상과 시상詩想을 겨루네.
남한강 강바람에 풍경은 울고 내 마음엔 점 하나
청산무언青山見我無言以生 창공무진蒼空見我無塵以生*
자신자신自身見我自信以生 자신자신自新見我自神以生**

4

여주 목아木芽박물관--.
박 찬수 장인이 집대성한 불교박물관
놀랍게도 단군과 환인과 환웅을 모신 '한얼울늘집'이 있네.
부처보살과 함께 있는 삼신三神은 삼신三身을 말하네.
천지인天地人을 일의관지一以貫之하는 박 장인이 자랑스럽네.
누가 있어 시공을 초월하는 이 경지를 흉내낼 것인가.

---

*청산은 나를 보고 말없이 살라하고 창공은 나를 보고 티 없이 살라하네. 이 구절은 나옹화상의 선시 〈청산은 나를 보고〉의 한 구절이다. 전문을 소개하면 "청산은 나를 보고 말없이 살라하고(青山兮要我以無語: 청산혜요아이무어) 창공은 나를 보고 티없이 살라하네(蒼空兮要我以無垢: 창공혜요아이무구) 사랑도 벗어놓고 미움도 벗어놓고(聊無愛而無憎兮: 료무애이무증혜) 물같이 바람같이 살다가 가라하네(如水如風而終我: 여수여풍이종아)."
**내가 즐겨 암송하는 구절로 나옹화상의 선시에 대구를 해보았다. 자신(自身=몸 자신)이 나를 보고 자신(自信=믿음 자신)으로 살라하고 자신(自新=새로워지는 자신)이 나를 보고 자신(自神=신이 된 자신)으로 살라하네.

용문산龍門山 용문사

민족문화추진회 고전국역원 연수부 26기 동기들과 2001년 11월경 졸업기념으로 용문산을 찾았다

공부라는 것이 무언가?
등용을 꿈꾸는 것도 아닌데...
하필이면 졸업여행, 용문산龍門山 행이네.
희끗희끗 백설이 앉아도
치열한 면학 불꽃, 원시遠視에 어리네.

세상에 태어나 본 것은 책밖에 없으니
참으로 세상이 웃을 일
공자는 천하를 떠돌아다녀 인仁 하나는 잡았지만
무엇 하나 잡은 게 없으니 무無나 잡았다고 할까.
떠돌아다닐 곳도 없으니 중中이나 잡았다고 할까.

용문사 목부나 되어볼까?
자는 듯 숨 죽여 수미산으로나 갈까.
슬퍼하지 마라, 그대는 부자다.
보는 사물마다 내 몸에서 자랐으니 내 새끼
읽는 서책마다 내 마음에서 자랐으니 내 신주

천년을 살았다는 천왕목天王木 은행은
노란 잎들을 벚꽃처럼 흩날려
가을을 봄인 양 속이네.
원효와 도선과 지천智泉이 지나갔던가.**
내일도 누군가 목탁을 치며 지나가겠지.

---

*용문산(1157m)은 가평군과 양평군의 경계를 이루는 산으로 남한강과 북한강을 가르는 한강기맥 상에 솟은 산이다. 용문산은 앞은 남한강이, 뒤는 북한강이 흐르고 있다. 용문사는 수령이 천년을 넘었다는 은행나무가 지킴이처럼 서 있다. 은행은 둘레가 11m, 키는 41m 이다.
**이들 세 스님이외에도 경기도 양평군(옛 양근군) 용문면 대원리에서 태고(太古, 1301~1382) 보우(普愚)스님이 태어났으며, 스님은 양주군 회암사(檜巖寺)에서 광지선사(廣智禪士)를 은사로 출가했다. 스님은 미지산(彌智山; 지금의 용문산) 사라사(舍那寺)에서 포교활동을 크게했으며, 소설산(小雪山) 소설암에서 열반했다. 스님은 또 용문산 상원암(上院庵)에서 수행하여 관세음보살 12대원을 세운 것으로 유명하다.

용문 회현리會賢里

볕이 좋은 *양평楊平은
하늘빛, 물빛, 들판에 내린 빛이 모두 밝다.
용문산에서 흘러내리는 흑천黑川이
남한강과 만나는 작은 두물머리
**삼현이 회현리會賢里에서 회동을 했다네.
나, 다은茶隱 ***뒤늦게 합류하네.

버드나무 숲 울창한 강가에서
낚싯대를 드리우고 졸고 있는 은자여!
멀리 유명, 중미, 용문산이 병산屛山이로다.
물소리, 숲, 풍경들 내 고향과 흡사하구나.
온종일 삼은을 회상하다 졸다가
저녁에 민물농어 매운탕에 시름을 잊었다.

한강의 옛 시 및 시조

고려조 이숭인(李崇仁)

저 멀리 월악(月嶽)이 중원(中原 충주(忠州)에 비꼈는데 / 한강(漢江)물이 거기서 발원(發源)되었네. / 도도히 흘러 남국의 강기(綱紀)로 중요한 나루터인데, / 푸른 물결 천길 속에 이무기와 자라[蛟龜]도 잠겨 있다네. / 오는 소 가는 말 날마다 다함 없으니, / 나루터에서 간간이 사공을 걱정시키네. / 내 옛날 강정(江亭)에 올랐을 때, / 기둥에 기대 서서 가을 바람 읊었다네. / 광성(廣城)은 동쪽에 둘러있고, / 화산(華山)은 서쪽에 솟았네. / 바다와의 거리 수백 리이니, 썰물·밀물 어찌 통하리. / 어찌하여 섬 오랑캐[島夷 왜구[倭]]는, / 나는[飛] 저 기러기처럼 빠르게도 다니나. / 날뛰며 이곳 지날 땐, 지키는 군사들 긴 활 버렸다네. / 지금도 부로(父老)들 눈물 길게 흘리며, / 사람 만나면 태평시절 즐겁던 일 이야기하네. / 예성(禮成) 항구 여기가 해문(海門)인데, / 고기잡이배 장사배들 베 짜는 듯 드나들었네. / 아, 언제나 그 옛날이 다시 올까.

한강의 현대시

1. 한강이 흐른다(황금찬)
2. 풀리는 한강 가에서(서정주)
3. 한강(정공채)
4. 한강(허영자)
5. 한강은 솟아오른다(이근배)
6. 한강 1, 2, 3(홍윤숙)
7. 한강에서(권일송)
8. 금물결 은물결(김요섭)

북한강은 북한 금강군 신풍리 비로봉(毘盧峰, 1,638m) 북쪽 계곡,
다시 말하면 금강산 비로봉계곡에서 발원하여 금강천(金剛川)이 되고
금강군을 남서류하여 북한강으로 흘러든다.
금강천은 길이 79.5㎞, 유역면적 705.5㎢이다.
금강천은 동금강천과 합수하여 금성천이 되고,
이어 서천·수입천과 만나 파로호(화천댐)를 이루고,
춘천에서 춘천호(춘천댐), 의암호(의암댐)를 만들고
의암호의 중도(中島) 부근에서 소양강(소양강댐)과 만난다.
경기도에 들어 가평천을 합치고,
청평호의 홍천강 포인트에서 홍천강을 만나서 양수리에 이른다.

04

북한강

북으로 가지 못하면 섬

북으로 가지 못하면
남한은 섬
남으로 오지 못하면
북한은 섬
반도도 모자라 섬이 되고만 민족
헛똑똑이 못난 놈!

휴전선이 있는 한
남한은 전시
핵폭탄이 있는 한
북한은 최빈국
어쩌다 이데올로기가
이 지경에 이르렀는가.

한강, 임진강은 그래도 흐르지만
휴전선은 흐르지 않는 철조망의 강
머리 좋다고 자랑마라, 한민족이여!
우리보다 못한 떼놈은
중원 대륙 차지하고 동북공정 야단이다.
북한강아, 말하라. 통일의 그 날을

가지 못하면 섬
움직이지 못하면 죽음
조금씩 움직이면 생명이 꿈틀거려
언젠가 부활하리니, 통일하리니.
금강산도 가고, 개성도 가자.
한 걸음 한 걸음 떼다 보면 통일도 되리니.

평화의 댐

강원도 화천군 화천읍 동촌2리 애마골에 위치. 북한의 금강산댐 '수공'을 방어한다는 명분으로 건설한 대응댐이다. 북한이 금강산 일대에 금강산댐(임남댐)을 만들자 이것이 수공(水攻)으로 전환될 것에 대비해 건설한 댐(1986년 10월30일 착공, 2005년 10월 19일 준공)이다. 건설 도중에 필요성에 대해 회의론이 대두되었지만 건설교통부는 평화의 댐은 이미 투자한 국민 성금과 정부예산 등이 막대하여 공사를 매듭짓는 것이 필요하다고 판단해 건설을 완료했다. 높이 125m에 저수용량 26억 톤. 총공사비 3천995억 원, 18년 만에 준공됐다.

평화의 댐
평화보다는 전쟁에 더 익숙한 우리들
옛날에는 북한강 물길이 이어졌고
그 물길로 금강산까지 갔다고 하는데
지금은 평화의 댐과 임남댐 사이에
북한강은 흐르지 않는다.
지금은 북한의 북한강의 물 한 방울도
남한의 북한강에 들어오지 않는다고 한다.
마음속에 붉게 흐르는 강
언젠가는 남북을 힘차게 흐르겠지.

안개보다는
안개 속의 희미한 물빛
물빛 속의 붉은 피가 더 떠오르는 북한강
오두산 '통일전망대'에서 평화의 댐 '칠성전망대'
그 사이 길고 긴 DMZ
흐르지 않는 북한강
강을 흐르게 하기 위해 수달과 오작교를 놓았다.
평화라고 하면서 강물마저 흐르지 못하게 하는 우리들
세계의 탄피를 모아 만든
'평화의 종' 울려 퍼지는 날, 통일은 되겠지.

금강산 마애불 묘길상(세계일보사 제공) ▶

금강천 소회

봄에는 금강산, 여름에는 봉래산(蓬萊山), 가을에는 풍악산(楓嶽山), 겨울에는 개골산(皆骨山)
이라고 한다. 내금강·외금강·신금강·해금강의 4개 지역으로 구분되는데 최고봉인 비로봉
이 솟아 있는 중앙 연봉을 경계로 서쪽은 내금강, 동쪽은 외금강, 외금강의 남쪽 계곡은 신금
강, 동단의 해안부는 해금강이다. 1998년 9월부터 남북 분단 50여 년 만에 금강산 관광이 시작
되었다. 동해항에서 북한의 장전항까지는 배로 분단선을 넘고 외금강 온정리에서 관광이 시작
된다. 구룡연코스와 만물상코스, 삼일포·해금강코스가 개방되어 있다.금강산 관광이 시작된
지 10년 만인 2008년 4월부터 내금강 시범관광이 시작되었고, 일반인에게는 6월부터 본격적으
로 시작될 예정이다. 한편 현대아산과 북측의 합의에 따라 2008년 3월 17일부터 남측 관광객이
개인 자가용을 타고 군사분계선을 넘어 금강산 관광을 할 수 있게 되었다. 이날 15대의 차량 40
여 명이 처음으로 자가용을 타고 금강산 관광에 나섰다.

금강산에 온몸을 부대끼면서
금강산 냄새 싣고 흘러온 작은 내
그 웅장함과 화려함은 어딜 가고
물소리, 물새소리뿐이다.
백년 묵은 지네에게 처녀를 바쳐야 한다는
제각祭閣만 쓸쓸하다.
그래! 내 처녀를 바쳐야 통일이 될까.
제 몸을 바치면서 씨를 얻는 여인네처럼.
제각 너머 상류로 올라가면
내금강이 있겠지.

아, 내금강 처녀야
난, 외설악 총각
네 계곡과 네 폭포를 난 다 보았지.
네 금빛, 은빛 속살을 난 다 보았지.
네 푸르름과 장엄함을 난 다 보았지.
네 염불과 기도를 난 다 보았지.
네가 안이면 나는 밖
네가 밖이면 나는 안

네가 여자면 나는 남자
네가 남자면 나는 여자

너는 금강산, 나는 설악산
내금강 외설악, 내설악 외금강 짝지어
음양통일, 태극통일 이루자.
신혼여행은 내금강으로 떠나자.
만폭동, 우레 소리, 하얀 눈빛 물보라
표훈사, 팔만구 암자 불국토 다시 이루자.
보덕암, 벼랑에 제비집 같은 멋진 암자
묘길상, 마애불 앞에서 백년해로 다짐한 뒤
금강천을 따라 내려와 밤새도록
너의 속살을 마음껏 주무르고 싶다.

전쟁 전에는 서울에서 신의주, 경의선이 있었지.
철원에서 내금강으로 가는 금강산선이 있었지.
내금강 비로봉에서 내려온 물과
내설악 백담사에서 내려온 물이
의암호에서 만나 북한강을 이룬다.
금강 · 설악이 북한강을 만들고
오대 · 태백이 남한강을 만들었다.
아, 산이 강을 만들고 강은 산을 비춘다.
아, 자연이 인간을 만들고 인간이 자연을 비춘다.
아, 어둠의 빛, 밝음의 빛, 모두 빛이어라.

---

*금강산의 최고봉인 비로봉(毘盧峰, 1639m) 계곡에서 발원하여 금강군을 남서류하여 북한
강에 흘러든다. 금강군 현동리 북쪽에서 동금강천과 합류한다.
**만폭동은 외금강의 옥류동, 만물상과 함께 금강산의 3대 절경으로 꼽힌다.
***묘길상(妙吉祥)은 문수보살의 별명. 나옹화상이 새겼다고 한다. 남북한에서 가장 큰 마
애불이다.

표훈사

표훈사 없는 금강산은 비어 있고
만폭동 없는 내금강은 볼 것이 없다.
청학봉, 오선봉, 돈도봉, 천일대
좌청룡, 우백호 거느리고
부처님은 태양으로 다가왔다.
표훈사는 알몸으로 맞아들였다.

단발령斷髮嶺은 머리 깎는 고개
배재령拜再嶺은 두 번 절하는 고개
법기보살이 권속 1만 2천을 거느리고 나타나
태양 같은 빛을 발한 곳은
천일대天一坮 위의 방광대放光臺
눈부신 광배에 단박에 눈멀었다.

"일만 이천 봉"
"팔만 구 암자"
바다 가운데 금강산이 떠 있어 금강金剛
바다 가운데 한반도는 떠 있어 발해渤海
보덕암普德庵 정양사正陽寺는 음양망루
금강산 이름도, 봉우리도 너로부터 나왔다.

북한강 서정

황쏘가리로 유명한 파로호破虜湖는
북한강의 사파이어, 강태공의 낙원
요조숙녀 춘천호에서 소주 한잔 걸치고
의암호* 거울미인과 달빛을 사귀어보라.
**
소양호***에서는 청평사로 건너가 홀로
구성폭포九聲瀑布의 소리에 귀기울여보라.

가평에 들어오면 남이섬에서 물안개에 젖어보라.
안개는 경계를 삼켜 다시 안개를 내놓고
자작나무와 물고기의 혼령들과 밀어를 나눈다.
청평 호반은 산 초록, 물 초록, 초록물고기
두 다리를 벌리고 세상 물 모두 받아들이는 양수리
마침내 하나 되어 한강은 흐른다.

---

*춘천은 호반의 도시이다. 춘천댐, 의암댐, 소양강댐으로 둘러싸여 있기 때문이다. 춘천호는 춘천댐을 만들면서 이루어진 것인데 댐의 수위가 높아 멀리 파로호 부근까지 호수를 이루게 한다.
**북한강과 소양강이 만나는 합류지점에 위치한 의암호 속에 자리한 섬이 중도이다.
***소양강(昭陽江)은 길이 166.2km로 강원도 인제군 서화면의 북쪽 무산(巫山)에서 발원하여 양구군을 통과하고 설악산의 북천(北川), 방천(芳川), 계방산의 내린천(內麟川) 등과 합류한다. 1973년에 춘천시 신북면의 북한강 합류점에서 12km 지점에 다목적댐인 소양강댐이 완성되었다. 소양강댐은 사력(砂礫)댐으로는 동양최대이며, 세계 제4위이다. 댐은 호수면적 960만㎡, 총저수량 29억 톤으로 소양강의 물길을 가로막아 만들어졌는데, 홍수조절능력 5억 톤, 농공업용수 공급능력 12억 톤, 시설용량 20만㎾의 수력발전소를 가동하는 등 다목적으로 이용된다. 청평사는 호수와 계곡을 동시에 즐길 수 있는 곳이다. 소양강댐에서 배를 타고 약 10분 정도 가면 청평사 나루에 도착한다. 청평사 길은 평탄하고 숲길이어서 쾌적하다.

설악 예찬

원래 설악산이라는 명칭은 없었다. 설악산의 대청봉은 금강산(金剛山) 청봉(靑峰)이었다. 분단과 더불어 미시령을 분기점으로 설악산을 명명하고 청봉을 대청봉으로 하였다. 설악산과 대청봉 등의 명명은 당시 한국산악회 회장이었던 노산(鷺山) 이은상(李殷相)선생이 했다고 한다. 이 얘기는 산악인 한상철(韓相哲) 시인에게 들었다. 금강산과 설악산을 포함하여 대청봉(大靑峰, 1708m)은 가장 높은 봉우리이다. 비로봉(毘盧峰, 1,638m)은 대청봉보다 낮다. 금강산은 흔히 1만2천봉이라고 하는데 실지로 등산하여 오를 수 있는 봉우리는 약 1백여 개 정도이다. 금강산 화엄사(禾嚴寺)가 있는 설악산 신선봉(神仙峰, 1244m)이 금강산의 가장 남단에 있는 봉우리이다. 설악산은 속초시와 양양군 강현면·서면, 고성군 토성면과 인제군·인제읍 북면에 까지 걸쳐 있는 광대한 산이다.

대청봉을 기점으로 서쪽의 인제군 쪽을 내설악, 동쪽의 속초시와 고성군·양양군 쪽을 외설악이라고 하며, 이를 다시 북내설악·남내설악·북외설악·남외설악으로 구분한다. 이들을 잇는 통로가 고산준령을 넘기로 이름높은 한계령, 진부령, 미시령 등이다.

산은 설악산
대청봉에서 공룡능선 넘고
용아장성 넘으면
더 이상 갈 곳이 없다.

길은 빙벽
생사의 길을 시시각각 넘건만
언제 미끄러질지 모른 채
저마다 하얀 얼음길을 따라왔다.

꽃은 눈꽃
낙엽마저 다 떨어져
더 이상 꽃은 없는 줄 알았는데
바위를 엄마 삼아 업혀 있는 얼음꽃

절은 봉정암鳳頂庵
종소리 새벽을 깨우고
산들은 연꽃으로 피어
만물상아, 네가 바로 여기 있구나.

백담사

설악산은 외설악과 내설악으로 나뉜다. 외설악은 신흥사, 천불동계곡이 유명하고 내설악은 백담사, 백담계곡*이 유명하다

1

내설악 앙가슴 헤쳐 깊숙이 들어오면
물은 빛나고 절은 백담사百潭寺

백百의 연못
백白의 반석

이름 모를 고승대덕 많이 지나갔으리라.
자명慈明**은 처마에 걸어 삭힌 차를 내왔다.

차선향茶禪香 응결 속에
물 따르는 소리, 조근 조근 말한다.

2

자장慈藏, 매월당, 보우普愚가 거쳐 간 곳
오늘은 만해卍海 대신에 오현五鉉***이 있다.

중僧은 죽음을 배우는 자라고
죽음을 배웠으니 살러가는 자라고 한다.

불두佛頭는 봉정암鳳頂庵에 걸어 두고
진신사리眞身舍利는 사리탑에 묻어 두었다.

푸를 때는 푸르러서 좋고
붉을 때는 붉어서 좋은 내설악

◀ 시인 한용운 흉상

*인제군 북면에 소재하는 백담계곡은 백담사에서 용대리에 이르는 8Km구간을 말한다. 계곡의 아름다움이 설악의 계곡을 모두 합친 어머니 격으로, 백담이라는 이름 그대로 넓고 깊은 소가 많다. 백담계곡의 물은 용대리를 거쳐 북천, 소양강으로 흘러들어간다. 인제팔경은 대청봉, 대암산용늪, 대승폭포, 12선녀탕계곡, 내린천계곡, 방동약수, 백담사, 합강정(내린천 소양강 합수지점)이다.

**자명스님은 당호가 임운당(任運堂)이다. 그래서 그가 내온 차를 임운차라고 하였다. 임운당 당호는 선승 한산(寒山)의 시에서 따왔다고 한다. 선가에서는 자유자재한 경지를 임운등등(任運騰騰), 등등임운(騰騰任運), 임운자재(任運自在)라고 말한다. 한산(寒山)에 대한 기록은 확실치가 많다. 다만 8, 9세기경에 당나라 선승이라고 알려져 있다. 그의 선시집 《한산시(寒山詩)》는 그가 살았다는 천태산 바위에 새겨진 것을 후세 사람이 모은 것이라고 한다. 한 번 한산에 머물러 만사를 쉬었나니/다시 마음을 괴롭히는 잡념이 없네/한가로이 돌집 벽에 시구를 끄적이니/흔들리는 대로 맡겨준 뜬 배 같구나(一住寒山萬事休/更無雜念卦心頭/閑於石室題詩句/任運還同不繫舟)

***낙승(落僧) 조오현(曹五鉉) 스님은 법명은 무산(霧山), 호는 설악(雪嶽)이다. 신흥사, 백담사 회주이며 백담사 입구에 '만해마을'을 만들었다. 제 19회 정지용문학상(2007년)을 수상한 승려시인이다.

297

금빛 숲, 은빛 호반

이른 봄, 청평 호반으로 나가보라.
마른 가지들은 황금빛으로 빛나고
호수는 은빛으로 빛난다.
금빛 숲, 은빛 호수, 잔설을 인 산들

아무런 볼품없는 무채색의 계절에 숨어
홀로 빛나는 호반이여, 은자를 닮았구나!
*경강교 건너 자라섬을 보며 돌면 호수마을
봄과 겨울 사이 꿈꾸는 산신령과 만난다.

남이섬을 한 눈에 조망하면서 호반을 돌면
환상의 드라이브 코스! 섬! 섬! 섬!
섬들은 꿈꾸는 본색을 드러내며 겹겹이 있다.
이곳에서 꿈꾸라. 호수는 바다 같다.

인적 없는 잔설殘雪 길은 나그네를 환호하고
숲의 붉은 정령들은 저마다 인사를 한다.
봄이 이미 산山 채로 익어가고 있고
붉은 보푸라기 속에 봄의 연두 빛 냄새

---

*가평교라고 하기도 한다. 가평1교와 연결되어 있다.

남이섬[*]

1

내 기억에 가장 억울한 죽음
내 기억에 너무 아까운 죽음
백두산 호랑이가 덫에 걸린 죽음
남이섬, 그 죽음을 애도하는 아름다운 낙원

신들도 보다 못해 애절한 한 혼령을 위해
쓸쓸한 무덤의 섬을 사람들로 들끓게 했습니다.
'연가戀歌의 나라' '동화童話의 나라'로
큰 은혜를 주었습니다.

안개는 혼령을 부르고
안개는 일어나 내 곁으로 다가옵니다.
안개 속을 걸으면 세상만사 잊고
안개 속으로 자꾸만 빠져 들어갑니다.

2

섬에는 우리들의 꿈이 있습니다.
섬에는 우리들의 나래가 있습니다.
북한강이 힘차게 내려오다 쉬어가는
우리들의 '이니스프리' 섬**

이 섬에 오면 저절로 시인이 됩니다.
다른 잡사들은 내버려두지요.
섬에는 휴식이 있습니다. 자신을
가장 하찮고 초라하게 만드는 휴식이 있습니다.

인생이란 때때로 억울하게 죽어도
누가 오랜 세월 뒤에 이렇게 장식해주고
역사란 때때로 버려진 무덤을 기억해줍니다.
남이섬처럼--.

*남이섬은 한국팔경에도 들어가고, 강원팔경에도 들어간다. 남이섬의 주인공인 남이(南怡)
장군은 태종 이방원의 외손자로 태어나 1457년 17세의 나이에 무과에 장원급제하여 세조
의 총애를 한 몸에 받고 '이시애 난'을 평정하는 등으로 병조판서가 되었으나 유자광의 음
모로 역모사건의 주모자가 되어 28세의 젊은 나이로 억울하게 죽었다. 그의 유명한 시조
"백두산 높은 봉은 칼을 갈아 다 닳게 하고/두만강 깊은 물은 말을 먹여 다 없애리라/남아
이십 세에 나라를 평정하지 못하면 누가 대장부라고 하리요."가 있다. 이 시에서 미평국(未
平國)이라는 구절이 나오는데 이것을 미득국(未得國)으로 해석하여 모함했다는 설도 있다.
실제 그의 묘는 경기도 화성군 비봉면 남전 2리에 있다. 하지만 남이섬의 한 몸이 그의
무덤이라는 전설과 함께 섬의 이름도 그렇게 전해온다. 역사란 억울한 죽음을 항상 위령하
는 경향이 있다. 억울한 그의 원혼을 달래기 위한 '남이장군대제'(서울시 무형문화재 제
20호)가 있다.
**아일랜드의 시인 윌리엄 예이츠(1865~1939)가 쓴 "이니스프리의 호수 섬"이라는 유명
한 시가 있다. 예이츠는 서양의 전원시를 개척한 시인으로, 동양의 도연명(陶淵明)에 견줄
수 있다. 1923년 노벨문학상을 수상했다.

남이섬 강우현에게*

강형!
섬에 버려진 무덤이 이토록 찬란한 것은
꿈이 있기 때문입니다.

강형!
섬이 이토록 그립고 뜻 깊은 것은
아름다운 이름이 있기 때문입니다.

강형!
우린 서로 자주 만나지 못해도
난 그대가 날마다 꿈꾸는 섬을 봅니다.

강형!
난 꿈꾸는 그대가 소중합니다.
남이섬의 노자여! 남이섬으로 인해 꿈꿉니다.

---

*강우현은 현재 주식회사 남이섬 대표이다. 1953년에 태어나 홍익대학교 산업미술대학원을 졸업하고 그래픽 디자이너, 일러스트레이터, 플래닝디렉터로 활동하면서 현재 남이섬을 디자인하는 중이다. 1986년 노마 국제 픽쳐북 콩쿠르에서 그랑프리를 수상하고, 체코 BIB-89에서 골든 플라크, 한국 어린이 도서상 등 국내외에서 다수의 수상을 하였으며 제50회 프랑스 칸 영화제 포스터, 2002 아시아 만쓰(후쿠오카) 포스터를 디자인하였습니다. 그는 서울의 모대학교 교수와 남이섬 대표 자리를 놓고 인생의 기로에서 고심하다가 결국 남이섬을 맡아 오늘의 남이섬으로 키웠다. 시인은 세계일보 문화부장 재직 시에 그와 만났다.

홍천강 쏘가리 포인트

홍천강 두물머리, 늘어선 낚시 포인트
쏘가리, 송어로 유명한 낚시꾼들의 천국
설악면에 이르는 모곡, 반곡, 팔봉산 여울
밤나무 우거지고 모래가 고운 천혜의 낚시터

띠를 드리워놓고 모자 덥고 눈 감고
잡히면 잡고 안 잡히면 마는 배짱
물고기는 상류로 쳐 오르는 맛에 살고
강태공들은 그 고기를 잡는 맛에 산다.

생사의 바꿈이 험악하지 않아 좋고
갓 잡은 고기를 매운탕 집에서 끓여
맛있게 먹어주는 것으로 보답하는
보시布施와 식도락의 절묘한 승화

저마다 꿈속에 도인이 되어
얼큰한 취함 속에 자족한 나날이여!
누가 지상에서 갑자기 데려간 데도
눈 깜짝하지 않는 초로의 조사釣師들

이 신출내기 끼워준다면 참이슬 한 병에
한 곡조 뽑고, 쏘가리 회, 송어 졸임 대접하리다.
부디 길고 길다는 은퇴 후 20년을 마쳐
무사히 염라대왕에게 문안드리게 하소서.

*홍천강(洪川江)은 북한강의 여러 지류 중 제일 크다. 이 강은 전형적인 곡류하천으로 구비마다 아름다운 경치 하나씩을 만들어놓는다. 상류 쪽으로 부터 팔봉산유원지, 개야리강변, 모곡유원지, 말골유원지 등이 있다. 강원도 홍천군과 춘천시, 경기도 양평군을 서류하여 북한강으로 흘러든다. 옛 이름은 홍천 남천(南川)이며 고구려 때의 옛 이름을 따서 벌력천(伐力川), 녹요강(綠繞江), 화양강(華陽江)이라고도 불렀다. 한강의 제2지류인 북한강의 제1지류이며 길이 143㎞이다. 홍천군 서석면 생곡리 미약골산에서 발원해 내촌천(乃村川)이라 불리며 흐르다가 두촌면 남쪽에서 장남천(長南川)을 합하고 남서쪽으로 흘러 야시대천(也是垈川), 풍천천(楓川川), 덕치천(德峙川)을 차례로 합류한다. 홍천읍을 지나 물길을 서쪽으로 바꾸면서 오안천(吾安川), 성동천(城東川), 어룡천(魚龍川), 중방천(中坊川)을 차례로 합친 뒤 경기도 가평군 설악면과 강원도 춘천시 남면 관천리 경계에서 북한강으로 흘러든다. 홍천강은 본래 (관동지)(1831년)에서는 화양강(華陽江)이라고 표기하고, (대동여지도)(1861년)에서는 홍천강(洪川江)으로 표기하였다. 이곳 사람들은 상류를 화양강, 하류를 홍천강으로 부르다가 최근에는 상하류 전체를 홍천강이라고 부른다. 홍천9경은 제1경 팔봉산, 제2경 가리산, 제3경 홍천강발원지 미약골, 제4경 금학산, 제5경 가령폭포, 제6경 공작산수타사, 제7경 빼어난 절경을 자랑하는 용소계곡, 제8경 천연기념물 서식지 청정옥수 살둔계곡, 제9경 가칠봉 삼봉약수를 말한다. 홍천군의 면적은 1,818.9㎢로 군중에서는 가장 넓다. 이는 시(市) 중에 가장 넓은 안동시의 면적(1,519.18㎢)에 강화도를 보탠 면적이다. 홍천군은 또 동서의 길이가 가장 길다. 서쪽은 북한강의 청평호에 닿아있고, 동쪽은 오대산의 두로봉에서 동해를 볼 수 있다. 흔히 "홍천의 동서는 300리"라 말한다.

**한강에는 수많은 여울이 있다. 여울이란 강물에 운반된 물질이 퇴적되어 부분적으로 수위가 낮아진 곳을 일컫는다. 여울은 대개 자갈돌에 깔려 있으며 급경사로 인해 급류가 형성된다. 한강 유역의 ○○○ 사이의 소양강은 하류 쪽보다 강폭이 좁고, 유량이 적으며, 곡류하는 곳도 많아 여울의 수가 급○ ○○○○ 투리여울(인제군 남면 가로리)은 소양강의 소강종점(溯江終點)을 인제까지 연장시키지 못한 ○○○ 원인으로 작용하였다. 홍천강에서의 여울은 본류와 합류하는 청평에서부터 홍천읍에 이르기까지 ○○○ 분포하며, 그 후 소강종점인 구성포리까지는 큰 여울이 없었다. 유명했던 여울로는 구껏정여울, 새여울, 작은 쇠목여울, 큰 쇠목여울, 천여울, 노루메여울, 노일도바위 등이 있었다. 그러나 이런 여울들은 한강에 청평댐, 춘천댐, 화천댐, 소양강댐 등이 축조된 이후 수몰되어 사라졌다.

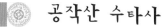

공작산 수타사

세상에 이런 편안한 풍경도 있는가.
천상인가 싶어 꼬집어보라 했네.
맑은 계곡 휘돌아 돌연 나타나는 봉황문
문 사이 빼꼼히 내미는 흥회루

흥회루 기둥 사이로 빛의 대적광전
어둠에서 빛으로 나아가는 개폐開閉
누각도 아닌 것이 장엄법계 연출하네.
이처럼 검소 겸손한 대적광전 보았는가.

공작산 기슭 따라 한 축에 배열되어
니르바나 감추고 평범하게 서 있네.
한 목숨 계수溪水에 던지는 스님 잇달아
수타사壽陀寺가 수타사水墮寺로 되었다네.

크지도 작지도 않은 아담한 절이
정절의 아낙처럼 위엄이 있기에
주위를 뱅뱅 돌며 떠날 줄 모르네.
산수와 노닐다가 출가하기에 안성맞춤이네.

볕은 따뜻한 감성, 빛은 깨달음의 이성
계수溪水와 송림은 절을 휘감아 돌고
멀리 공작폭포에서 떨어지는 물소리
타타타, 물 맑고 볕 좋은 수타사

장락長樂 성지聖地

청평 호반을 돌다 어리실에서 보면
확 트인 호반에 우뚝 솟은 삼각봉우리
멀리 장락長樂산맥이 하늘과 맞닿았고
아래는 사자가 웅크리고 있는 형상

용이 여의주를 물고 또아리를 틀고 있는
장락산 서쪽 자락, 서기가 서려있다.
장락산을 병산으로 하고 청평호수를 내려다보는
천혜의 성지, 숨어있는 성지여!

왕이 태어날 왕터산에 이르는 길마다
버드나무, 느티나무에 핀 안개꽃 몽환
미사리고개에서 홍천강을 내려다보면
강은 마치 하늘을 흐르는 것 같다.

가평군의 산세와 물줄기를 보라.
북쪽으로 화악 진산의 광주산맥이 뻗어있고
서쪽으로는 주금산, 축령산, 천마산이 이어진다.
가평천, 조종천의 지류들이 북한강으로 몰린다.

남쪽으로는 중미산, 화야산, 장락산이
용문산으로 이어지고, 용이 장락에 머문
장락산 설악면 일대, 미래 운의 핵심이여!
누가 정통이고 누가 이단인가. 누가 성자인가!

*가평 화악산은 경기 오악(五嶽) 중의 하나이다. 파주·양주·연천의 감악산, 개성 송악산, 가평 화악산, 과천 관악산, 포천 운악산이 5악이다. 가평팔경은 청평(淸平)호반, 호명(虎鳴) 호수, 용추(龍湫)구곡, 명지(明智)단풍, 적목(赤木)용소, 운악(雲岳)망경, 축령(祝靈)백림, 유명(有名)농계 등이다. 가평에는 또 계곡이 유명하다. 명지계곡, 용추계곡, 유명계곡, 녹수(綠水)계곡, 운악계곡, 어비(漁飛)계곡 등이 그것이다.
**가평군 설악면 송산리 천정궁(天正宮)에는 세계평화통일가정연합(전 통일교) 문선명 총재가 주석하고 있다.

청평 호반에 한 잔의 차를 *

한국차생활예절교육원(이사장 현호임) 산다여(山茶如) 여름 찻자리(2008년 7월 27일 르·메이에르 청평스포츠 타운)에서

그대 고운 손으로 한 잔의 차를 올려라.
저 푸르디 푸른 하늘에
바람은 설레지만, 우린 떠도는 일엽편주一葉片舟
흘러가는 구름 사이로 반짝이는 님
이 순간 홀로 죽어도 그대는 좋은가.
차향은 영겁의 옷깃 되어
용화龍華세계 스치운다.

그대 하얀 손으로 한 잔의 차를 올려라.
저 숲그림자 짙은 초록 호반에
물결은 찰랑대지만, 우린 넘치는 한 잔의 차一盞盈茶,
수평선 너머에서 손짓하는 님
이 순간 홀로 섬이 되어도 그대는 좋은가.
마음은 이미 큰 바다 되어
반야선般若船을 띄운다.

*청평호수는 1944년 청평댐이 준공됨으로써 이루어진 호수로 면적은 만수 시에 580만평에 달한다. 호수 양편으로 호명산이 높이 솟아 있다. 북한강변을 연결하는 청평호반은 1일 드라이브 코스로는 최적이다. 특히 청평호 북쪽에 있는 의암호, 소양호, 춘천호, 파로호 등지서 서식하던 붕어, 향어, 잉어, 쏘가리 등이 북한강 줄기를 따라 내려오다가 청평호에 머무르기도 한다. 청평호의 낚시는 수온이 차고 물이 맑아 낮낚시보다는 밤낚시가 잘 된다. 신청평대교와 양수리 중간지점에 가일(嘉日)미술관(경기도 가평군 외서면 삼화리 609-6번지, 031-584-4722)이 있다. 청평역에서 미술관까지 버스로 약 20분 걸린다.

화야산禾也山 단풍

화야산(禾也山)은 남한강과 북한강이 만나는 두물머리에서 북한강 수계를 따라 청평댐에 이르기까지 솟아올라 있는 산이다. 북한강 물이 동에서 북으로 감싸 돌면서 청평호를 이룸을 이루고 청평호에서 두물머리에 이르도록 북한강은 느린 걸음으로 산자락을 적시며 남으로 흘러든다. 산행 길 내내 산자락을 감싸고도는 한강물을 눈 아래 두고 산행을 할 수 있어 황홀경에 빠지게 된다.

화야산아, 너처럼 붉게 죽을 수만 있다면
지금이라도 죽어 슬픈 나를 미리 달래고 싶다.
예전엔 행복할 때 죽고 싶다고 했는데
지금 아름다워 죽고 싶다.
죽을 때를 놓치면 단풍은 낙엽일 뿐
그저 단풍일 때 떠나가게 하소서!
몹쓸 병, 기약도 없는 병에 걸려
널 보고 싶다는 마지막 소원에
가족과 함께 한 산행 길
청평 호반을 발아래 두고
천상을 걸어갈 수 있어
이별연습에 적당한 강
이곳에서 죽으면 넋이라도 붉게 타겠지.

화야산아, 내 넋을 미리 한 잎, 한 잎 뿌리면
결코 낙엽이 아니다. 단풍이다.
단풍이여, 지천이 되기 전에
차라리 함박눈이라도 나려
다시 눈꽃이라도 피었으면!
안으로, 안으로 얼어붙어 영롱한
눈꽃의 냉정한 이별이 더 아름답지 않은가.
뾰루봉 정상에 서면 산들은 섬이 되어
운해雲海에 떠 있고 어디서 들려오는
선소리 한 자락에 넋은 둥둥 떠가네.
간혹 한강물이 삐죽이 얼굴을 내밀면
아, 이곳이 천상이었구나!
이곳에 남아 새가 되리라. 새가…

천국은 아침고요 수목원

북한강을 끼고 청평검문소에서 상면초등학교로 들어가면 축령산 아침고요수목원이 있다.

누가 꽃들과 새들을
조용하게 길 들였나
오순도순, 소곤소곤
조잘조잘, 지지배배

어느 새
꽃들은 이렇게 피어나고
새들은 잠에서 깨어났나.
천국은 아침고요 수목원

신들도 천지창조를 잊고
아침마다 기도하는
향기의 나라, 빛의 나라
수목의 나라, 놀라움의 나라

이곳에 들리면
꽃을 심고 싶어진다.
이곳에 들리면
나무를 심고 싶어진다.

*축령산(祝靈山, 879m)이라고 하는 이름이 바로 기도하는 산이라는 뜻이다. 아침고요수목
원(경기도 가평군 상면 행현리 산 255번지, 031-584-6702)은 축령산을 서북으로 바라보
고 있다. 아침고요수목원은 삼육대학교 원예학과 한상경 교수가 '한국의 정원'이 없음을
안타깝게 여겨 1996년에 조성한 것이다. 한국의 정원은 한국미의 핵심인 '곡선과 비대칭
의 균형'을 울타리 안으로 옮겨온 것이라고 한다. '아침고요'는 인도의 시성 타고르가 한
국을 '고요한 아침의 나라'라고 예찬한 데서 따온 것이다. 총 13개의 테마정원으로 꾸며졌
다.

비금리 秘琴里

축령산, 주금산, 천마산사이
비금秘琴)계곡
수동水洞 물소리 은은한데
어디서 들려오는 거문고 소리
낙향한 선비 어디 뫼에 있는가.

거문고琴를 감추었나.
황금金을 감추었나.
시절 따라 글자도 인심도 달라지네.
거문고 매고 들어오면
어느 벗이 있어 풍류를 할까.

죽은 혼령이라도 불러
시문을 주거니 받거니 하고 싶다.
물소리 그대로 흘러가는 시인데
바람소리 계곡 따라 그대로 음악이네.
이런 곳에 넋을 놓으면 신선될까.

첫 만남에 박 도인道人은
봉황산삼鳳凰山蔘주를 내와 흥을 돋우네.
심마니처럼 살지만 물골안 별천지를 꿈꾸네.
잠시 호기에 취하지만 이내 서글프다.
차라리 물소리, 바람소리 그대로 좋다.

*비금리(秘金里, 고로쇠마을)라고도 한다. 경기도 남양주시 수동면이다. 비금계곡은 수동국
민관광지 안에 있는 계곡이다. 내방리에서 약 1.5km에 걸쳐 있다. 축령산을 동북으로 바라
보고 있다.
**한자로는 축령산(祝靈山, 879m), 주금산(鑄金山, 鑄錦山, 813m), 천마산(天摩山, 812m)
이다. 축령산과 주금산 사이에 서리산(霜山, 825m), 천마산과 주금산 사이에 철마산(鐵馬
山, 쇠말산, 786.8m)이 있다.
***산약초 연구가인 정제(正濟) 박옥태래진(朴玉太來鎭)을 말한다. 참나라 · 참세상 · 참사람
모임을 이끌고 있다.

▲ 1950년대 하늘에서 본 한강 인도교. 사진의 왼쪽 흰 부분은 한강의 백사장이다.
당시 한강의 물굽이를 보면 지금의 동작동 국립현충원은 부분에서 거의 ㄱ자형으로
꺾어지면서 흐르는 것을 볼 수 있다. (사진작가 김한용)
다음 페이지 사진은 70~80년대 경제개발과 더불어 백사장에 아파트 군이 들어선 모양이다.

▲ 정민자 「우리의 미래」

05

마음속의 한강(에필로그)

▲ 강동 일출 (사진작가 남기열)

태백, 위대한 어머니 도시

백두대간의 등줄기 태백산맥
태백太白에서 한강, 낙동강 갈라지고
두 강의 발원, 검룡소와 황지黃池가 있네.
검룡소와 황지 위에는 삼수령三水嶺
검룡소는 1천 3백 리(514.4km) 한강의 발원지
황지는 1천 3백여 리(525km) 낙동강의 발원지
하나는 북으로 가고
하나는 남으로 가네.

한반도를 남북으로 관통하는 두 강의 시원始源
태백이여, 한반도의 젖줄, 어머니 도시여!
태백산, 한밝달, 한배달, 밝은 산 중의 산
태백산에서 다시 소백산맥이 갈라지니
태백과 소백, 선천(55)과 후천(45)의 원리여!
양백兩白 사이에 십승(10, 十勝)의 혼돈이 있다.
밝달문화, 배달문화, 불함不咸문화의 배꼽이여!
갈라진 강은 언젠가 바다에서 하나가 되리.

강은 여자다. 강은 어머니다.

어머니는 망하지 않는다.

어머니는 스스로 제몸이기 때문에 망하지 않는다.

한반도는 여자다. 어머니다. 그래서 망하지 않는다.

짓밟히고 찢겨지는 한은 있어도 결코 죽지 않는다.

태백 삼수령의 검붉은 현곡玄谷은 치솟아

한강과 낙동강의 길고 긴 다리를 뻗고 그 사이

오십천(50 : 5, 10)은 미인폭포를 만들고 동해로 흐른다.

▲ 충북 단양(丹陽 : 練丹調陽의 뜻이 있다)에는 태백(太白)과 소백(小白)이 만나는 양백산(兩白山)이 있다. 양백산에는 금정사(金鼎寺 : 兩白山人 林宣廷, 043-423-0356)가 있다. 사진은 양백산 정상에서 바라본 단양 시가지 전경.(사진제공 강정훈)

▲ 삼수령 앞에서 선 시인

*백두대간과 낙동정맥이 빚은 도시이다. 태백산맥에서 갈라져 나와 남서방향으로 완만하게 뻗어 내린 광주산맥(廣州山脈)·차령산맥(車嶺山脈)·소백산맥(小白山脈) 사이로 태백산맥에서 발원한 북한강(北漢江)·남한강(南漢江)·금강(錦江)·낙동강(洛東江) 등이 황해와 남해로 흘러든다. 해발고도 1000m 이상의 고봉은 금강산(金剛山, 1638m)과 향로봉(香爐峰, 1296m)·설악산(雪岳山, 1708m)·오대산(五臺山, 1563m)·태백산(太白山, 1567m)·팔공산(八公山, 1192m) 등이다. 태백산맥은 영동·영서지방의 자연적인 장벽을 이루어 두 지방간의 풍토·언어·생활관습 등에 큰 차이를 가져왔을 뿐 아니라 교통에도 큰 장애가 되어 왔다. 그러나 산맥 가운데에는 철령(鐵嶺, 685m)·추지령(楸地嶺, 645m)·진부령(陳富嶺, 529m)·대간령(大間嶺, 641m)·미시령(彌矢嶺, 826m)·한계령(寒溪嶺, 935m)·대관령(大關嶺, 832m) 등 높고 낮은 고개가 있어 예로부터 교통로로 이용되어 왔다.

**낙동강의 발원지로 태백시 중심 황지공원 안에 있다. 처음에는 천황(天潢: 하늘의 못)이라고 했다. 둘레 1백㎙의 못에서 하루 5천 톤의 물이 솟아오르고 있다. 이 물은 태백시를 둘러싼 태백산, 함백산, 백병산, 매봉산 등의 줄기를 타고 땅 속으로 스며들었던 물이 솟은 것으로 시내 구문소를 지난 뒤 경상남도, 경상북도를 흘러 부산의 을숙도에서 남해로 유입된다. 황지에는 "낙동강(洛東江) 천삼백리(千三百里) 예서부터 시작되다"라고 돌에 새겨있다.

***삼수령에서 한강, 낙동강, 오십천이 갈라진다. 그래서 삼수령(피재)이다. 오십천은 강원도 삼척시(三陟市)와 태백시(太白市)의 경계인 백병산(白屛山 : 1,259m)에서 동해로 들어가는 하천이다. 길이 59.5㎞, 유역면적 294㎢이다. 하천의 곡류가 심하여 상류에서 하류까지 가려면 50번 정도(혹은 47번) 물을 건너야 된다 하여 오십천이라 하였다. 삼척시 도계읍 구사리 백병산(白屛山) 북동쪽 계곡에서 발원해 북서쪽으로 흐르며, 미인폭포를 이루었다가 심포리에서 북동쪽으로 유로를 바꾸어 도계읍·신기면 미로면을 지난다. 삼척시 마평동에서 동쪽으로 흐르다가 오분동 고성산(古城山 : 97m) 북쪽에서 동해로 흘러든다.《동국여지승람》에 "오십천은 삼척도호부에서 물의 근원까지 47번을 건너야 하므로 대충 헤아려서 오십천이라 한다."고 기록되어 있다. 동해로 흘러가는 대부분의 하천이 그렇듯이 다른 하천과 만나지 않고 바로 동해로 흘러든다. 오십천 중류유역에는 환선굴 관음굴 제암풍혈 양터목 세굴 큰재세굴 덕발세굴 등 대이리동굴지대(천연기념물 제178호)를 비롯해 연화상굴연화하굴 등 많은 석회동굴이 있다. 오십천은 연어의 회귀천으로 유명하다. 하류지역인 삼척시 오십천 변에는 관동8경 가운데 하나인 삼척죽서루(三陟竹西樓 : 보물 213호)가 있으며, 유역 내에 실직군왕릉(悉直郡王陵 : 강원도 기념물 제15호), 삼척척주동해비 및 평수토찬비(강원도 유형문화재 제38호), 삼척향교(三陟鄕校 : 강원도 유형문화재 제102호) 등이 있다.

참고로 금강과 섬진강도 발원지가 장수지역으로 지척이다. 전북 장수 팔공산을 사이에 두고 진안군 백운면 신암리 상초막골 데미샘에서 섬진강이, 장수읍 수분리 신무산 뜬봉샘에서 금강이 발원한다. 낙동강의 지류인 남강의 발원지도 남덕유산 참샘이다. 낙동강과 한강의 발원지인 태백시 황지 연못과 검룡소가 가까이 위치한 것과도 닮은꼴이다. 오십천이라는 이름은 영덕에도 있다. 영덕 오십천은 은어와 연어의 소상을 위해 설치된 어도(아이스하버 식 어도)가 유명하며 청둥오리, 쇠오리 등 철새들의 낙원으로 불린다. 최초로 건강환경 마크인 '로하스' 인증 마크를 딴 것으로 유명하다.

한강 어느 언저리를 걷고 싶다

한강 어느 언저리를 걷고 싶다.
두물머리라도 좋고
강화 해변 어느 곳이라도 좋다.
우린 너무 오래 걷지 못했다.
우린 쫓기는 개처럼 살았다.
삼보일배, 오체투지는 너무 요란하다.

한강을 따라 바람을 맞으며
순례자처럼 걷고 싶다.
물의 신, 강의 신, 안개의 신
스물스물 일어나고
물새들이 노니는 것을 물끄러미 보면
스스로 무너질 테지.

목사는 목사를 버리고
스님은 스님을 버리고
저마다 애지중지한 저를 버리고 걸을 때
우린 참으로 오랜만에
오만을 떨치고 우리를 회복할 수 있다.
두발로 걸음은 명상이고 기도이다.

물은 흘러서 가지만
우린 걸어서 가리라.
몸이 가면 머리가 가듯이
발이 가면 손이 가듯이
그렇게 몸 전체를 이끌며 가리라.
불의 신, 도시의 신은 물러가라.

걸어서 태백까지
걸어서 금강까지
걸어서 백두까지
바람의 맛, 풍류도를 알려면 걸어야 한다.
소요逍遙의 힘은 존재의 바탕
삼보일배, 오체투지는 너무 사치스럽다.

한강, 한글 그리고 한반도

한반도는 한강이다.
한강이 없다면 어찌 반도에
독립된 나라가 있겠는가.
한국은 한글이다.
한글이 없다면 어찌
옛 정신과 문화가 전해졌겠는가.

아, 한강에 한글이 점점이 박혀
한글 은하수가 되어 반짝이는
이 땅의 혼을 움켜쥐고 싶다.
하얀 모시 수건에 싸서
동해, 황해, 남해
푸른 바다로 띄워 보내고 싶다.

황해는 알리라. 발해만의 영광을
단군 할아버지, 해 뜨는 큰 나라 만들었음을
단군 할아버지, 정주고 사는 큰 나라 만들었음을
다시 맞으라. 천지정인天地情人이여!
한강은 한반도다.
한글은 한국이다.

아, 한강에 하늘이 점점이 박혀
한글 은하수 되어 반짝이는
이 땅의 혼을 움켜쥐고 싶다.
그 혼을 움켜쥐는 날
오대양 육대주에 깃발을 날려
세계를 하나의 마을로 만들리라.

한강 미인漢江美人

수많은 곡선이 모인
여체의 만다라여, 하얀 슬픔이여!
한민족 삶의 집합, 신명의 불꽃이여!
희생의 아름다운 제단, 위대한 어머니여!
너, 성지聖地에 서면
어느덧 슬그머니 기도를 한다.
움직이는 것의 사표師表여!
때로는 기쁘기도 하였지만 슬픔에 더 익숙한
네 흐느낌을 들으면
미리 혼을 풀어 죽을 나를 달랜다.
내가 빠져 죽을 멱라강이여!
내가 죽어 넘을 요단강이여!
진언眞言이여, 진혼鎭魂이여!

누워 있는 너의 사지四肢를 보면
평화로움 속에서도 잔잔한 욕망이 꿈틀거려
죽은 혼을 다시 불러 세운다.
생명을 유혹하는 넌, 태초의 여신!
가슴인가, 허리인가, 엉덩이인가, 종아리인가.
흘러도, 흘러도, 흘러내리는
바다를 향하여 움직이는 끊임없는 행렬
소리의 행렬, 빛의 행렬, 몸뚱어리의 행렬
깨달음의 옴, 눈부신 반사
미완의 것이 더 그리운 쉼 없는 강이여!
돌아올 것을 또 기약하는 미련의 강이여!

330

황홀함으로 너에게 내 뼈를 뿌린다.
부활을 꿈꾼다. 해인을 꿈꾼다.

너는 언제나 누워서 일어난다.
절망과 패배에서 일어난다.
너는 위에서 억누르지 않는다.
언제나 아래에서 흘러간다.
너는 결코 입으로 말하지 않는다.
몸으로 말하면서 침묵한다.
침묵의 무수한 말이여
풀잎처럼 밑바닥에서 흐르는 강이여
너는 언제나 태양이 아니라
태양을 비추면서 황홀해한다.
너는 산에서 빛을 향해
기도하는 것이 아니라 바다에서
어둠과 함께 출렁거린다.

언제 나 산 그림자를 안고 흘러가는 강이여!
하느님 어머니, 하느님 태양
언제부턴가 산에서 내려와 태양을 숭배하면서
낮은 데로, 낮은 데로 유구히 흘러
하늘을 닮은 바다가 되는 지고한 여신이여!
누가 그대가 스스로를 닮은 완벽한 신인 줄 알겠는가.
누가 그대가 하늘과 땅이 갈라지기 이전에
원래 세상의 모습인 줄 알겠는가 .
높은 산에서 남몰래 샘이 되고 계곡이 되고
끝내 바다를 온 몸에 가두고
스스로 생사의 잉태를 하는 줄 알겠는가.
겸손하여 생멸을 두 가슴에 품고 있구나.
외눈박이 태양보다 더 완벽한 가슴인 어머니여!

---

*춘추전국 시대 초나라의 충신인 굴원(屈原, BC 343~BC 277)이 간신들의 모함으로 빠져죽은 중국 호남성(湖南省) 장사(長沙)의 강 이름.

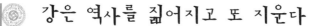

강은 역사를 짊어지고 또 지운다

강은 역사를 짊어지고 또 지운다.
너 거대한 몸통의 굴곡과 흐름 앞에
물과 강 앞에 한낱 불과 빛이
어찌 너의 자비와 포용을 흉내 낸단 말인가.
일찍이 하늘도 강처럼, 바다처럼 흘렀거늘
일찍이 태양의 뒤에도 물이 흘렀거늘
어찌 내려 쪼임과 일어섬이
흘러가는 것과 누워버리는 것을 이길 수 있단 말인가.
너의 몸뚱어리에서 은하수를 보는 것은
일찍이 별들이 너의 자식이라는 것을 증명하는 것
어찌 수직상승하는 직선이
소용돌이와 곡선의 유연함을 이길 수 있단 말인가.
너의 몸엔 언제나 푸른 생명이 꿈틀대고 있다.

큰소리와 웃음으로 완성되는 것이 아니라
흐느낌과 슬픔으로 완성되는 자여
높이로 재는 것이 아니라
길이로 재는 자여
힘으로 재는 것이 아니라
넓이로 재는 자여
신음함으로 완성되고, 기뻐하고
실패함으로 힘을 얻는 불사신

죽음으로 죽음을 넘는
무시무종無始無終, 불생불멸不生不滅
혼은 연기로 유혹하고 백은 물로 유혹한다.
신음과 고통으로 생명은 탄생한다.
신음과 고통으로 검은 구멍은 흰 빛을 세운다.

넌 이미 죽음을 닮아 죽음을 이긴다.
넌 이미 음악을 닮아 죽음을 이긴다.
넌 항상 흘러감으로 죽음을 이긴다.
넌 항상 빛을 반사함으로 빛난다.
넌 빛을 흡수함으로 살아난다.
넌 너를 정복하는 자에게 월계관을 줌으로써 승리한다.
앞에서 승리하는 자가 아니라
뒤에서 승리함으로 승리한다.
너는 하늘로 승리하는 것이 아니라
너는 바다로 승리하기 때문에
너는 산으로 승리하는 것이 아니라
너는 원천으로 승리하기 때문에
영원한 여신! 한강이여!

하늘은 땅을 위해 있다.
산은 계곡을 위해 있다.
계곡은 강을 위해 있다.
강은 바다를 위해 있다.
남자는 여자를 위해 있다.
역사는 신화를 위해 있다.
수직은 수평을 위해 있다.
계급은 평등을 위해 있다.
불은 물을 위해 있다.
물은 생명을 위해 있다.
물은 검은데 파도는 빛을 닮아 희다.
아, 강의 생명, 강의 생멸, 강의 불멸
아, 강의 슬픔, 강의 기쁨, 강의 환희여!

▶ 오영옥 作

한강은 끌어안고 함께 운다

강은 죽음도 잔인하지 않다.
죽음은 삶의 새로운 조화
한강은 모두 끌어안는다.
맑은 물이든
흙탕물이든
핏빛 물이든

강은 끌어안고 함께 간다.
끌어안고 함께 운다.
끌어안고 함께 울 때는
강바닥에서부터 울음이 솟아오른다.
끌어안고 함께 갈 때는
반드시 마지막엔 푸른 바다가 기다린다.

강은 유정해서 무정하다.
강은 잔인해서 인자하다.
강은 높은 강을 따르는 것이 아니라
가장 긴 강, 가장 낮은 강을 따른다.
강은 끊임없이 돌고 돌아
하늘을 닮았다. 별을 닮았다.

강은 지상에 바짝 붙은 하늘이다.
강은 지상에 흐르는 은하수이다.
강은 어머니, 여신이다.
강은 어머니의, 여신의 하늘이다.
산은 높아야 제일이지만 강은 낮아야 제일이다.
한강은 마지막에 바다밖에 될 것이 없다.

가을, 기도, 한강

1

스스로 흰 빛을 세우는 강이여!
너의 장엄은 우리를 더욱 겸손하게 하고
하늘가 가을 기도소리는
봄의 속삭임과 여름의 아우성을 잠재운다.
너는 그저 떨어지는 낙엽보다 슬기롭다.
떨어지는 만사萬事가
흘러가는 것이라는 걸 깨닫게 해 준다.

너의 흐름은 더욱 단단해지면서도
아직 미련과 연민의 체온을 간직하고 있다.
마지막 정열을 태우는 태양 아래
삽상한 바람이 머리를 식혀준다.
너의 따뜻함은 이제 남은 시간을 향해
더욱 깊고 아프게 우리를 일깨우고
저마다 사랑하며 익어 감을 축복한다.

익음의 마무리를 위해 어머니들은 안간 힘을 다한다.
땅으로, 땅으로 가는 계절이기에 하늘은 맑고 높다.
이제 누가 우리를 먹어도 달콤한 과즙을 뿜내리라.
이제 누가 우리를 불러도 가뿐이 달음질쳐 가리라.
땅에 가까우면 어머니, 하늘에 가까우면 아버지

누가 죽음을 슬프다고 했는가.
강은 청옥靑玉의 지구를 꿈꾼다.

2

땅은 누구나 받아들인다.
설사 불한당이라 해도 받아들인다.
하늘은 누구나 제 몸의 하늘이다.
언제나 자신의 하늘만 하늘이라고 한다.
땅은 도리어 하늘이고 하늘은 땅이다.
안팎과 위아래의 뒤바꿈의 이치여!
그래서 땅은 기도하고 하늘은 기도를 받는다.

설렘은 가장 멋진 인생의 향기
새싹들의 속삭임보다 더 찬란한 가을날
열매와 추수, 감사와 조락은 왜 가까이 있는가.
아쉬움과 떠나감이 뒤섞인 향취
그래, 누구에게나 슬픈 계절이 있다.
나를 미워하던 사람도 슬프고
나를 기뻐하던 사람도 슬프다.

가을은 누구에게나 가을이다.
어머니는 누구에게나 어머니다.
가을은 누구에게나 괜히 속죄하는 계절이다.
가을은 누구에게나 시종 달관하는 계절이다.
재림 예수님! 미륵 부처님!
우린 머지않아 얼음장 아래에서 바다로, 바다로
소리 소문도 없이 흘러 갈 것이다.

마음속의 한강

마음속에 한~ 강 흐르지.
그 이름은 한강, 은하수처럼 멀어
언제나 어머니 대신 흐르는
한 많은 강, 부활의 강

언제나 살아있어 하늘의 강
영원의 강, 요단강, 갠지스강
그 옛날 어머니, 물 긷던 강
젖 물리던 강, 빨래하던 강

마음속에 한~ 강 흐르지.
때로는 남한강
때로는 북한강
언제나 바다를 꿈꾸지.

우린 한강을 넘어 이승에 왔지.
이제 한강을 넘어 저승에 가리다.
이 강을 넘으면 우리가 되고 마는 강
언제나 꿈에선 동에서 서로 흐르지.

언제나 곁에서 흘러 잊어버리는 강
언제나 변두리를 흘러 잃어버리는 강
갑자기 마음 한가운데를 흐르는 강
깨달음의 강, 생명의 강, 불멸의 강

▶ 이재형 作

'한강 교향시', '교향시 한강'은
한강르네상스의 깃발

늘 부러운 건 세계의 '강'을 노래한 음악이었다. 그렇다고 우리에게 노래가 없는 건 아니다. 어느 나라, 어느 민족 보다 노래를 사랑하고 잘 부르는 백성들이다. 문제는 세계인들이 우리의 음악을 듣고 '한강'을 떠올릴 수 있느냐는 것이다. 헨델의 '수상음악'을 들으며 테임즈 강의 뱃놀이를 떠올리거나, 오스트리아의 요한 스트라우스의 '아름답고 푸른 도나우'를 들으면 왈츠의 흥겨운 모습이, 스메타나의 교향시 나의 조국에 나오는 '몰다우'를 들으며 체코를 생각한다.

그뿐인가. 로렐라이 전설을 바탕으로 하이네가 시를 쓰고 질허가 만든 명곡 '로렐라이'는 라인강을 떠오르게 하고 미국 남북 전쟁 때 고향을 그리는 병사들이 불러 세계적인 명곡이 된 포스터의 스와니강(Swanne River)은 오로지 노래하나 때문에 세계 관광객을 부르는 명소가 되었다. 이 곡은 나중에 플로리다주의 주가(州歌)가 되었다고 한다. 참으로 명곡 하나의 힘이 얼마나 위대한가!

우리에게도 '한강'하면 세계인들이 금방 떠올릴 수 있는 그런 명곡이 있는가. 미안하지만 없다. 지금부터라도 한강 르네상스는 세계인과 정서적으로 통할 수 있는 名曲부터 만들어야 한다. 때문에 詩로서 교향시를 쓰는 것이나 音으로 교향시를 그리는 것 모두가 훌륭한 발상이요 한강의 문화유산이다. 솔직히 그간 우리는 너무 먹고 살기 힘들어 한강을 '문화'로 바라볼 여유가 없었다. 그러나 서울특별시 오세훈 시장의 탁월한 비전 제시가 한강 르네상스를 통해 발화하는 시점이다.

정말이지 우리가 한강의 기적을 문화로 꽃피우고, 캐릭터化 하고, 브랜드화해야 한다. 왜 세계인들이 자기 나라의 강을 브랜드화 했겠는가. 강처럼 친화적인 생명의 원초적 자궁이 또 어디에 있겠는가. 인간은 모두 강에서 나와 강으로 돌아가는 짧은 여정을 살다 가지만 강은 언제나 도도하고 늠름하다.

아무리 전광판 홍보 아치를 세운다 해도 그건 세계 명곡 한 마디 선율에도 못 미친다. 관광객이 '도, 미, 솔, 솔' 휘파람을 불면 택시기사가 이내 요한 스트라우스의 생가로 안내하는 것을 보라. 만약, '교향시 한강'이 뉴욕 필, 런던 필, 베를린 필, 상트페테르부르크 필이 연주한다고 생각해보자. '한강'이 그 사회의 리더와 수준 높은 관객들에게 들려진다면 작품의 가치만큼이나 국가 브랜드가 높이 인식될 수 있을 것이다. 마찬가지로 '한강 교향시'가 외국어로 번역되어 유장한 한강의 곳곳을 노래한다면 이 감동이 또 어떠하겠는가. 그래서 선진국들은 오래전부터 작곡가들이 자기 나라의 강을 테마로 멋진 명곡을 만들 수 있도록 작곡가에 대한 최고의 예우와 지원을 아끼지 않았다.

교향시 '핀란디아'를 쓴 시벨리우스의 경우 창작에 방해가 된다고 작곡가의 작업공간을 비행 금지구역으로 정했다하지 않던가. 늘 한강을 보며 이런 생각들을 하며 지냈다. 그런데 우연의 일치일까. 꿈이 동시에 이뤄진 기분이다. 평소 뜸하던 박정진 시인이 서사시의 형태의 '한강 교향시'를 들고 나타났다. 때마침 세계 무대에서 오페라 '천생연분'으로 각광 받고 있는 임준희 작곡가의 '교향시 한강'이 내년 완성을 눈앞에 두고 있다.

'한강 교향시'는 박정진 시인의 백 번째 저술이다. 한강을 두고 벌어지는 일련의 움직임들이 심상치 않다. 어쩌면 이것은 우리 모두의 염원이 농축되어 있다가 지금 한꺼번에 터지는 것이 아닐까 싶다. 한강 주변의 경관을 멋지게 꾸미고 놀이시설을 만들어 관광객이 오게 하는 것도 중요하지만 한강 물에 발길이 닿으면 말로서는 형형할 수 없는 민족의 자긍과 역경을 이겨낸 끈질긴 정신과 역동성이 살아나야 한다. 한 눈에 냄새 맡고, 가슴에 그대로 스며드는 향수와 글로벌 비전!

하나 분명한 것은 '한강 교향시'나 '교향시 한강'이 더할 바 없이 훌륭한 한강 르네상스의 문화콘텐츠란 점이다. 그 옛날엔 살기 힘들어 한강에 뛰어 들어 죽음을 선택하는 사람도 간혹 있었다지만 이제 한강은 글로벌 코리아 최고의 상표다. '한강!' 웅혼한 역사의 파도를 타고 세계로 흘러가는 코리아의 깃발이 되어라. 한강이여 빛나라! 한강이여 영원하라!

卓 鼓 山 (음악평론가)

한강 교향시의 장중한 화음

　나는 박정진 사백詞伯으로부터 우리의 한강을 노래한, 《한강교향시-詩로 한강을 거닐다》라는 시집 원고 파일을 전송받으면서 발문을 부탁받았었다. 하지만, 나는 박 사백의 문학적 세계에 대해 안다 해도 너무나 미미한 것이고, 더욱이 이 시집의 중심소재이자 주 내용인 '한강'에 대해서도 그가 갖는 관심과 이해와 사랑에 비하면 턱없이 부족하기에 발문跋文 쓰는 일을 주저했던 게 사실이다. 그러나 어찌하랴.

　지금까지 시집·소설집·에세이집·문화비평서 등을 포함하여 100종種의 저서를 펴낸 박 사백의 회갑기념 시집이라기에, 최소한 같은 무대에서 잠시나마 문학 활동을 함께한 한 사람으로서 축하 메시지라도 전하고픈 심정에서 오래 망설이다가 그와 그의 시집을 잠시 생각해 보고자 한다.

　내가 그동안 개인적으로 박 사백의 저서著書를 읽은 것은, 〈해원상생, 해원상생〉, 〈시를 파는 가게〉, 〈대모산〉, 〈먼지, 아니 빛깔, 아니 허공〉, 〈청계천〉, 〈독도〉 등 여섯 종의 시집과, 〈미친 시인의 사회, 죽은 귀신의 사회〉, 〈대한민국 지랄하고 놀고 자빠졌네〉, 〈女子〉, 〈玄妙經〉, 〈종교인류학〉, 〈불교 인류학〉 등 여섯 종의 인문학적 저서와, 소설집인 〈창을 가진 여자〉 등이 고작이다. 그러고 보면, 그의 저서 100종 가운데 13%정도를 읽은 셈인데 어찌 그를 안다고 말할 수 있으랴. 다만, 문학세미나장에서 주제발표자로서, 혹은 몇 차례 함께 한 국내외 여행자로서, 혹은 자주 만나 문학과 인생을 논했던 벗으로서 내가 느낄 수 있었던, 그의 문학적 세계의 토양土壤이랄 수도 있는 그의 관심 분야와 기질 정도는 말할 수 있지 않을까 하는 생각이 들었다.

　곧, 박 사백은 세상을 향해서 무언가 할 말이 너무나 많은 사람이라는 사실이다. 세속의 나이 60을 목전에 둔 시점에 있지만 그는 그동안 여러 장르를 넘나들며 무려 100종의 저서를 세상에 내놓았다는 사실이 충분히 말해주리라 믿는다. 그도 그럴 듯이, 그의 지적 욕구는 실로 대단하여 의학에서 국문학으로, 국문학에서 철학으로, 철학에서 인류학으로, 인류학에 고전문학으로 넘나들며, 근자에는 불교와 차茶 문화 등에 상당한 관심과 탐구 노력을 집중시키기도 했다. 더욱 분명한 사실은, 그의 문장 속에서 어렵지 않게 확인되는 바이지만 세상을 바라보는 그의 눈이 통시적通時的이며 거시적巨視的이라는 점이다.

무언가 할 이야기가 많다는 것은, 세상에 대하여 아는 것이 많다는 뜻이고, 동시에 불평불만이 많다는 뜻일 것이다. 불평불만이 많다는 것은 그 속에서 희망을 일구려는 강한 의욕이 또한 전제되었을 것이다. 그리고 세상을 바라보는 그의 눈이 통시적이고 거시적이라는 것은 인류의 역사를 보되 그것의 과거 현재 미래를 꿰뚫어보는 안목이 있음이요, 동東과 서西를 동일선상에 놓고 비교해 보는 지혜가 있다고 풀이할 수 있으리라.

게다가, 그에게는 남다른 기개氣慨가 있고, 작은 것보다는 큰 것에 관심을 갖는 호연지기浩然之氣가 있다. 그 기개와 호연지기라는 것도 결국은 세계문화사와 인류학을 공부한 데에서 가질 수 있는, 다시 말해, 동서고금의 역사를 꿰뚫어보는 지적 안목에서 나오는 통찰력이자 보편적인 진리에 대한 인지認知에서 나오는 여유라고 나는 생각한다.

그런 탓인지 그는 시 한 편을 쓰더라도 대상의 아름다움에 천착하기보다는 그 속에서 이야기를 이끌어내어 현실에 접목시키기를 좋아한다. 그렇듯, 그는 우리 한민족의 역사를 읽더라도 웅지雄志를 펴지 못한 이유를 먼저 말하고, 그 이유를 민족의 심성과 기질에서 찾으며, 나아가 그 심성과 그 기질의 뿌리를 자연환경과 밀접한 상관관계 속에서 찾는다. 그러면서도 다른 민족이나 다른 국민과의 연계성이나 상호작용을 간과하지 않는다. 그런 그는 이제 민족의 정신문화사적 제 현상을 읽을 수 있는 여러 상징들에 대하여, 예컨대, 불교와 세계관, 차와 예절, 민족사와 한강, 그리고 독도, 청계천, 대모산, 여자 등 특정의 제재에 대해서도 종합적인 탐색과 연구가 전제되는 글쓰기를 통해서 그 상징에 대한 나름의 의미부여를 줄곧 시도해 오고 있다.

이번에 펴내게 되는, 《한강교향시-詩로 한강을 거닐다》라는 시집 역시 그런 맥락에서 읽어야 한다고 생각한다. '한반도'라는 지형에서 한강이 차지하는 비중과, 반도의 주체인 한민족의 역사와 더불어서 함께 변화 발전해 온 한강의 사연과, 그 외형적 아름다움을 종합적으로 노래한, 그야말로 한강의 대 서사시요, 한강의 대 서정시라 할 수 있는 작품 모음이다. 여기에는 박 사백만의 역사의식과, 문화사적 해박한 지식과, 심미의식 등이 한강의 의미와 아름다움을 풀어내어서 마침내 '깊고도 넓은 바다'처럼 장중하게 노래하고 있는 것이다. 그야말로 숨이 차도록 133수를 연이어 부를 수 있는 정열과 기운이 어디에서 나오는지 알 수 없는 노릇이다.

한강의 노래 135수는, 제1부 '한강은 바다다'(프롤로그)에 34수가, 제2부 '한강'에 54수가, 제3부 '남한강'에 22수가, 제4부 '북한강'에 17수가, 제5부 '마음속의 한강(에필로그)'에 8수가 각각 배치되어 있다. 한강의 발원지로부터 강화도 석모도까지 구석구석 그 아름다움과 그 사연을 재구성하여 새로운 목소리로 노래하고 있는 한강의, 한민족의 교향시인 셈이다.

아무쪼록, 갑년甲年을 맞이하여 펴내게 되는 박 사백님의 한강-한민족의 교향시를 연주하는 장중한 화음이 널리 널리 퍼져나가 사람들의 마음을 움직이고, 만인萬人의 입에서 입으로 회자膾炙되기를 기원해 마지않는다. 그리하여 한강의 아름다움과 한강의 사연이 바다가 되어 우리네 삶에 생기 가득 불어넣는 생명의 원천이 되기를 바랄 뿐이다.

2008년 10월 01일
이 시 환 시인(문학평론가)

한강의 축제

➜ 태백시 (033-552-1360)

· 태백산 눈축제 등산대회 (매년 2월, 태백산 도립공원 내, 033-550-2081)
· 태백산 해맞이 축제 (매년 12월 31일~2008년 1월 1일, 황지연못 및 태백산 도립공원 천제단)
· 태백산 철쭉제 (매년 6월, 태백산 도립공원 당골광장, 마장터, 금대봉)
· 태백제 (매년 10월 3일부터 10월말까지, 태백산 도립공원 천제단, 단군성전)

➜ 정선군 (033-562-3911)

· 정선아리랑제 (매년 10월, 정선공설운동장, 아라리촌 일원)
· 아우라지 뗏목축제 (매년 7월~8월, 아우라지 광장, 북면번영회)
· 민둥산 억새풀 축제 (매년 9월 말~10월 초, 민둥산)
· 백두대간 함백산 야생화축제 (매년 8월, 함백산 만항재 일원, 삼탄본관 건물 내외)
· 동강할미쭉 축제 (매년 4월, 정선 귤암리 동강할미꽃 자생지 일원)

➜ 평창군 (033-330-2000)

· 봉평이효석메밀꽃필무렵문학축제 (매년 9월, 봉평)
· 평창산꽃약풀축제 (매년, 8월, 진부면 오대천 둔치)　　· 대관령눈꽃축제 (매년 1월, 대관령면 일대)

➜ 영월군 (033-370-2542)

· 단종문화제 (매년 4월 마지막 주 금~일, 장릉)　　· 동강축제 (매년 7~8월, 동강)
· 동강사진축제 (매년 7~8월, 동강사진박물관)　　· 김삿갓문화큰잔치 (매년 9월, 김삿갓유적지)

➡ 단양군(043-422-3011)

· 삼봉문화축제(매년 4월, 도담상봉 관광지) · 소백산 철쭉제(매년 5~6월, 소백산 일대)
· 금수산 감골 단풍축제(매년 10월, 감골) · 온달문화축제(매년 10월, 온달산성)

➡ 홍천군(033-432-7801~2)

· 찰옥수수 축제(매년 8월, 홍천읍 하오안리 향토문화단지, 033-430-2717)
· 인삼축제(매년 10월, 강원인삼농협광장, 033-435-3434)
· 무궁화축제(매년 10월, 홍천종합운동장 등, 033-435-4350)
· 최승희 춤축제(매년 10월, 홍천종합체육관 등)

➡ 가평군(031-580-2114)

· 연인산자연생태축제(매년 5월, 가평군 북면 백둔리, 031-580-2065, 031-580-2114)
· 한석봉선생전국 휘호대회(매년10월, 가평체육관, 가령중학교체육관, 031-580-2061)
· 자라섬국제페스티벌(매년 10월, 자라섬, 031-580-2065)
· 운악산 산사랑물사랑축제(매년 10월, 운악산, 031-580-2651, 031-585-3001)
· 유명산단풍축제(매년 10월, 유명산, 031-580-4062)

➡ 양평군(031-773-5101)

· 용문면 제 1회 '오! 연수골 축제' (매년 4월, 구 연수초등학교)
· 양평산수유 · 개군한우축제(매년 4월, 개군면 내리, 주읍리, 031-770-3341)
· 제 1회 양평 산나물축제(매년 5월, 용문산 일원)
· 맑은물사랑예술제(매년 5, 6월 군민회관, 용문산 야외공연장. 031-770-2472)
· 강하 해동화제(매년 정월대보름, 강하면 항금리마을회관, 031-770-3071)
· 단월 소리산 고로쇠 축제(매년 3월, 단월면 석산리 물레올, 031-770-3191)
· 양평 이봉주마라톤대회(매년 6월, 강상체육공원, 031-770-2145~7)
· 양평 친환경농축산물 한마당 장터(매년 10월, 양평 강변, 031-770-3580~2)
· 은행나무축제(매년 10월, 용문산 관광지, 강상체육공원, 031-770-2471~3)
· 양동 알밤 축제(매년 10월, 양평군 양동면, 031-770-3251)
· 양서 메뚜기 축제(매년 10월 양평군 양서면, 031-770-3101)
· 전통썰매타기(매년 10월 양평군 청운면 청운무료얼음썰매장, 011-379-6592)

➡ 남양주(031-590-2114)

· 남양주 북한강 축제(2008년 6월 27일부터 3일간, 북한강야외공연장 일원, 031-590-2476)
· 남양주 궁집문화축제(매년 5월, 남양주 궁집 및 중앙공원, 장내중학교)
· 남양주 호평늘을문화거리축제(매년 5월, 남양주 늘을로 및 금배근린공원)

➜ 서울시(02-2171-2561~4)

· 제 6회 하이서울 페스티벌(2008년 5월 3일~11일), 여름축제(2008년 8월 9일~17일)
· 제 10회 서울드림페스티벌(2008년 10월 3일~5일, 뚝섬 서울숲)
· 제 11회 서울 프린지페스티벌(2008년 8월 14일~8월 30일, 홍대 일원 공연장)

➜ 광진구(02-450-1300)

· 아차산 해맞이 축제(매년 1월 1일, 아차산 진입로, 02-450-1320)
· 아차산 고구려 축제(매년 10월, 한강시민공원 뚝섬지구 운동장, 아차산일대, 02-450-7574)

➜ 성동구(02-2286-5114)

· 응봉산 개나리 축제(매년 4월, 응봉산 팔각정, 02-2286-5202)
· 성동구 단오민속축제(매년 단오, 성동문화광장)

➜ 강동구(02-1577-1188)

· 선사문화축제(매년 10월, 암사동 선사주거지, 02-480-1410)

➜ 송파구(02-4110-3114)

· 한성백제문화제(매년 10월, 올림픽공원 평화의 광장, 위례성길, 02-410-3410~3)
· 석촌 호수 벚꽃 대축제(매년 개화시기, 석촌 호수, 서울 놀이마당, 02-410-3410~1)

➜ 동작구(02-820-1114)

· 장승배기 장승제(매년 10월 24일, 장승배기장승 앞, 02-820-1258)

➜ 영등포구(02-2670-3114)

· 한강 여의도 벚꽃축제(매년 4월 초, 국회 뒤 여의서로, 02-2670-3142)

➜ 인천시(032-440-2114)

· 인천 해양축제(매년 8월 중, 을왕동 왕산해수욕장, 032-440-4024)

➜ 경기도 파주시(031-940-4114)

· 임진강 민속축제(매년 2월, 임진각평화누리, 031-940-8522)
· 임진강 페스티벌(매년 10월, 문산 시내, 031-940-4361)
· 파주 해넘이 축제(매년 12월 31일, 삼학산, 031-940-8522)
· 평화축전마라톤대회(매년 9월, 임진각 일원, 02-720-0563~4)

인문학 서적
1. 〈무당시대의 문화무당〉(90년, 지식산업사)
2. 〈사람이 되고자 하는 신들〉(90년, 문학아카데미)
3. 〈한국문화와 예술인류학〉(92년, 미래문화사)
   〈초판, 한국문학 심정문화〉(92년, 미래문화사)
4. 〈잃어버린 선맥을 찾아서〉(92년, 일빛출판사)
5. 〈선도와 증산교〉(92년, 일빛출판사)
6. 〈아직도 사대주의에〉(94년, 전통문화연구회)
7. 〈천지인 사상으로 본 −서울올림픽〉(92년, 아카데미서적)
8. 〈붉은 악마와 한국문화〉(2004년, 세진사)
9. 〈미친 시인의 사회, 죽은 귀신의 사회〉(2004년, 신세림)
10. 〈대한민국, 지랄하고 놀고 자빠졌네〉
    (2005년, 서울언론인클럽)
11. 〈여자女子〉(2006년, 신세림)
12. 〈玄妙經 − 女子〉(2007년, 신세림)

전자책(e−북) 인문학 서적
13. 〈국악의 향기 −경기도의 재인들〉
    (2008년, barobook.co.kr)
14. 〈문명의 앞에 서서〉(2008년, barobook.co.kr)
15. 〈박정진 논문집〉(2008년, barobook.co.kr)
16. 〈시, 신화, 과학〉(2008년, barobook.co.kr)
17. 〈중국대륙을 느끼다〉(2008년, barobook.co.kr)
18. 〈중학 −중일도〉(전 2권)(2008년, barobook.co.kr)
20. 〈생활과 예술, 예술치료〉(2008년, barobook.co.kr)
21. 〈선화와 인류학〉(2008년, barobook.co.kr)
22. 〈알몸은 아름다움을 꿈꾼다〉(2008년, barobook.co.kr)
23. 〈이영희, 그는 북한 자아의 존재〉(전 2권)
    (2008년, barobook.co.kr)
25. 〈한국의 전통문화〉(2008년, barobook.co.kr)
26. 〈세습당골−명인, 명창, 명무〉
    (2000년, barobook.co.kr)

시집
27. 〈해원상생, 해원상생〉(90년, 지식산업사)
28. 〈시를 파는 가게〉(94년, 고려원)
29. 〈대모산〉(2004년, 신세림)
30. 〈먼지, 아니 빛깔, 아니 허공〉(2004년, 신세림)
31. 〈청계천〉(2004년, 신세림)
32. 〈독도〉(2007년, 신세림)
33. 〈한강 교향시 −詩로 한강을 거닐다〉(2008년, 신세림)

전자책(e−북) 시집
34. 〈한강은 바다다〉(2000년, barobook.co.kr)
35. 〈바람난 꽃〉(2000년, barobook.co.kr)

36. 〈앵무새 왕국〉(2000년, barobook.co.kr)
37. 〈바람에 대한 명상〉(2008년, barobook.co.kr)
38. 〈넘치는 구나, 넘치는 구나〉(2008년, barobook.co.kr)
39. 〈보지 말고 먹어라〉(2008년, barobook.co.kr)

소설
40. 〈왕과 건달〉(전 3권)(97년, 도서출판 화담)
43. 〈창을 가진 여자〉(전 2권)(97년, 도서출판 화담)

전자책(e−북) 소설
45. 〈파리에서의 프리섹스〉(전 2권)
    (2001년, barobook.co.kr)

에세이
47. 〈발가벗고 춤추는 기자〉(98년, 도서출판 화담)
48. 〈어릿광대의 나라 한국〉(98년, 도서출판 화담)
49. 〈단군은 이렇게 말했다〉(98년, 도서출판 화담)
50. 〈생각을 벗어야 살맛이 난다〉(99년, 책섬)
51. 〈여자의 아이를 키우는 남자〉(2000년, 불교춘추사)
52. 〈도올 김용옥〉(전 2권)(2001년, 불교춘추사)
54. 〈불교 인류학〉(2007년, 불교춘추사)
55. 〈종교 인류학〉(2007년, 불교춘추사)
56. 〈풍류 인류학〉(전 2권)(2008년, 불교춘추사)

전자책(e−북) 에세이
58. 〈성性 인류학〉(전 3권)(2008년, barobook.co.kr)
61. 〈문화의 주체화와 세계화〉(2000년, barobook.co.kr)
62. 〈문화의 세기, 문화전쟁〉(2000년, barobook.co.kr)
63. 〈오래 사는 법, 죽지 않는 법〉
    (2000년, barobook.co.kr)
64. 〈마키아벨리스트 박정희〉(2000년, barobook.co.kr)
65. 〈붓을 칼처럼 쓰며〉(2000년, barobook.co.kr)

전자책(e−북) 아포리즘
66. 〈생각하는 나무〉(전 24권)(2000년, barobook.co.kr)
90. 〈죽음을 예감하면 세상이 아름답다〉(전 3권)
    (2007년, barobook.co.kr)
93~100.
    〈경계선상에서〉(전 7권)(2008년, barobook.co.kr)

한강 노들섬에 들어설
오페라 하우스 응모작들

한강 교향시

2008년 10월 06일 초판인쇄
2008년 10월 10일 초판발행

지은이 : 박 정 진
펴낸이 : 이 혜 숙
펴낸곳 : 도서출판 신세림
100-015 서울특별시 중구 충무로5가 19-9 부성B/D 702호
등록일 : 1991. 12. 24
등록번호 : 제2-1298호
전화 : 02-2264-1972
팩스 : 02-2264-1973
E-mail : shinselim@chollian.net

정가 20,000원

ISBN 89-5800-074-0, 03810